Ingrid Werner, Jahrgang 1964, lebt mit ihrer Familie und Hund im schönen Rottal. Bis jetzt hatte sie folgende Berufe (in chronologischer Reihenfolge): Bankkauffrau, Juristin, Mutter, Entspannungspädagogin, Malerin, Heilpraktikerin. Jetzt kam Autorin hinzu. Wer weiß, was die Zukunft bringt.

Für alle, die an mich geglaubt haben.

PROLOG

Der silbergraue Mercedes 190 D hat es ein bisschen zu eilig und erwischt mich von hinten, als ich gerade aus meinem Auto steige. Ich hätte doch nicht so nah an der Landstraße parken sollen. Oder mich wenigstens umsehen, bevor ich die Autotür öffnete. Nun, zu spät. Ich fliege durch die Luft wie ein Dummy bei einem Aufpralltest und krache mit voller Wucht auf den Asphalt.

In der Zeitung steht später, ich wäre sofort tot gewesen. Das wird auch der Polizist sagen, als er die traurige Nachricht meinem Mann und meinen vier wunderbaren Kindern überbringt und sie ihn mit großen, schreckgeweiteten Augen stumm anstarren.

Aber was wissen die Lebenden schon. Von »sofort« kann keine Rede sein. So ein Flug durch die Luft kann verdammt lang dauern, wenn man weiß, man hat keine Chance mehr. Und man es nicht fassen kann, dass man so blöd gewesen ist.

EINS

Gehen wir in der Zeit ein paar Wochen zurück. Hier stapfe ich gerade an einem düsteren Wintermorgen mit meinem Hund durch den Wald. Es ist kalt. Hoher Schnee liegt auf dem Weg, der das Vorwärtskommen anstrengend macht. Es hat in der Nacht nochmals viel geschneit. Wenn ich nach Hause komme, werde ich Schnee räumen müssen. Macht auch nichts. Ist mein persönliches Fitnesstraining. Genauso wie die täglichen Spaziergänge mit meiner Hündin, einem Retriever-Mischling. Schwarz mit hellen Pfoten. Ein Scheinriese. Wie bei Jim Knopf. Aus einiger Entfernung erscheint Runa wie ein großer schwarzer Hund, um den ängstliche Leute einen Bogen machen. Kommt man aber näher, bemerkt man ihre schwarzen Schlappohren und ihr freundliches Gesicht. Sieht man ganz genau hin, schaut sie auch mit ihren drei Jahren noch wie ein süßer Welpe aus, den man am liebsten durchknuddeln möchte.

Nun, wir arbeiten uns auf dem Weg so langsam voran, jede mit ihren eigenen Gedanken beschäftigt. Runa erschnüffelt sich an bestimmten Stellen die Vorstellung eines dominanten Rüden, den sie anzicken könnte. Sie steht auf diese Machotypen, bei deren Begegnungen ich tief und ruhig weiteratme, versuche, keinen Angstgeruch auszuströmen.

Ich dagegen denke an die blauen Augen des Nachbarn.

Er ist erst vor einigen Wochen mit seiner Frau in das Haus gegenüber eingezogen. »Berger« heißen sie. Das habe ich ein paar Tage nach dem Einzug an ihrem Briefkasten gelesen. Ich trug gerade abends den Müll zur Tonne, als mir in den Sinn kam, dass ich noch immer nicht wusste, wie die Neuen eigentlich heißen. Also hielt ich nach beiden Seiten Ausschau, ob mich auch keiner von den anderen Nachbarn beobachtete, und wieselte schnell über die Straße, um am Briefkastenschild nachzuschauen. Ich musste mich hinunterbücken, um es lesen zu können, da die Straßenlaterne ein gutes

Stück entfernt stand. »Berger«, entzifferte ich und wollte mich gerade befriedigt umwenden, als mein Blick auf den dunklen Wintergarten fiel. Dort stand ein Mann, trank aus einem Glas und beobachtete mein Treiben. Mein Gott, wie peinlich! Ich schaute schnell weg, richtete mich stolz zu meiner Größe von einhundertsechsundsechzig Zentimetern auf und versuchte, einen würdevollen Abgang hinzubekommen. Mir strömt jetzt noch bei der bloßen Erinnerung das Blut heiß ins Gesicht.

Diesen missglückten Erstkontakt hat meine mittlere Tochter Susanne wieder gerichtet. Sie meinte ein paar Tage später, es wäre nur höflich, endlich bei den neuen Nachbarn mit Salz und Brot zu klingeln und sie in unserer Nachbarschaft willkommen zu heißen. Mit ihren elf Jahren ist ihre soziale Kompetenz sehr gut ausgebildet, wie ihre Lehrerin ihr ins letzte Zeugnis schrieb. Recht hat die Frau. Und Susa hatte natürlich auch recht mit ihrem Vorschlag. Also legte ich Meersalz und einen Laib selbst gebackenes Biodinkelbrot in einen kleinen Weidenkorb. Damit sie gleich wussten, mit wem sie es zu tun hatten. Scharte meine drei Mädels als Schutzwall um mich, ihr Bruder Linus war eh nicht da, atmete tief durch und versuchte, die zu meinem Alter passende Reife auszustrahlen.

Da es Samstagnachmittag war, trafen wir die neuen Nachbarn zu Hause an. Eine hübsche blonde Frau öffnete uns die Tür und schaute uns fragend an. Wir erklärten, wer wir sind und was wir wollen, und bald schon standen Herr und Frau Berger vor uns. Die beiden machten einen sympathischen Eindruck.

Ich gab mir Mühe, die nette, kompetente Nachbarin von gegenüber zu geben und Herrn Berger nicht in die Augen zu schauen. Ein kurzer Blick am Anfang hatte mir gezeigt, dass sie amüsiert zuckten, seine Augen, und in einem sagenhaften Blau erstrahlten. Huskyaugen. Die dunklen Wimpern, Augenbrauen und Haare sowie die leicht schräge Stellung der Augen verstärkten diesen Eindruck noch. Gefährlich attraktiv für eine Hausfrau in den Vierzigern, die schon lange verheiratet ist.

Nun, wir brachten diesen Tribut an die Konvention erfolgreich hinter uns und tauschten die Vornamen aus. Sie heißen Verena und

Ben – eine seltsame Kombination, fand ich. Nachdem wir die Einladung ausgesprochen hatten, am Abend doch bei uns auf ein Glas Wein vorbeizukommen, zogen wir zufrieden ab.

Etwas ließ mich dann doch stutzen: Ich trieb meine Kinderschar gerade aus dem nachbarlichen Gartentor und wandte mich dabei um. Als freundliche Geste wollte ich den beiden nochmals zuwinken. Aber sie sahen mir mitnichten sanft lächelnd hinterher. Bens Hand lag auf der Türklinke. Er blickte auf seine Frau hinab. Mit einem sehr angespannten Gesichtsausdruck. Meine Augen schossen zu Verena. Uh. Welch streitbare Miene! Mit zusammengezogenen Augenbrauen schien sie auf ihn einzuzischen. Da wurde die Tür geschlossen. Wohl doch nicht alles eitel Sonnenschein bei diesem Pärchen. Ich zuckte mit den Schultern. Mich geht es ja nichts an.

Von da an sahen wir uns häufiger. Nicht nur, weil wir direkt gegenüber wohnen, sondern auch, weil sie wirklich nett sind. Verena arbeitet im Moment ebenfalls nicht außer Haus. So verbringen wir oft Stunden unserer Vormittage zusammen und machen, was gute Nachbarinnen auf der ganzen Welt so miteinander tun: Kaffee trinken, Rezepte austauschen, über Ehemänner lästern und den Dorfklatsch durcharbeiten. Obwohl Verena fast zehn Jahre jünger ist als ich, haben wir ungefähr eine Wellenlänge. Nun, sie interessiert sich für meinen Geschmack ein bisschen zu viel für Kosmetik, kurze Röcke und hochhackige Schuhe. Auch liest sie eher Versandhauskataloge als ein Buch mit mehr Inhalt und weniger Bildern. Aber wenn man – so wie ich – als Großstadtpflanze von München aufs Land gezogen ist, darf man in der Wahl seiner Freundinnen nicht so kritisch sein.

Auch unsere Ehemänner haben nichts aneinander auszusetzen, wobei Männer da eh nicht so mäklerisch sind. Martin, mein Mann, unterhält sich bei unseren gemeinsamen Zusammentreffen mit Ben übers Angeln, bevorzugte Biermarken und die letzten Fußballspiele der Bundesliga. Beide scheinen damit zufrieden. Inzwischen traue ich mich, Ben ab und zu in seine blauen Augen zu schauen, und werde auch nicht mehr jedes Mal rot dabei. Ich verdränge unsere erste Begegnung, und langsam gelingt mir die Selbsttäuschung, sie hätte gar nicht stattgefunden.

Die Lage unserer Häuser erlaubt es mir, morgens einen ersten Blick auf Ben zu riskieren, wenn er in sein Auto steigt und zur Arbeit fährt.

Er ist ein sportlich durchtrainierter Enddreißiger, und auch aus einiger Entfernung schafft es sein morgendlicher Elan, mein Herz ein bisschen schneller schlagen zu lassen. Beim Einräumen der Geschirrspülmaschine spitze ich durch die Küchenvorhänge und freue mich, wenn ich ihn sehe. Ein harmloses Vergnügen, finde ich. Nichts, wofür ich mich schämen müsste. Schließ- lich bin ich eine glücklich verheiratete Ehefrau eines Oberarztes mit vier gesunden Kindern, einem geräumigen Haus und keinen finanziellen Sorgen. So etwas setzt man in der heutigen Zeit und in meinem Alter nicht mehr leichtfertig aufs Spiel. Damals als Studentin, ja, das war etwas anderes. Aber nicht mehr mit dreiundvierzig Jahren. Ist sowieso alles Unsinn. Schließlich hat er eine junge hübsche Frau, die weniger Fettpölsterchen und Falten kaschieren muss als ich. Also Schluss damit!

Aber manchmal treiben meine Gedanken ohne Zensur, und seine wahnsinnig intensiven Augen tauchen auf meinem inneren Bildschirm auf. So wie jetzt, auf meinem Spaziergang durch den Wald. Und hier erlaube ich mir, auch meinen unsinnigen Träumen nachzuhängen.

Da hören wir hinter uns den Motor eines Wagens. Das heißt, nur ich registriere ihn wirklich. Runa interessiert sich nicht für Autos. Anders als ein uns bekannter Sennenrüde, den alles kaltlässt, auch eine zickige Runa. Aber wehe, es fährt ein Auto vorbei. Da weiß er sich nicht zu bremsen. Runa aber steckt weiterhin ihre Nase in den Schnee.

Ich riskiere einen Blick über meine Schulter zurück. Ein schmutziger Kastenwagen kommt mühsam durch den hohen Schnee die ansteigende Waldstraße hochgefahren. Manchmal drehen die Räder durch, und er schlingert etwas zur Seite.

Wer ist denn das?, frage ich mich. Der Waldkindergarten ist heute geschlossen. Außer mir ist hier keiner. Ich versuche, gegen das mulmige Gefühl anzudenken. Wir leben hier in einer sicheren

Gegend. Noch nie ist etwas passiert. Soweit ich weiß. Außerdem habe ich ja Runa.

Der Wagen schleicht an mir vorbei. Der Mann hinter dem Steuer nickt mir fast unmerklich zu. Dunkelhaarig, unrasiert, mit buschigen Augenbrauen. Kein vertrauenerweckender Typ. Ich kenne ihn nicht. Aber da ist er auch schon vorbei. Fährt oben auf dem Parkplatz einen weiten Bogen, um dann wieder den Weg hinunterzuzuckeln. Was will der bloß hier? Diesmal fährt er vorbei, ohne mich eines weiteren Blickes zu würdigen. Wie gut! Eigentlich lächerlich, gleich so ängstlich zu reagieren! Wenn mir dieser Mann im Großstadtdschungel begegnet wäre, hätte ich mir auch nichts dabei gedacht. Aber einsame Waldwege im winterlichen Dämmerlicht machen mich anscheinend immer noch furchtsam.

ZWEI

»Wie konntest du nur seine Wahl unterstützen?« Meine dunklen Locken stehen schon in alle Richtungen ab, so echauffiert mich dieses Thema.

Heike rutscht schuldbewusst auf dem Sofa herum. »Na, ich dachte, er wäre nicht so schlimm. Im Gegenteil. Er machte so einen tatkräftigen Eindruck. Wir von der ›Wählergemeinschaft östliches Rottal‹ wollten dringend eine Veränderung, und der Alfons Hinterdobler schien der richtige Mann für den Landratsposten zu sein.«

»Der war und ist doch untragbar. Und schau nur, wie der sich impertinent in die Politik unserer Stadt einmischt! Meint, als Landrat wäre er hier der King.«

»Ja, das sehe ich jetzt auch.«

Nun ist sie ziemlich kleinlaut, die Heike. Ich jedenfalls weide mich daran, dass sie ihre Fehleinschätzung zugibt. Heike hat einen Fehler gemacht, und sie kann es nicht abstreiten. Tralalalala! Das macht mich jetzt in Ihren Augen nicht gerade sympathisch, nicht wahr? Eigentlich bin ich auch nicht so. Aber aus Heikes Mund zu hören, dass es falsch war, diesen Typen bei der Landratswahl zu unterstützen, ist einfach eine zu große Genugtuung. Sie war so eine überhebliche Besserwisserin, als Hinterdobler die Wahl gewonnen hatte.

»Hast du heute auch die Werbung von der Firma HIDO in der Zeitung gesehen? ›Nach Umstrukturierung wieder für Sie da!‹ Große Worte, große Schweinerei!«, rege ich mich weiter auf. »Das Fuhrgeschäft von Hinterdoblers Sohn ist in eine GmbH umgewandelt worden.« Ich hole tief Luft. »Und was meinst du? Alles wird so weitergeführt wie vorher, mit denselben Lastwägen und denselben Mitarbeitern! Bis auf den Max Huber. Denn der war ja schließlich der ›Querulant‹, der einen Betriebsrat bei der HIDO gründen wollte. Die anderen haben schon Arbeitsverträge angeboten bekommen. Allerdings mit weniger Lohn als vorher. Schließlich ist Wirtschaftskrise. Ich fasse es nicht!« Die Verachtung für diese Machenschaften sprüht mir aus den Augen.

»Das gibt's doch nicht.« Auch Heike ist fassungslos. »Weißt du das bestimmt?«

»Ja, ganz bestimmt. Ich hab da so meine Quellen.« Ich verrate ihr nicht, dass Max Huber sich letzte Woche bei mir den Ärger von der Seele geredet hat. »Aber den großen Artikel über Hinterdoblers neuestes Projekt hast du schon gelesen, oder?«

Heike nickt. »Ja, die Stadt soll den Kirchplatz sanieren, und er will sich für Fördergelder einsetzen. Die natürliche Schräge soll wiederhergestellt werden. Wie es früher einmal war. So ein Quatsch. Und was das kosten wird! Warum der Bürgermeister und der Gemeinderat da mitmachen, ist mir ein Rätsel. Die scheinen total unter seiner Fuchtel zu stehen. Die machen alles, was der Hinterdobler will.«

»Und alle alten Kastanien auf dem Platz werden gefällt. Die fallen der ›Sanierung‹ zum Opfer. Unglaublich! Der Hinterdobler will auf Teufel komm raus die in der Wahl versprochene Erneuerung seiner Heimatstadt und sich selbst gleich noch ein Denkmal setzen. Egal wie teuer das wird! Der soll sich um sein Griesbacher Landratsamt kümmern und uns in Ruhe lassen. Nur weil er in Kirchmünster geboren ist und immer noch hier lebt, meint er, uns regieren zu können. Und ich dachte, auf dem Land ist die Welt noch in Ordnung. Da hätte ich gleich in der Großstadt bleiben können.«

In solchen Momenten blitzt meine Vergangenheit bunt und strahlend in der hinteren Kammer meiner Erinnerungen auf. Lange war ich eine typische Münchnerin. Shoppen bis zum Abwinken, Kino, Theater, ein Restaurant nach dem anderen. Ich hatte einen hippen Job als Betriebswirtschafterin in einem Großkonzern. Verdiente genug Geld, um mir schicke Klamotten in den niedlichen kleinen Boutiquen in Schwabing zu kaufen. Ein Leben, wie es in den beliebten Frauenbüchern zu lesen ist. Flirrend, flott, frei.

Aber dann hatte ich geheiratet und Kinder bekommen, meine Zwillinge Lillian und Linus sowie Susanne. Babypause. Mein Mann als Alleinverdiener fand nur in der Provinz eine Stelle als Stationsarzt. So packten wir Schnuller, Windeln und Rasseln ein und zogen in das beschauliche Kirchmünster. Eine Kleinstadt mit zehntausend Einwohnern im niederbayerischen Rottal.

Eigentlich war ich ja ganz froh, als wir damals von der Großstadt weggezogen sind. Wir lebten nämlich immer noch in unserer Yuppie-Altbauwohnung in Haidhausen, einem schön sanierten Stadtteil. Aber inzwischen mit drei kleinen Kindern im dritten Stock ohne Lift. Jeder Einkauf, jede Spielplatzexkursion wurde zum organisatorischen Staatsakt. Die angesagten Bars waren zwar in Rufweite, aber ich hatte keine Möglichkeit mehr, mitzufeiern.

Die schicken Singles flanierten draußen vorbei und beschwerten sich darüber, dass ich ihren Catwalk mit meinem Kinderwagen samt angehängtem Rollbrett behinderte. Meine früheren Gute-Laune-Freundinnen rümpften jetzt die Nasen über meine mit Muttermilch verspuckten Pullis.

Also, Gelegenheit am Schopf gepackt und nichts wie weg.

Ich war daher gar nicht so unglücklich, in für eine junge Familie angenehmere Lebensumstände zu kommen. Der Sandkasten stand im Garten, die Einkäufe wurden mit dem Auto erledigt, und die Leute auf der Straße und in den Geschäften waren wesentlich freundlicher als die grantigen Großstädter.

Diese positive Einstellung hielt einige Jahre auch dem Leben stand. Wir waren so zufrieden in unserem kleinen weiß-blauen Paradies, dass wir uns noch ein viertes Kind – Vicky –, einen Hund und ein eigenes Haus anschafften. Nun war ich Ehefrau eines Oberarztes im hiesigen Krankenhaus Rotthalmünster, Mutter von vier Kindern, bekannt und geachtet im Ort, aber ich verspürte mit der Zeit einen Hauch von Langeweile. Meine Tage verliefen immer gleich, morgens mit dem Hund raus, dann Einkäufe, Hausarbeit, Kochen, nachmittags Kinder, abends Fernsehen oder Besuch von kleinstädtischen Charity-Events wie der Eröffnung der Raiffeisenbank. Man denkt nicht, zu welchen Anlässen die Anwesenheit von Oberarzt Schneider nebst Gattin erwünscht ist.

Von unserer Schwärmerei angelockt, zogen auch Heike und ihr Mann Robert von der Großstadt in unser kleinstädtisches Idyll.

Robert war eine Sandkastenfreundschaft von mir, die die Jahre zwar überdauert, aber nicht recht überlebt hatte. Wir waren eigentlich nicht mehr Freunde im engeren Sinne. Es hatte sich eher so eine Art Bruder-Schwester-Gefühl entwickelt. Man kannte sich schon sein ganzes Leben, hatte viel miteinander erlebt. Das bindet. Daher sah ich Heike als Quasi-Schwägerin an. Das erklärt vielleicht auch meine Einstellung zu ihr. Verwandt, akzeptiert, lauwarme Zuneigung statt heißer Liebe, aber man kann auch nicht ohne einander.

Deshalb saß ich doch immer wieder mit Heike auf dem Sofa und diskutierte über die heimische Politik. Im Gegensatz dazu kam mit meiner neuen Nachbarin Verena ein Gespräch über diese Themen nie so richtig in Schwung. Aber wir zwei Münchner Großstadttanten konnten das in aller Ausführlichkeit. Allerdings taten wir uns auch nach einigen Jahren des Eingewöhnens in die hiesigen Verhältnisse immer noch schwer, weitere adäquate Gesprächspartner zu finden, die nicht mit der halben Stadt verwandt sind. Über die Verwandtschaftsbeziehungen der Einheimischen müsste man den »Zuagroasten« zwingend ein »Who's Who« in die Hand drücken. Andernfalls kann man ganz schön ins Fettnäpfchen treten.

So ging es mir gleich in den ersten Wochen. Ich wollte beim Kinderturnen mit den anderen Müttern ins Gespräch kommen und ließ mich über einen Bericht in der Passauer Neuen Presse, der örtlichen Zeitung, aus. Dort mokierte man sich über den Bau einer Halle für den Kegelverein, bei dem nicht alles nach den Buchstaben des Gesetzes abgelaufen sein sollte. Der Vereinsvorsitzende konnte im Gespräch mit dem Journalisten das Unrecht seines Handels nicht erkennen. So viel borniertes Selbstbewusstsein fand ich allerhand und sagte das auch. Betretenes Schweigen. Vorsichtige, hämische oder mitfühlende Blicke zu einer Frau im roten Jogginganzug. Diese bedachte mich mit einem hochmütigen, einseitigen Augenbrauenheben und wandte sich dann demonstrativ ab, um mit ihrer Bekannten weiter über die letzte Tupperparty zu reden. Das allgemeine Getratsche setzte wieder ein.

Meine Nachbarin flüsterte mir zu: »Des is fei sei Schwesta.

Und Vorsitzende im katholisch'n Frauenbund is die a.« Da hatte ich mir keine Freundin gemacht. Wie gut, dass ich nicht vorhatte, dieser Ur-Organisation des katholischen Landlebens beizutreten.

Aber zurück zu Heike und unserer politischen Diskussion auf dem Sofa. Die findet gerade durch die hereinstürmenden Heerscharen unserer Kinder ein jähes Ende. Heike hat nämlich drei Kinder, zwei knalllaute Jungs, Leo und Heiner, und eine verzogene kleine Prinzessin namens Bianca. Meine Kinder sind über deren Besuch oft nicht sonderlich begeistert, schaffen es aber dennoch, mit ihnen zu spielen. Und die Jungs himmeln natürlich Linus an. Nur ein Wort von ihm, und sie benehmen sich einigermaßen.

Es folgt der geräuschvolle Aufbruch. Die Jungs müssen zum Fußballtraining, und Bianca hat mit ihren vier Jahren wieder in die Hose gemacht und heult. Susa hat schon eine frische Jeans aus unserem alten Bestand geholt und hält sie Heike hin. Diese lächelt gequält und zieht Bianca schnell um.

Zwischen den Kampfgeräuschen der Jungs und dem Sirenengeheul von Bianca erzähle ich Heike noch schnell, dass ich einen Leserbrief an die Passauer Neue Presse geschickt habe und sie ihn vielleicht morgen schon abdrucken. Diese unnötige Geldverschwendung wegen der Kirchplatzsanierung konnte ich nicht unkommentiert lassen. Aber diese Information geht im allgemeinen Gebrüll unter.

Wenn die Familie Vollmer wieder weg ist, kommt mir mein Haus – auch mit meinen vier Kindern – so ruhig und leise vor.

DREI

Am nächsten Morgen schlage ich während des Schmierens der Pausenbrote den Lokalteil der PNP auf. Ich kann es einfach nicht abwarten, nachzuschauen, ob sie meinen Leserbrief gedruckt haben. Und tatsächlich, da steht er, schwarz auf weiß. Er schaut fremd aus, ganz anders als auf meinem PC zu Hause. Einen Satz haben sie herausgestrichen, aber damit muss man rechnen. Ich finde ihn immer noch gut und lese ihn meiner um die Küchentheke versammelten Familie voller Stolz vor. Nach dem letzten Punkt atme ich erst einmal wieder tief durch und blicke erwartungsvoll in die Runde.

Martin trinkt einen Schluck aus seiner Kaffeetasse und nickt bedächtig. Obwohl er täglich am Operationstisch wichtige Entscheidungen treffen muss, wartet er wie immer erst mal die Reaktionen der anderen Familienmitglieder ab. Nicht dass er sein Fähnchen in den Wind hängen und keine eigene Meinung haben würde, aber er liebt die Harmonie in der Familie über alles. Und er hat, glaube ich, ein bisschen Angst vor den Emotionen seiner Töchter. Steinbockmänner sind wohl so.

Vicky beißt unbeeindruckt in einen Nutellatoast und dreht ihren blonden, langen Pferdeschwanz. Ihr Blick sagt mir, dass sie nicht wirklich etwas von ihrer Umwelt mitbekommt. Sie bastelt gedanklich bestimmt wieder an ihrer Feengeschichte, an der sie schon seit Tagen schreibt. Sie möchte sie gern an den Carlsen Verlag verkaufen und sie als Pixi-Buch gedruckt sehen. Vielleicht gelingt es ihr ja tatsächlich. Also keine Gefahr von dieser Seite für Martins Frieden.

Lillian kommt in Sachen unbedachter Gefühlsausbrüche etwas nach ihrem Vater. Auch sie nickt mir zu und sagt gedehnt: »Guhut.« Ihr Zwillingsbruder Linus hat sich – wie immer ungekämmt – einen Apfel aus dem Obstkorb genommen, streckt seine linke Hand mit Peace-Zeichen nach oben und ist aus der Tür, bevor ich noch irgendetwas sagen kann. Mit vierzehn nimmt man bis auf Weiteres nicht mehr am Familienleben teil, zumindest als Junge.

Nur Susa zeigt Emotion, wenn auch nicht diejenige, auf die ich gehofft hatte. Schon meine Ankündigung, dass ein Leserbrief von mir in der Zeitung steht, hat sie aus dem Konzept gebracht. Mit angehaltenem Atem lauscht sie meinem Vorlesen und flüstert dann: »Wie peinlich.« Sie ist zwar erst elf Jahre alt, aber schon seit Ewigkeiten in der Pubertät. Leider. So macht sie sich das Leben unnötig schwer, indem sie andauernd darüber nachdenkt, ob etwas peinlich ist oder nicht. Ein gedruckter Brief der Mutter fällt also in die erste Kategorie.

»Susa, keine deiner Freundinnen liest die Leserbriefe in der PNP. Entspann dich!« Ich sehe hilfesuchend zu meinem Ehemann hinüber.

Der hat sich doch entschlossen, noch mehr zu sagen.

»Er ist gut geschrieben, Karin.«

»Danke.«

»Aber bewirken wird er nichts.«

Er streicht zur Bekräftigung sein dünner werdendes blondes Haar nach hinten, das ihm immer noch jungenhaft in die Stirn fällt, zieht seine Jacke an und lässt mich sprachlos zurück. Auch die Mädels packen schnell ihre Sachen zusammen. Sie sind spät dran, und der Bus wartet nicht.

Allein im Haus brüte ich unzufrieden über dem schmutzigen Frühstücksgeschirr. Er hat ja recht. Meine kleine Meinungsäußerung wird nichts nützen. Wahrscheinlich liest der von mir Kritisierte das nicht einmal. Und wenn doch, dann wird er bestimmt deswegen nicht in sich gehen, »Mea culpa« rufen und seinen eingeschlagenen Kurs ändern.

Etwas frustriert staple ich die Teller in die Spülmaschine. Dabei gleitet mein Blick wie immer aus dem Fenster und hinüber zum Nachbarhaus. Vor Bens Garage sind noch keine Reifenspuren im Schnee zu sehen, das heißt, er ist noch zu Hause. Also ist auch er heute spät dran. Da kommt er schon mit wehendem Schal aus der Haustür gestürmt. Ob er auch meinen Leserbrief gelesen hat? Und wenn ja, was hält er davon? Wie üblich steigt er, ohne auch nur andeutungsweise herüberzuschauen, in sein Auto und fährt davon. Warum sollte er auch?

Nun, Hausfrauen haben entgegen der landläufigen Meinung nicht die Zeit, sich deprimiert aufs Sofa zu werfen und an der Welt zu verzweifeln. Zumindest ich nicht. Der Hund muss raus, und dann wartet viel Arbeit auf mich. Solche, die man nur sieht, wenn sie nicht gemacht wird und für die es keine entgeltliche Entschädigung gibt. Zumindest nicht für Ehefrauen.

Also nehme ich Runa an die Leine und schlage meinen täglichen Weg in den Wald ein. Die frische Luft tut gut. Meine Stimmung hebt sich. Auch wenn ich oft keine rechte Lust habe, schon wieder im Schneeregen oder Matsch herumzustampfen, ich weiß, es ist gesund. Das ist meine Motivation. Viele Leute nehmen sich vor, sich mehr zu bewegen, und kaufen sich Outdoorjacken, Laufschuhe oder Nordic-Walking-Stöcke. Nur um sie nach einer Weile doch wieder in der Ecke stehen zu lassen. So bequem wäre ich auch, wenn ich keinen Hund hätte. Runa hat einfach zu unappetitliche Argumente dagegen, dass ich den Spaziergang ausfallen lasse. Und gegen Osteoporose soll sie ja auch helfen, die tägliche Bewegung.

Im Wald treffen wir Herrn Biedersteiner mit Hasso. Hasso, nein, kein Schäferhund, sondern ein Jack-Russell-Terrier, ist die große Liebe von Runa, und so machte ich, gleich nach meinem Umzug hierher, Bekanntschaft mit dessen Herrchen. Herr Biedersteiner ist ein sportlicher fünfundsiebzigjähriger Rheinhesse, der Schalk sitzt ihm im Nacken, und er hat immer etwas zu erzählen. Ich kenne schon seine ganze Lebensgeschichte und auch von den Einheimischen die eine oder andere Hintergrundstory. Und das Beste: Er teilt meine Aversion gegen den Hinterdobler.

»Da kommt ja die Zorro von Kirchmünster«, schmettert er mir bestens gelaunt entgegen. »Gut gemacht, Ihr Leserbrief.«

Ich grinse erfreut. »Na, wenn, dann schon Zorra. Aber ich glaube nicht, dass die Herrschenden vor mir erzittern.« Damit lasse ich Runa von der Leine, und sie tobt gleich mit Hasso los.

»Das mag schon sein. Aber was nicht ist, kann ja noch werden. Sie mit Ihrem Background und Ihrer Unabhängigkeit von der Vetternwirtschaft hier wären doch die Richtige, um ihm entgegenzutreten. Hätten Sie keine Lust, Abenteuer und Herausforderungen in Ihr Leben zu lassen?« Er zwinkert mir verschwörerisch zu.

»Na ja, ich hab doch gar keine Zeit. Meine Kinder sind noch zu klein, um auf sich gestellt zu sein. Und mein Mann hätte bestimmt auch etwas dagegen, wenn er seine Hemden nicht mehr gebügelt im Schrank vorfinden würde.« Ich winde mich ob der Verantwortung, die er mir aufbürden will.

»Ja, diese Ehemänner mit ihren Ansprüchen«, schmunzelt er. »Aber ich verstehe schon, was Sie meinen. Dann müssen wir eben weiterhin zusehen, wie er sich anmaßt, unsere Stadt herumzukommandieren, und uns darüber ärgern.«

An diesem Vormittag bekomme ich nicht nur von Herrn Biedersteiner Unterstützung. Auf meinem Heimweg treffe ich zwei, drei Bekannte, die mich ebenfalls positiv auf meinen Leserbrief ansprechen. Das freut mich, und ich höre mir deren Meinung über die momentane Regierungspolitik in unserer Stadt an. Alle sind entsetzt, mit welcher Dreistigkeit, gepaart mit Ignoranz, der Landrat sich in die Geschäfte im Rathaus einmischt. So hatten sie es sich nicht vorgestellt.

»Dann sagen Sie doch auch etwas, wenn Sie so unzufrieden sind«, schlage ich den Leuten vor. Aber sie zucken nur mit den Schultern und halten es für aussichtslos.

»Die sind doch alle miteinander verbandelt«, kommt es mürrisch zurück. »Da blickt doch keiner durch, warum die vor ihm kuschen. Und offiziell gibt er angeblich nur Empfehlungen.« – »Mach du den Fahndlträger, Karin, dann mach ich mit!«, kam die Aufforderung von Marianne Hofbauer, einer Bekannten.

Als ich zu Hause gerade die Wäsche sortiere, klingelt das Telefon. Die Stimme einer älteren Frau fragt, ob ich die Karin Schneider sei, die den Leserbrief geschrieben habe. Misstrauisch gebe ich es zu. Ist das jetzt eine Anhängerin des Landrats, die rummotzen möchte?, unterstelle ich. Aber nein. Die Stimme stellt sich als »Vordermaier, Walli Vordermaier, ehemalige Stadträtin« vor. Die Frau ist mir weitläufig bekannt. Bei den gesellschaftlichen Veranstaltungen, die ich mit Martin besuchen muss, lerne ich so nebenbei die Honoratioren der Stadt kennen. So ist das eben in kleinen Provinzstädten, und manchmal ist es ja auch ganz amüsant.

Deshalb weiß ich so ungefähr, wer Frau Vordermaier ist. Eine seriöse Erscheinung mit silbernem Haar und Goldrandbrille, Geschäftsfrau und jahrelang Gemeinderätin. Wenn ich nun so ein Lexikon der Verwandtschaftsbeziehungen hätte, könnte ich nachschauen und sie samt ihren Absichten gut einordnen. So warte ich ab, was sie mir zu sagen hat.

Frau Vordermaier lobt meine öffentliche Kritik und führt aus, dass auch sie gegen die Projekte des jetzigen Gemeinderats, allen voran diese unselige Kirchplatzsanierung, ist.

»Ich hab mit dem Kämmerer geredet, den ich freilich seit Jahren gut kenne. Der hat mir meinen Verdacht bestätigt, dass dieses Unterfangen die stark angeschlagenen Stadtfinanzen noch viel mehr beeinträchtigen wird. Selbst wenn wir die erhofften Zuschüsse der Regierung bekommen, muss die Stadt die restlichen Kosten von eineinhalb Millionen stemmen. Ein finanzieller Selbstmord.«

»Dieser Ansicht bin ich auch.«

»Ja, nun hab ich auch schon daran gedacht, eine Bürgerinitiative dagegen auf die Beine zu stellen. Aber ich bin bereits zweiundsiebzig und möchte mich eigentlich aus der Öffentlichkeit zurückziehen. Ich habe letztens mein Geschäft an meine Tochter übergeben. Meine aktiven Tage sind vorbei, ich habe nicht mehr den Biss.«

»Aha.« Jetzt kommt's gleich.

»Und als ich Ihren Leserbrief gelesen habe, dachte ich mir, die Frau ist die Erhörung meiner Gebete. Sie hat die richtige Einstellung, den Mut und die Kraft, die Änderung durchzusetzen. Ich möchte Sie jetzt nicht überfahren. Sondern ich möchte Sie bitten, es sich zu überlegen. Ich würde Sie natürlich mit Rat und Tat unterstützen, Ihnen Kontakte zu den wichtigen Leuten verschaffen. Denken Sie darüber nach! Ich gebe Ihnen meine Telefonnummer, falls Sie mit mir sprechen möchten.«

Nach diesem Telefonat bin ich verständlicherweise nachdenklich zu meiner Wäsche zurückgekehrt. Ich hätte mir nicht träumen lassen, dass mein kleiner Leserbrief solche Wellen schlägt. Vielleicht sollte ich tatsächlich Nägel mit Köpfen machen und mich engagieren.

Abends vor dem Kamin erzähle ich Martin von diesem ereignisreichen Tag und dem Vorschlag von Frau Vordermaier. Mein Ehemann macht ja nie große Worte, dazu muss er den ganzen Tag schon genug mit seinen Patienten sprechen. Und auch jetzt fasst er sich kurz.

»Karin, lass die Finger davon. Du machst dir damit nur Feinde. Und es ist viel Arbeit, unterschätz das nicht. Du beschwerst dich ja eh immer schon, dass du so viel mit Haushalt und Kindern zu tun hast. Bind dir das nicht ans Bein.« Dann blättert er weiter in seiner Anglerzeitung.

Wie meistens hat Martin ja recht. Die Harmonie in der Familie und auch in der Stadt würde gestört. Seine geliebte Harmonie. Aber es gibt noch andere Sachen, die wichtig sind. Dazu gehört auch staatsbürgerliches Engagement, wenn man sieht, dass es in den Graben geht. Durch sein Bemühen, mir die Bürgerinitiative auszureden, hat er mich nur entschlossener gemacht. Mit dieser neuen Erkenntnis gehe ich ins Bett und versuche zu schlafen.

VIER

Als ich meinen Entschluss, der in einer fast schlaflosen Nacht entstand, am nächsten Morgen verkünde, sagt Martin lange nichts auf diese Enthüllung. Ich werde die Bürgerinitiative organisieren. Die ganze Nacht wälzte ich mich von einer Seite zur anderen. Meine Ängste, Bedenken, aber auch meine Wut hatten mich wach gehalten. Nun wollte ich es angehen.

»Hol dir wenigstens juristischen Rat. Frag Ben, der ist Rechtsanwalt«, ist sein einziger Kommentar.

Oh, ja, Ben. Tatsächlich, er hat eine Kanzlei in der Stadt. Das war für mich bis jetzt nicht interessant, aber nun ist das etwas anderes.

»Gute Idee. Ich werde ihn gleich nachher anrufen.« Ich habe das leise Gefühl, Martin ist heute noch wortkarger als sonst.

Später am Vormittag nehme ich mir ein Herz und rufe in der Kanzlei von Ben an, um einen Termin bei ihm zu vereinbaren.

»Diese Woche hab ich leider überhaupt nichts mehr frei, Karin. Aber wenn's wichtig ist, komm doch heute um eins vorbei. Da können wir in meiner Mittagspause reden.« – »Doch, doch, das ist schon in Ordnung«, wehrt er meine Einwände ab.

Also mache ich mich mittags auf den Weg in die Stadt. Vorher hatte ich zwei Stunden damit verbracht, zu duschen, mich für das richtige Outfit zu entscheiden und zu schminken, aber dezent. Schließlich soll es nicht auffallen, dass ich diesem Treffen mit Aufregung entgegensehe. Ich war noch nie mit Ben allein, und ich bin mir nicht sicher, ob mir nicht wieder die Röte ins Gesicht schießt. So will ich wenigstens gut dabei aussehen.

Natürlich bin ich viel zu früh am Treffpunkt. Das vermittelt auch nicht den abgeklärten Eindruck, den ich machen möchte. Also noch eine Runde um den Block. Ich schaue mir die Schaufenster von einem Klamottengeschäft an. Damit bin ich bald fertig. Immer noch zu früh. Da fällt mein Blick auf das Schild der Lottoannahmestelle. Warum nicht? Ich hab schon lange nicht mehr Lotto gespielt, und heute mache ich so viele ungewöhnliche Dinge, da kann ich auch mein Glück im Spiel versuchen.

Ich gehe in den Laden und nehme mir einen Lottoschein. Als ich so überlege, welche Zahlen ich denn ankreuzen soll, wandern meine Augen zu der einzigen Person, die noch in dem Geschäft ist. Das ist doch der Mann vom Wald! Der letztens mit dem alten schmutzigen Lieferwagen an mir vorbeigefahren ist. Und so komisch geschaut hat. Irgendwie ist er mir unheimlich. Es liegt nicht nur an seinem bärenhaften Aussehen. Ich habe das Gefühl, er interessiert sich für mich, und das macht mir Angst.

Fix senke ich wieder meinen Blick. Kreuze flott sechs Zahlen plus Superzahl plus Spiel 77 an und lege den Schein an die Kasse. Nachdem ich gezahlt habe, versuche ich, so schnell es geht, nach draußen zu gelangen, ohne dass es zu sehr nach Flucht ausschaut. Als ich die Glastür öffne, sehe ich in der Spiegelung der Tür, dass der Mann mir hinterherschaut. Mich schüttelt es kurz. Nichts wie raus!

Ich eile zu dem Café, in dem ich Ben treffen soll, und merke gerade rechtzeitig, dass ich einen kopflosen Eindruck mache. Wirklich nicht attraktiv. Und ein wenig anziehend möchte ich schon für Ben sein, auch wenn sich unsere Annäherung nur in meiner Phantasie abspielt. Also bleibe ich kurz stehen, streiche mir meine Haare aus dem Gesicht und checke im Taschenspiegel mein Make-up. Alles so weit in Ordnung.

Gerade will ich die zwei Stufen zum Eingang des Cafés hinaufgehen, da sehe ich Ben, der schon auf mich wartet und mich bei meinen Schönheitsreparaturen beobachtet hat. Oh, wie peinlich! Schon wieder. Ich fühle, wie ich rot anlaufe. Jetzt benimm dich nicht wie ein verknallter Teenager, Karin!, schimpfe ich mich. Es scheint meine Bestimmung zu sein, mich vor Ben zu blamieren. Na gut, Augen zu und durch.

Ben, ganz Gentleman, hilft mir aus dem Mantel und erwähnt das eben Gesehene mit keinem Wort. Wir setzen uns. Verwirrt durch den Dufthauch seines bittersüßen Aftershaves, der mich einen Augenblick wie eine sanfte Umarmung umweht, senke ich meinen Blick auf die Speisekarte hinab und versuche, mich wieder in eine erwachsene, coole Frau zu verwandeln, die alles im Griff hat.

Aber es gelingt mir nicht so recht. So nah bei Ben zu sitzen, ihm in seine blauen Augen zu schauen, seine ungeteilte Aufmerksamkeit zu genießen, all das macht mich ziemlich nervös. Außerdem schaut er heute auch noch extrem gut aus. Dieser dunkelgraue Anzug – könnte Armani sein –, kombiniert mit einem rauchblauen T-Shirt, steht ihm ausgesprochen klasse. Damit könnte er Werbung für die Mafia machen. Schwarze Haare, Dreitagebart und diese unglaublichen Augen. In meinem Hinterkopf reift langsam die Erkenntnis, dass ich es mir nur nicht eingestehen möchte, dass er mehr für mich ist als nur der nette Nachbar von gegenüber.

Diese unangemessene Wahrheit verdrängend, stürze ich mich auf den eigentlichen Grund meines Hierseins und löchere Ben mit juristischen Fragen bezüglich meines Projekts Bürgerinitiative. Er erzählt mir etwas von Bayerischer Gemeindeordnung, Bürgerbegehren und Bürgerentscheid, den Mindestanforderungen an Unterschriften und sonstigen Formalien.

»In Bayern werden pro Jahr ungefähr hundertzwanzig Bürgerbegehren initiiert«, weiß er. »Du bist also nicht die Einzige.«

Bei der Einwohnerstärke unserer Stadt bräuchte ich erst mal eintausend Unterschriften. Tausend Leute müssten unterschreiben, dass sie die Sanierung des Kirchplatzes so nicht wollen und einen Bürgerentscheid einfordern. Tausend Leute. Ganz schön viel. Diese Zahl macht mich verzagt. Wie soll ich nur tausend Menschen erreichen, geschweige denn sie dazu bringen, auf meiner Liste zu unterschreiben?

Ganz in Gedanken kaue ich meinen Salat, den die Kellnerin inzwischen vor mich hingestellt hat. Salat – in meinem Alter muss man leider auf seine Essgewohnheiten achten. Ich beneide meine Kinder sehr um ihren fitten Stoffwechsel.

Da fällt mir Franz ein. Der Inhaber des größten Bekleidungsgeschäfts im Umkreis. Ganz nett. Franz lernte ich bei meinen Shoppingtouren durch die vier Geschäfte der Stadt kennen. Ein für die hiesigen Verhältnisse gut aussehender, smarter junger Geschäftsmann. Ein Hingucker für die Damenwelt der Kleinstadt, was seinem Umsatz im Laden bestimmt nicht abträglich ist. Dieser Franz hat mich sogar einmal beruflich »konsultiert«.

Nun, ich bin ja nicht »Nur-Hausfrau« (ein diskriminierendes Schimpfwort, das ich ablehne), sondern selbstständig tätig als psychologische Beraterin. Da es in der Kleinstadt keine großen Konzerne gibt, konnte ich mein BWL-Studium nicht nutzen. Aber nach den Jahren der Kindererziehung hatte ich das Gefühl, mein Gehirn würde schrumpfen. Um dem entgegenzuwirken, machte ich ein Fernstudium zur psychologischen Beraterin und bestand auch die Prüfung. Jetzt habe ich mir in unserem Haus einen Raum eingerichtet, mit Gesprächsecke, orangefarbenen Vorhängen, meditativen Bildern meiner Freundin Angelika und Räucherstäbchen. Und eines Tages war auch Franz bei mir, und ich konnte ihm helfen. Worum es ging, kann ich Ihnen nicht verraten. Diskretion ist Ehrensache.

Im Geschäft vom Franz also kaufen alle Bürgerinnen unserer Stadt ein. Er ist schon so nett, meine Visitenkarten auszulegen, vielleicht macht er das auch mit meiner Liste. Ich müsste nur wissen, wie er zum Landrat, Bürgermeister und Gemeinderat steht, ob er vielleicht mit einem von ihnen verwandt ist.

Und dann wollten ja auch Biedersteiner und Frau Vordermaier, dass ich etwas unternehme. Jetzt können sie zeigen, dass sie es ernst gemeint haben mit ihrem Unterstützungsangebot.

»Willst du tatsächlich ein Bürgerbegehren auf die Beine stellen?«, reißt mich Ben aus meinen Gedanken. »So revolutionär hätte ich dich gar nicht eingeschätzt.«

»Aha. Was dachtest du denn, wie ich bin? Verstaubt und altbacken?« Unwillig runzle ich die Stirn. Da hat mich der Herr Rechtsanwalt aber auf dem falschen Fuß erwischt.

»Nein, nein, so meinte ich das gar nicht. Ich bewundere Frauen, die für ihre Ideale kämpfen. Ich bin nur nicht daran gewöhnt. Schon gar nicht hätte ich gedacht, so jemanden hier in dieser Stadt gleich in der Nachbarschaft zu finden.«

Schön ist er zurückgerudert, finde ich. Ich glätte meine Unmutsfalten und schaue ihn versöhnlich an. »Gut, möchtest du mich denn dann bei meinem Kampf unterstützen?« Ich versuche ein kokettes Lächeln und bin froh, dass meine Töchter mich nicht sehen.

»Nun, normalerweise würde ich nicht zögern. Du kennst meine Ansichten, wir haben oft genug bei einem Glas Wein darüber geredet.« Er senkt den Blick und dreht sein Glas zwischen den Fingern über die weiß gestärkte Tischdecke. »Aber es ist so, Verena ist eine Cousine vom Landrat.«

»Nein!«

Das darf nicht wahr sein. Ich muss an all meine Schmähreden denken, und niemand hat mich gestoppt. Verena hat keine Miene verzogen, wenn ich über den Landrat und seine Unpolitik geschimpft habe.

»Wieso habt ihr nie erwähnt, dass Verena mit ihm verwandt ist?«, spreche ich meine Gedanken laut und auch ein wenig vorwurfsvoll aus. »Und wie geht das überhaupt? Ich dachte, ihr seid erst neu zugezogen. Habt ihr nicht vorher im Allgäu gewohnt?«

»Ja, das stimmt schon. Aber Verena stammt eigentlich von hier. Sie wollte ihre Verwandtschaftsbeziehung nicht an die große Glocke hängen, ganz neu hier anfangen.«

Jetzt bin ich echt platt. Wenn ich bedenke, wie viele Stunden ich mit Verena in ihrer oder meiner Küche verbracht habe, und nie hat sie es für nötig befunden, mir reinen Wein einzuschenken. Ich bin enttäuscht. War ich ihr so wenig wert, dass sie mir nicht die Wahrheit sagen wollte? Und wenn mir das schon bei meiner Nachbarin passieren konnte, mit wie vielen Verbindungen und Intrigen muss ich noch rechnen? Wenn ich erst einmal mit meiner Kampagne angefangen habe.

»Ben, ich danke dir für deine Zeit und deine Informationen. Aber ich gehe heim. Diese Enthüllung muss ich erst mal verdauen.«

Ich lege Geld für mein Essen auf den Tisch. Als ich Mantel, Schal und Tasche zusammensuche, klingelt Bens Handy. Aus seinen Antworten entnehme ich, dass Verena am Telefon ist. Ich schiele unter meinen Locken neugierig zu Ben hinüber. Seine Reaktionen werden immer ungehaltener.

»Ich war mit einem Klienten essen. – Karin? Ja, Karin habe ich in der Tat danach kurz getroffen. Sie brauchte einen juristischen Rat. Eine kleine Sache. Und jetzt muss ich arbeiten. Tschüs.«

Ziemlich kurz angebunden beendet er das Gespräch. Er sieht mich entschuldigend an. »Verena.«

»Ja, dachte ich mir schon.« Diskret übergehe ich das eben Gehörte.

»Ist manchmal nicht leicht mit ihr.« Mit einem schiefen Lächeln bezahlt auch er und nimmt seine Jacke. Beim Hinausgehen lässt er mir galant den Vortritt.

Draußen gebe ich ihm die Hand. »Vielleicht ist ihr ja nur langweilig, allein zu Hause, lediglich mit Putzen beschäftigt. Kann ich gut nachvollziehen.«

»Mag sein.« So ganz ernst scheint er seine Zustimmung jedoch nicht zu meinen.

Ein Gutes aber hatte Verenas Anruf: Meine überstürzte Flucht wurde unterbrochen, und wir trennen uns als Freunde.

FÜNF

Diese Geschichte mit Verena und dem Landrat zieht mich wirklich runter. Meine schöne rasante Anfangsenergie hat sich in Luft aufgelöst. Auch in dieser Nacht habe ich nicht viel geschlafen. Ich habe mir immer wieder die Küchengespräche von Verena und mir ins Gedächtnis gerufen. Nein, auch im Nachhinein kann ich kein Anzeichen dafür entdecken, dass Verena meine Schimpferei über den Hinterdobler und seine Machenschaften missbilligt hätte. Geäußert hat sie sich nie darüber, aber ganz genau zugehört. Das ist unglaublich! Ich bin wohl naiver, als ich gedacht habe.

Dazwischen drängte sich allerdings die Erinnerung an Bens strahlend blaue Augen. Immer wenn er mich damit ansieht, denke ich, er schaut mich auf eine besondere Art und Weise an. Sie wissen schon. Nur mich, und sein Blick bedeutet etwas. Aber wahrscheinlich kann er mit diesen Augen gar nicht anders schauen. Und ich bilde mir nur etwas ein. So habe ich mich stundenlang hin und her gewälzt. Erst im Morgengrauen bin ich endlich eingeschlafen.

Wenn das so weitergeht, bekomme ich noch mehr Falten vom akuten Schlafmangel, als ich eh schon habe. Das wäre ärgerlich! Aber jetzt gehe ich erst mal mit Runa in den Wald. Zum Nachdenken. Und Auslüften. Ja, ja, schon wieder! Gehen Sie ruhig mit, das wird Ihnen auch guttun!

Wie so oft entspannt mich das Gehen auf den bekannten Pfaden über den weichen Waldboden. Hier im Rottal kann man wunderbar wandern. In unserer niederbayerischen Toskana. Das ist nicht nur ein Werbeslogan, hier schaut es tatsächlich so aus: Liebliche Hügel erstrecken sich bis zum Horizont. Vereinzelte Gehöfte mit großen Bäumen zieren die Anhöhen, oft mit Pferdekoppeln geschmückt. Hin und wieder ein kleiner Fluss, der sich mäandernd durch saftig grünes Weideland schlängelt. Dazwischen ausgedehnte Wälder. Darin befinden sich, gut versteckt, Findlinge mit steinzeitlichen Malereien und riesige, zweihundert Jahre alte Fichten.

Natürlich haben wir auch Dörfer und kleine Städte mit alten, teils denkmalgeschützten Häusern, deren farbenfroh gestaltete Fassaden mit den Blumen vor den Haustüren um die Wette leuchten. Und das nahe Passau nicht zu vergessen! Nicht dass Sie denken, ich bekomme eine Provision vom Tourismusverein. Nein, nein. Ich wohne einfach gern hier.

Runa ist offensichtlich ebenfalls glücklich im Wald. Sie schnüffelt umher und wird ganz aufgeregt, wenn sie die Spur eines Hasen oder eines Rehs aufspürt.

Manchmal stelle ich sie mir als »ungebundene« Hündin vor, ohne Leine, ohne Menschen, die für sie sorgen. Zwar müsste sie sich mehr für ihr Fressen anstrengen, aber sie wäre frei. Könnte ihren Instinkten folgen, jagen, wenn sie Wild wittert. Vielleicht wäre sie glücklicher. Aber in unserer zivilisierten Welt funktioniert das nicht. Sie würde schnell als »wildernder Hund« von einem Jäger erschossen werden. Dann ist es wohl doch besser, sie bleibt an der Leine und ist ein gehorsamer Familienhund.

Meine Empfindungen sind ähnlich. Auch ich möchte los, meine Talente und Energien ausleben, meine Träume. Aber ich bin gebunden durch Mann, Haus, Kinder, Konventionen. Meist merke ich die Fesseln nicht, und ich liebe meine Familie, keine Frage. Wenn ich allerdings diese Erkenntnis in mein Bewusstsein dringen lasse, könnte ich schreien und an meinen Käfigstäben rütteln. Wahrscheinlich geht es Martin genauso. Oder allen Erwachsenen in ihrem reglementierten Erwachsenenleben. Nur die Kinder sind noch frei. Nein, das stimmt nicht. Heutzutage haben auch die Kinder nur noch wenig Freiraum. Traurig, eigentlich.

Umso mehr muss man gegen Beschränkungen ankämpfen, die einen krank machen und die man ändern kann. Und gegen die Personen, die dahinterstehen. Deshalb ist es richtig, weiterzumachen. Ich werde gleich heute die Listen ausdrucken und verteilen. Die kühle Waldluft hat ihre Wirkung getan. Meine Gedanken sind geklärt, und mein Entschluss bestärkt. Jetzt kann ich wieder in den Alltag zurück und die Herausforderung annehmen.

Dort hinten sehe ich Herrn Biedersteiner mit Hasso kommen. Gut, dann kann ich ihn gleich informieren, dass es ernst wird.

Runa hat Hasso auch entdeckt und zieht mächtig an der Leine. Der kleine Terrier springt ihr schon gazellenartig entgegen, wirft sich dann zehn Meter von uns entfernt auf den Boden, den Kopf auf den Pfoten. Mir kommt er da immer wie ein Soldat beim Anrobben vor. Auch Runa legt sich auf den Boden, brummt ihr begeistertes Begrüßungsbrummen und streckt ihren Hintern in die Höhe. Spielaufforderung. Ich lasse sie von der Leine, und sie startet los. Das übliche Gebalge beginnt.

Auch wir Menschen begrüßen uns, aber längst nicht so temperamentvoll wie die Hunde. »Ja, Herr Biedersteiner. Sie werden es vielleicht nicht für möglich halten, aber ich versuche mich als Zorra.«

»Wie das?«

»Ich sammle Unterschriften für ein Bürgerbegehren. Und wenn ich genug zusammenbekomme, tausend, um genau zu sein, geht's mit dem Bürgerentscheid weiter. Dann kippen wir den Schmarrn mit dem schrägen Kirchplatz, der Steinwüste ohne Bäume, dem Millionengrab, das keiner braucht.«

»Wunderbar, Frau Schneider. Ich glaube fest daran, dass Sie Erfolg haben werden. Wie kann ich Ihnen helfen?«

»Nun, Sie kennen doch auch viele Leute hier in der Stadt. Wollen Sie nicht eine Liste übernehmen?«

»Selbstverständlich! Das ist gar kein Problem. Gleich morgen bin ich wieder im Seniorenzentrum zum Schachspielen. Da fang ich sofort an mit dem Unterschriftenfangen.« Er strahlt übers ganze Gesicht, und seine Lachfältchen legen sich wie Sonnen um seine Augen.

»Prima! Ich bring Ihnen die Liste nachher vorbei.«

Na, das hat ja ausgezeichnet geklappt. Wenn ich für alle meine Listen so überzeugte Mitstreiter gewinne, kann gar nichts mehr schiefgehen – und der Kirchplatz bleibt gerade. Vorsicht, Kalauer! Herr Biedersteiner muss mich angesteckt haben.

SECHS

In den nächsten Tagen versuche ich, meine Listen an den Mann oder die Frau zu bringen. Die Bekannte, Marianne Hofbauer, hat auch Wort gehalten und nimmt eine Liste. Sie ist im katholischen Frauenbund und möchte es dort versuchen. Nun, ich bin skeptisch, ob da die richtige Klientel für unser Vorhaben sitzt, aber ich lasse mich gern eines Besseren belehren.

Natürlich fahre ich auch bei Heike vorbei und bitte sie, mir eine Liste abzunehmen.

»Na klar, Karin. Wir haben uns ja nicht nächtelang die Ohren heiß geredet, um jetzt still sitzen zu bleiben. Ich werde mal Frau Strasser fragen, ob ich sie nicht sogar im Kindergarten auslegen darf.«

Heike ist Kindergärtnerin, und Frau Strasser leitet den Kindergarten. Ich finde das eine ganz wundervolle Idee. Heike ist halt doch eine Freundin und nicht nur eine Pseudoschwägerin. Ich schäme mich ein bisschen wegen meiner Schadenfreude bei unserem letzten Gespräch. Nun gut.

Allerdings ruft sie mich vier Tage später mit einer nicht so positiven Nachricht an. Sie bat Frau Strasser um ihr Einverständnis, die Liste im Eingangsbereich des Kindergartens auszulegen. Ihre Chefin wohnt zwar im angrenzenden Landkreis und ist von der Geschichte nicht unmittelbar betroffen. Trotzdem hat sie dem zugestimmt. Da der Kindergarten nicht städtisch ist, sondern einen anderen Träger hat, dachten sie auch nicht, dass dies Schwierigkeiten geben könnte.

Es kam jedoch anders. Die Schwester des Spezls vom Landrat, mit der ich mich ja gleich zu Beginn meines Einlebens »angefreundet« hatte, die Frau im roten Jogginganzug, Sie erinnern sich?, diese Dame namens Mayer fand unser Vorhaben allerhand. Ganz klar, als Spezlschwester des Landrats. Sie holte ihre Tochter vom Kindergarten ab, sah unsere Liste und führte sich schrecklich auf, mitten im Eingangsbereich. Frau Strasser und Heike kamen angelaufen. Sie dachten, es wäre etwas passiert. Aber Frau Mayer machte nur ihrem großen Ärger Luft. Die beiden Kindergärtnerinnen versuchten, sie zu beruhigen. Vergebens. Mit den Worten »Das wird noch ein Nachspiel haben!« rauschte sie davon.

Und zwar, wie wir jetzt wissen, zu ihrem Bruder, der den Landrat informierte. Der Landrat machte daraufhin Heikes Arbeitgeber rebellisch. Dieser wiederum stellte bei Frau Strasser klar, dass diese politische Agitation gegen ihren Arbeitsvertrag verstoße. Das Gleiche gelte natürlich für Heike. So musste Heike die Liste wieder entfernen und bekam auch gleich noch eine Abmahnung.

Heike kann es gar nicht fassen, was ihr geschehen ist.

»Ja, Heike, wir sind hier im tiefsten Bayern. Da kennt jeder jeden, und die Welt ist noch in Ordnung.« Sarkasmus trieft aus meinen Worten. »Mir wird auch immer klarer, gegen welchen Sumpf wir hier ankämpfen. Ich würde aber an deiner Stelle die Abmahnung juristisch überprüfen lassen. Geh doch zu Ben, der ist Rechtsanwalt.«

»Ja, das werde ich machen, Karin. So leicht lasse ich mich nicht unterkriegen. Ich werde die Liste einfach im Auto lassen, und wenn jemand unterschreiben will, kann er das schnell draußen auf dem Parkplatz machen.«

Ich lache. »Du hast ja Einfälle. Danke, Heike, dass du dich für die Sache so ins Zeug legst.«

»Ist doch selbstverständlich. Schließlich wohne ich hier. Tschüs. Bis bald.«

Heike hat jetzt wirklich einen großen Stein bei mir im Brett und einen Überheblichkeitsanfall gut.

Aber das sollte nicht der einzige Vorfall bleiben. Marianne, die Bekannte aus meiner Siedlung, kommt am übernächsten Tag ziemlich aufgelöst bei mir vorbei.

»Karin, denk dir nur. Ich war gestern Abend bei unserer monatlichen Versammlung vom katholischen Frauenbund und hatte meine Liste dabei. Als ich so mit meinen Tischnachbarinnen darüber sprach und die ersten unterschrieben, wurde unsere Vorsitzende, Frau Mayer, auf uns aufmerksam und fragte, was wir denn da machen. Dann sah sie die Liste, wurde ganz rot und fing zum Schreien an. Dass sie so etwas Diffamierendes nicht in ihrem Frauenbund dulden werde und wir die größten Nestbeschmutzer wären. Ich wusste gar nicht, wie mir geschieht. Als sie aber dann die Liste auch noch zerreißen wollte, habe ich sie ihr schnell aus der Hand gezogen. ›Die gehört mir‹, hab ich gesagt und sie in meine Tasche gesteckt. Sie wollte gar nicht mehr aufhören, mit mir zu streiten, da bin ich gegangen. So muss ich mich von der auch nicht behandeln lassen. Die denkt eh immer, sie ist was Besseres.«

»Ohje, Marianne. Wenn ich gewusst hätte, dass du solche Schwierigkeiten bekommst, hätte ich dich gar nicht um Hilfe gebeten. Das tut mir leid.«

»Da kannst du doch nichts dafür, Karin. Aber das Beste kommt noch. Heute in der Früh sind gleich fünf Frauen von gestern Abend bei mir vorbeigekommen und haben unterschrieben. Sie haben auch gesagt, dass sie mit ihren Freundinnen und Bekannten reden werden und sie dann auch zu mir schicken. Ist das nicht wunderbar?«

»Super! Das hätte ich nicht gedacht.«

»Ja, ja, Karin, du meinst immer, der katholische Frauenbund ist ein reaktionärer Haufen. Aber das stimmt so nicht. Natürlich gibt's da auch verbiesterte, engstirnige Frauen. Aber wo gibt's die nicht?«

Marianne hat mich durchschaut, und ich senke verlegen den Kopf. »Auf jeden Fall ist es phantastisch, dass du schon so viele Unterschriften hast«, versuche ich abzulenken.

Als Marianne wieder gegangen ist, mache ich mich daran, das Mittagessen zu kochen. Heute gibt es Lasagne. Da kann ich davon ausgehen, dass wenigstens fünf von sechs Essern begeistert sein werden. Nur Vicky wird wieder eine Nase ziehen. Sie ist nämlich eines dieser seltenen Kinder, die keine Nudeln mögen. Dafür liebt sie Kartoffeln. Lilli wiederum hasst Kartoffeln, außer als Pommes oder vielleicht noch Bratkartoffeln. Susa verträgt dagegen nichts allzu Fettes, während es für Linus nicht fett genug sein kann. Er mag auch Soßen, am besten zu allem, da kommt er nach seiner Papa-Oma. Martin isst Gott sei Dank alles, na, fast alles, er mag nicht die Kombination Obst mit Fleisch, die ich liebe. Bei ihm ist die Hauptsache, dass es reichlich gibt, denn er (wie auch Linus und Lilli) kann essen, so viel er will, und nimmt nicht zu.

Im Gegensatz zu mir. Gemeinheit. Und ich darf mich durch diese ganzen Abneigungen und Vorlieben kämpfen und jeden Tag ein gesundes, vitaminreiches und schmackhaftes Essen kochen. Ich hasse es.

Aber heute geht es mir leicht von der Hand, denn ich habe einiges, über das ich nachdenken muss. Ich hätte nicht gedacht, dass uns so viel kalter Wind entgegenbläst. Ich bin offensichtlich manchmal zu blauäugig. Öfter, als mir lieb ist. Und das war sicherlich erst der Anfang. Ich muss mich seelisch darauf vorbereiten, dass noch mehr kommt.

Während ich die Fleischsoße umrühre, sehe ich, dass Verena gerade nach Hause kommt und ihr Auto in die Garage stellt. Da erst fällt mir auf, dass wir uns seit meinem Gespräch mit Ben vor gut einer Woche nicht mehr getroffen haben. Früher vergingen keine zwei Tage, ohne dass wir nicht in irgendeiner Küche von uns zusammengesessen sind. Jetzt ist Funkstille. Und mir ist es gar nicht aufgefallen, weil ich so viel mit meinem Bürgerbegehren um die Ohren hatte. Ich nehme mir vor, bald mal hinüberzugehen und mit ihr zu reden.

SIEBEN

Inzwischen ist eine Woche vergangen und der Kreis meiner Unterstützer immer größer geworden. Herr Biedersteiner, Frau Vordermaier und Franz sind natürlich dabei, aber auch einige andere. Franz hatte mir den Tipp gegeben, doch auch die Geschäftsinhaber rund um den Kirchplatz anzusprechen.

Besonders diejenigen auf der zukünftig abschüssigen Seite sollten eigentlich kein Interesse daran haben, dass ihnen wieder das Regenwasser bei der Ladentür hineinläuft. So war es nämlich in der »guten alten Zeit«. Deshalb waren frühere Stadtväter so klug gewesen und hatten abgestufte Ebenen gebaut. Diese Ebenen waren eben, und das war gut so. Jetzt soll wieder alles unter dem Deckmantel der Modernisierung in den alten Stand zurückversetzt werden.

Auf jeden Fall hatte ich bei vielen Geschäftsleuten Glück. Entweder unterschrieben sie oder sie legten gleich selbst eine Liste aus. Denn langsam kam ihnen der Verdacht, dass sie ganz schön zur Kasse gebeten werden würden, wenn das Projekt erst abgeschlossen ist. Zwar hatte sich der Landrat bei konkreten Fragen diesbezüglich immer herausgeredet. Aber es hat sich herumgesprochen, dass natürlich eine Anliegerumlage geplant ist. Bei den maroden Stadtfinanzen auch kein Wunder.

Frau Vordermaier ruft mich an und schlägt mir ein Treffen aller aktiven Unterstützer vor.

»Da lernen sich alle kennen, und wir können das gemeinsame weitere Vorgehen absprechen. Das steigert den Zusammenhalt und die Motivation.«

»Ja, das ist eine gute Idee, Frau Vordermaier. Ich werde mich sofort an das Telefon setzen und alle anrufen. Passt es Ihnen übermorgen Abend bei mir?«

Frau Vordermaier hat Zeit, und auch die meisten der anderen Listeninhaber. Allerdings bin ich durch die vielen Telefonate, die doch wieder länger gedauert hatten, als ich dachte, zu spät mit dem

Kochen dran. Martin kommt immer um zwölf Uhr mittags und möchte mit mir allein in Ruhe, aber schnell essen. Spätestens nach zwanzig Minuten eilt er meistens schon wieder davon. Also muss das Mittagessen rechtzeitig auf den Tisch, und Verzögerungen machen ihn ungehalten. So auch jetzt.

»Karin, du weißt doch, dass meine Zeit knapp bemessen ist. Es kann doch nicht so schwer sein, das bisschen Kochen pünktlich hinzubekommen.« Stirnrunzelnd läuft er in der Küche auf und ab. Wenn er ärgerlich ist, muss er sich bewegen.

»Es ist ja gleich fertig. Ich hab den ganzen Vormittag telefoniert und die Leute für unser erstes Arbeitstreffen zusammengetrommelt. Da ist mir eben die Zeit davongerannt. Außerdem kommst du auch manchmal zu spät oder gar nicht, und ich sitze dann mit dem fertigen Essen da. Das ist auch keine Freude«, kontere ich. Warum muss ich mich rechtfertigen? Ich bin doch kein Schulkind mehr!

»Ja, ja, lenk nicht ab. Wir haben nun mal diese Arbeitsteilung, und ich trage meinen Teil dazu bei. Jeden Monat kommt genug Geld aufs Konto. Im Studium hattest du ja schließlich Zeitmanagement, schau mal wieder in deine Unterlagen und erfüll du deinen Part.«

Ich atme tief durch, um ihn nicht anzuschreien. Er mag es nämlich überhaupt nicht, wenn bei einem Streit – oder Disput, wie er es nennt – mein sizilianisches Blut bei mir durchkommt. Meine Urgroßmutter stammte von dieser Insel. Am Anfang unserer Ehe fand er es apart, wenn ich temperamentvoll war, und er gab bei seinen Studienkollegen damit an, eine Halbitalienerin als Frau zu haben. Wobei ich eher nur eine Ein-Achtel-Italienerin bin, deshalb auch mein typisch italienischer Vorname. Karin.

Aber mit der Zeit verflog sein Faible für meine Dramatik, und er bevorzugte es, wenn ich nüchtern und sachlich deutsch blieb. Was mir im Moment wirklich sehr schwerfällt!

»Ehemann, nun führ dich nicht so auf, nur weil ich einmal mit dem Essen zu spät dran bin. Das ist doch lächerlich!«

»Es ist ja nicht nur das Essen. Heute Morgen hatte ich auch kein einziges gebügeltes Hemd mehr im Schrank und musste das von gestern anziehen. Und die Kinder hatten keinen Saft zum Frühstück, weil du vergessen hattest, ihn einzukaufen. Das hab ich sehr wohl mitbekommen, auch wenn ich nichts dazu gesagt habe. Diese Revolution, die du da gerade anzettelst, ist ja schön und gut. Ich bin auch nicht dafür, Millionen Steuergelder für einen unnützen Umbau des Kirchplatzes zu verschwenden. Aber ich habe noch viel mehr dagegen, wenn unser Familienleben darunter leidet. Du weißt, mein Beruf ist stressig genug. Da möchte ich zu Hause einen geregelten Gang. Das ist doch nicht zu viel verlangt!« Er schlägt mit der Faust auf die Küchentheke.

Nach diesem ungewohnten Ausbruch schnappt sich mein Mann seinen Autoschlüssel und rennt ohne ein weiteres Wort aus der Tür. Als diese ins Schloss fällt, klingelt mein Küchenwecker, und das Essen ist fertig.

Allerdings ist mir nach diesem Streit jeglicher Hunger vergangen. Ich wusste gar nicht, dass ich so einen Chauvi zu Hause habe, der am liebsten von einer Fünfziger-Jahre-Hausfrau betüddelt werden möchte. Die hätte bestimmt immer pünktlich das Essen auf dem Tisch. Und abends würde sie ihn, mit Pantoffeln und einem Drink in der Hand, adrett gekleidet an der Tür schon erwarten. Na prächtig.

Aber nicht mit mir. Ich hab nicht von ungefähr im Studium einen Arbeitskreis politischer Frauen gegründet und erziehe meine Töchter im emanzipatorischen Gedanken und Linus natürlich auch. Bei mir muss auch der Junge die Spülmaschine ausräumen! Ich möchte ja keinen Pascha großziehen, wie anscheinend sein Vater inzwischen einer ist. Irgendetwas ist da die letzten Jahre falsch gelaufen.

Grottenfalsch.

Ich muss dringend noch Sitzgelegenheiten von oben holen, denn es kommen Leute über Leute zum Arbeitstreffen. Mehr, als ich dachte. Anscheinend haben einige ihre anderen Termine umgelegt, um heute doch dabei zu sein. Mein kleiner Praxisraum platzt aus allen Nähten. Gut, dass ich ein paar zusätzliche Brote mit Erdäpfelkas gemacht habe. Ein bisschen was zum Essen verbindet und beruhigt die Nerven.

Als ich die letzten Holzstühle aus unserem Esszimmer hole, zischt mir Martin zu: »Linus ist noch nicht zu Hause. Es ist schon halb acht. Da müsste er vom Hip-Hop-Training längst hier sein.«

»Ich weiß auch nicht. Da musst du dich jetzt drum kümmern, Martin. Ich hab zu arbeiten.« Damit quetsche ich mich mit den Stühlen an ihm vorbei.

Seit unserer Grundsatzdebatte vor zwei Tagen ist die Stimmung zwischen uns merklich gespannt. Ich hatte ihm noch am selben Tag zehn Hemden gewaschen, gebügelt und in den Schrank gehängt. Dann bin ich einkaufen gegangen und habe so viel besorgt, dass es für die nächsten zwei Wochen reichen müsste. Darüber geredet haben wir aber nicht.

Inzwischen sind alle angekommen und haben auch einen Sitzplatz. Sogar Max Huber hat sich uns angeschlossen. Der »Querulant«, der bei der Firma vom Hinterdoblersohn einen Betriebsrat gründen wollte und dann bei der umstrukturierten Nachfolgerfirma nicht übernommen wurde. Er ist immer noch arbeitslos, denn freie Arbeitsplätze sind in unserer Gegend gerade in der heutigen Zeit Mangelware.

Gespannt zählen wir als Erstes die Unterschriften auf allen Listen, es sind dreihundertsechsundfünfzig. Noch lange nicht genug, aber für die kurze Zeit schon sehr beachtlich. Dann diskutieren wir, welche Aktionen wir starten könnten. Brainstorming auf gut Neudeutsch. Es fallen viele Vorschläge. Die meisten werden wieder verworfen.

»Wie steht eigentlich unser Herr Pfarrer zu dem Projekt? Könnten wir den denn nicht einbeziehen? Schließlich passiert es quasi vor seiner Haustür«, frage ich.

Heike meldet sich zu Wort: »Den Herrn Pfarrer hab ich letzten Sonntag nach der Messe angesprochen, und er meinte, dass er sich nicht gegen den Beschluss der demokratisch gewählten Vertreter wenden wird.«

»Ja und, was weiter?« – »Das gibt's doch nicht!« Alle reden durcheinander. »Naaa, so was!« – »Mei, bei dem Namen! Lex, das Gesetz!« – »Auf den können wir also ned zählen, macht nix.« – »Leckst mi do am ...« – »Aber Lucki, das ist doch der Herr Pfarrer!«

Als wieder einigermaßen Ruhe eingekehrt ist, arbeiten wir weiter. Endlich hat Herr Mühldorfer vom Gartenbauverein die zündende Idee.

»Lasst uns doch Baumpaten suchen! Auf unserem Kirchplatz stehen zehn große Kastanien, die der Sanierung zum Opfer fallen sollen. Wir wollen Mitglieder der ›High Society‹« – dabei zeichnet er mit vier Fingern Gänsefüßchen in die Luft – »unserer Stadt ansprechen, ob sie nicht eine Patenschaft für einen dieser Bäume übernehmen wollen. Symbolisch. Und diese Patenschaften werden wir in der Zeitung veröffentlichen, um zu zeigen, dass das Abholzen nicht gewollt ist.«

»Prima Idee!«

»Ja, finde ich auch!«

Alle sind begeistert.

»Aber warum müssen es die Großkopferten sein? Es ist doch genauso viel wert, wenn ein ganz einfacher Mensch Baumpate wird, oder?« Dieser Einwand kommt von Marianne. Und irgendwie hat sie recht, finde ich.

»Ja, schon«, erwidert Herr Mühldorfer. »Aber wir brauchen Paten mit Vorbildcharakter, die die Leute kennen und schätzen. Damit sie sich mit unserer Sache leichter identifizieren können und unterschreiben.«

»Lasst uns doch konkrete Vorschläge für die Baumpaten sammeln«, versuche ich von der Diskussion weg hin zum Tun zu kommen. Und es funktioniert. Ich schreibe die genannten Namen fleißig mit.

Um zweiundzwanzig Uhr beenden wir unser erstes Treffen. Wir haben heute viel geschafft. Alle sind zufrieden und verabschieden sich. Als Letzter gibt mir Max Huber die Hand und wartet, bis die anderen schon ein Stückchen die Treppe nach oben gegangen sind.

»Karin, was ich dir noch schnell erzählen wollte. Aber es soll erst mal unter uns bleiben. Die Firma vom Hinterdoblersohn, dem Ferdinand, soll den Auftrag kriegen, bei der Kirchplatzsanierung mit seinen Lastwagen den Schutt wegzukarren. Das wär natürlich eine große Sache für die. Und nachdem es bei ihnen auch nicht Aufträge hagelt, wäre der Umbau die Rettung für die Firma.«

»Na, typische Vetternwirtschaft. Geht das überhaupt? Das ist doch sicher nicht erlaubt. Woher weißt du das?«

»Ich hab immer noch meine Connections in der Firma. Der Umbau wird natürlich ganz offiziell ausgeschrieben. Aber man kann da schon was drehen. Wenn man weiß, wie hoch das günstigste Angebot der anderen Firmen ist, kann man sein eigenes Angebot dementsprechend schreiben. Das ist alles machbar. Nicht umsonst sind ein paar von der Verwaltung mit dem Ferdinand beim Brauchtumsverein beisammen und bei den Schützen auch noch.«

Er kommt noch einen Schritt näher. »Das soll aber unter uns bleiben, Karin. Ich wollte es dir nur erzählen, damit du weißt, auf was du dich da einlässt. Oder besser gesagt, mit wem. Da geht's nicht nur um sein politisches Gesicht, das der Hinterdobler verlieren würde. Wenn der Umbau gekippt wird und der Millionenauftrag sich in Luft auflöst, geht die Hinterdoblersippe bankrott. Dann hat dem Ferdinand sein schöner Dreh mit der GmbH-Gründung auch nichts genützt. Also pass auf, Karin.«

Ich bedanke mich bei Max für diese Hintergrundinformation, sperre hinter ihm ab und lösche die Lichter. Dann gehe ich nachdenklich und müde die Treppe zum Wohnbereich hoch und freue mich auf mein Bett.

Oben ist alles hell erleuchtet. Warum sind die Kinder noch nicht verräumt?, denke ich gerade noch verwirrt. Da höre ich Stimmen aus der Küche.

»Hey, das tut weh, Mann!« Linus.

»Halt verdammt noch mal still!« Martin. Aber warum so ärgerlich?

Ich biege um die Ecke und erstarre. Linus sitzt auf einem Küchenstuhl. Seine Klamotten sind schmutzig und teilweise eingerissen. Über der Stirn hat er eine große, verdreckte Schramme, sein rechtes Auge wird wohl morgen blau sein, und er blutet auf der Unterlippe.

»Was ist denn mit dir passiert?« Mit einem Schritt bin ich bei ihm, streiche ihm die Haare aus der Stirn, damit ich seine Wunde besser beurteilen kann.

»Aua!« Unwillig entzieht mir Linus seinen Kopf.

»Was ist denn nun passiert, um Gottes willen?« Ich schaue von Linus zu Martin.

»Frag nicht mich, frag ihn. Mir wollte er nichts erzählen. Vielleicht hast du ja mehr Glück.« Martin wirft das Wattepad, mit dem er gerade Linus' Stirnwunde gesäubert hat, auf die Küchentheke und stampft aus dem Zimmer.

Ich ziehe mir einen Stuhl heran und setze mich. Das wird schwierig. Linus war noch nie sonderlich mitteilsam, aber seit er in der Pubertät ist, ist er zu einer Muschel mutiert.

»Warst du heute beim Hip-Hop-Training?«, fange ich mit etwas Einfachem an.

»Hm.«

»Gab's da was Besonderes?«

»Nö.«

»Und dann bist du heimgegangen?«

Schweigen.

»Magst du etwas trinken? O-Saft?«

»Okay.«

Ich gieße ihm ein Glas Orangensaft ein. Er nimmt es und trinkt mit großen Schlucken alles aus. Innerlich also ziemlich aufgewühlt. Klar, so wie er aussieht. Aber was ist bloß geschehen?

»Bist du nach dem Hip-Hop gleich nach Hause?«

Schweigen. Er schaut auf seine Füße. Mein Gott, wie komme ich an ihn ran?

»Hast du was angestellt?«

Linus bewegt sich und schlägt die Füße andersherum unter. Sieht sie immer noch angelegentlich an.

»Nun sag's mir doch endlich! So schlimm kann es doch nicht sein.«

Er fährt sich mit einer Hand durch seine braunen verwuschelten Locken. Zuckt zusammen. Da gibt es morgen wohl auch noch eine Beule. Atmet tief ein und sagt: »Na ja, wie man's nimmt.«

»Mensch, Linus. Mach endlich!« Lilli schlendert durch die Tür.

Ich werde sie jetzt nicht daran erinnern, dass sie schon längst schlafen sollte. Vielleicht kommt ja Lilli bei ihm weiter. Die beiden hatten von klein auf eine besondere Beziehung zueinander. Kein Wunder bei Zwillingen.

»Red! Sonst rede ich!«

Jetzt wird es immer kryptischer. Hat Lilli eine Ahnung, was geschehen ist?

»Was weißt du schon davon?« Linus versucht sich in Aufmüpfigkeit.

»Genug, um mir zusammenzureimen, was passiert sein könnte.« Lilli funkelt ihren Bruder an.

Er sinkt in sich zusammen. »Na gut.« Er zuckt resigniert mit den Schultern. »Ich hab gesprayt.«

»Was, du hast gesprayt? Was soll das heißen?«

»Na, Graffiti, Mum.«

»Und wo? Sohn.«

»Beim Hinterdobler.«

Ich schnappe nach Luft. »Wo!? Und was?«

»An seine Hauswand zur Straße. Nazi raus!«

»Nazi raus? Wieso denn das?«

»Na, weil er einfach alles kaputt macht und gegen den Willen der Leute.«

»Okaaay.« Die Geschichtsstunde lasse ich ausfallen. Das hat immer noch Zeit, dem Jungen zu erklären, was Nazis wirklich sind. Aber ich verstehe, was er damit meint.

»Und hat dich jemand gesehen?«

»Na ja. Als ich fast fertig war, ist der Depp mit seinem Mercedes heimgekommen und hat gesehen, dass ich ihm die Wand anmale. Da hat er mit seinem Karren einen Schlenker gemacht und wollte mich umnieten. Aber ich bin schnell über seinen Zaun gesprungen. Da war aber dann sein Schäferhund im Garten, und ich bin gerade noch rechtzeitig zum nächsten Nachbarn über den Zaun. Der Depp hat morz rumgeschrien und einen Lauten gemacht. Aber ich war schon weg. Bin dann nach Hause gelaufen. Mich hat keiner gesehen.«

»Na, hoffentlich.« Die Geschichte erklärt sein Aussehen, aber nicht seinen Beweggrund.

»Und warum hast du das gemacht, Linus?«, will ich wissen.
»So halt.«
»Linus!«
»Du wolltest mich ja nicht unterschreiben lassen auf der Liste, weil ich noch nicht achtzehn bin. Aber ich wollte auch was gegen den Deppen machen. Und der Gerry hat mir seine Farben geliehen. Ich dachte, das ist eine gute Idee.«
»Du Döskopf!« Ich ziehe ihn an mich, und er lässt es geschehen. Gerührt fühle ich einen Hauch unserer früheren innigen Verbindung. Als er klein war, war er so ein niedlicher, liebevoller Junge. Mit seinen braunen Locken und den großen Augen. Er kam immer angelaufen, kletterte auf meinen Schoß und kuschelte sich an mich. Mit drei Jahren war er fest davon überzeugt, mich zu heiraten, wenn er erst groß ist. Da ließ er sich nicht davon abbringen. Aber diese Zeit ist lange vorbei. Melancholisch genieße ich eine kleine Weile unsere jetzt ungewohnte Nähe. Ich seufze.
»Das war nicht in Ordnung. Dass das klar ist!« Wir rücken wieder auseinander. »Wir wollen auf dem Boden der Legalität bleiben und uns nicht auf seine Stufe stellen. Okay?«
»Okay.«
»Wir müssen überlegen, was zu tun ist.«
»Was zu tun ist, fragst du? Eine richtige Tracht Prügel verdient er!« Martin stürzt in die Küche und stürmt auf Linus zu. Er will ihn am Pulli packen und hochziehen, aber ich gehe dazwischen.
»Martin, spinnst du! Lass den Jungen los!«
»Das ist alles nur deine Schuld«, fährt er nun mich an. »Wenn du dich herausgehalten hättest, wie ich dir geraten hab, wäre das alles nicht geschehen. Seitdem du einen auf Jeanne d'Arc machst und in deinen Heiligen Krieg gezogen bist, geht hier alles drunter und drüber.«
»Jetzt halt aber mal die Luft an. So ein Blödsinn! Vielleicht solltest du irgendwohin gehen und dich abkühlen!« Mit dem kann man ja im Moment nicht mehr vernünftig reden.
»Du hast recht.« Spricht's, schlägt die Küchentür zu, dann die Tür zur Garage. Wir hören nur noch, wie er mit quietschenden Reifen davonbraust.

»Wo will Papa denn hin?« Lilli ist besorgt.

»Keine Ahnung. Der kommt schon wieder. Für heute ist genug passiert. Geht jetzt ins Bett. Morgen ist Schule. Keine Widerrede!«

Beide sind wohl ziemlich k.o., denn sie steigen ohne großen Widerstand hinauf in ihre Zimmer.

Ich bleibe mit dem Schlamassel allein zurück. Mit wem könnte ich denn vernünftig darüber reden, der auch nichts weitererzählt? Mit Ben. Genau. Es ist schon dreiundzwanzig Uhr. Egal. Das muss ich gleich klären.

Mein Adrenalin ist hoch genug. Ohne die üblichen Gewissensbisse, dass ich um diese späte Stunde stören würde, wähle ich Bens Nummer.

Gott sei Dank geht er selbst dran.

»Berger.«

»Hallo, Ben. Hier ist Karin. Tut mir leid, wenn ich jetzt noch anrufe, aber es ist was Dämliches passiert, und ich brauche den Rat meines Anwalts. Du bist doch mein Anwalt und unterliegst der Schweigepflicht, oder?«

Ben zögert kurz. »Ja, schon, aber hat das nicht Zeit bis morgen?«

Ich spüre, dass ihm meine Bitte unangenehm ist. Vielleicht möchte Verena nicht, dass er um diese Uhrzeit noch arbeitet. Aber darauf kann ich jetzt keine Rücksicht nehmen. »Nein, das hat keine Zeit bis morgen. Wenn wir Pech haben, steht bald die Polizei vor der Haustür.«

»Die Polizei? Was hast du denn gemacht?«

»Ich hab nichts gemacht. Was genau passiert ist, erzähle ich dir lieber persönlich. Kommst du rüber?«

»Also gut. Ich bin gleich da.«

Bevor ich auflege, höre ich ihn leise seufzen.

»Ja. So war's. Was soll ich denn jetzt tun? Ich würde ungern zum Landrat gehen und meinen Sohn anschwärzen. Das würde ihm eine Angriffsfläche bieten. Wer weiß, ob das nicht dem Bürgerbegehren schaden würde. Was rätst du mir als mein Anwalt?«

»Als Anwalt kann ich dir sagen, wo kein Kläger, da kein Richter. Wenn der Landrat nicht weiß, dass Linus der Sprayer war, und wenn Linus auch nichts am Tatort verloren hat, was die Spur der Polizei auf ihn bringt, dann gibt es rechtlich keinen Handlungsbedarf. Wenn aber Indizien auf Linus zeigen und die Polizei einen begründeten Verdacht hat, dann ruf mich an und sag vorerst nichts. Gegebenenfalls können wir mit einem schnellen Geständnis und dem Angebot, Sozialarbeit zu leisten, Linus aus der Schusslinie holen. Das wird sich zeigen, wenn es so weit ist.« Ben sieht das ganz nüchtern.

Mir aber wird bei dem Gedanken heiß und kalt. Linus bei der Polizei. In Handschellen. Verurteilt. Im Jugendknast mit all den schwer erziehbaren Jungs. Er lernt schnell und kann, wenn er wieder rauskommt, perfekt Autotüren knacken und Schlösser aufbrechen. Sein ganzes Leben ist verpfuscht. Panik.

Mir bricht der Schweiß aus. Ich reibe meine klammen Hände an den Oberschenkeln. Versuche, aus dieser sich verselbstständigenden Gedankenspirale wieder auszusteigen. Ich kenne das von mir. Wenn ich erst einmal angefangen habe, mir etwas Schlimmes vorzustellen, dann macht mein Kopf allein weiter, und es wird schlimmer und schlimmer. Meine Phantasie ist beträchtlich, wenn es darum geht, mir Katastrophen bezüglich meiner Kinder auszudenken. Dazu kommt noch mein italienisches Drama-Gen. Apokalypse *perfetto*.

Ich stehe auf und hole mir ein Glas kaltes Wasser. Trinke es bewusst in kleinen Schlucken.

»Karin, beruhige dich. Auch wenn er erwischt werden sollte, drohen ihm keine martialischen Strafen. Er ist erst vierzehn, gerade mal strafmündig, hat bis jetzt nichts angestellt, geht brav aufs Gymnasium, hat ein ganz normales Elternhaus. Außer ein paar Stunden Sozialdienst wird dabei nichts herauskommen.«

»Meinst du wirklich?« Ich möchte Sicherheit.

»Ja, natürlich.« Ben schaut mich ruhig an und legt mir seine Hand auf die Schulter. Das tut gut. Macht mich ruhiger.

Ich atme tief durch. »Also gut. Hoffen wir, es kommt nie heraus, dass Linus den Unfug angestellt hat. Aber – auch wenn ich den Hinterdobler nicht ausstehen kann – wir können ihn ja nicht auf dem Schaden sitzen lassen. Immerhin ist seine Hauswand verschmiert. Wer weiß, ob man das wieder abwaschen kann. Und Linus muss lernen, dass er nicht einfach ohne Konsequenzen das Eigentum fremder Leute beschmieren kann.«

»Ihr könnt ja aus der Hauswandreinigung eine Aktion für euer Bürgerbegehren machen. Da fällt dir bestimmt was ein. Und was die Erziehung von Linus angeht: Da solltest du mit deinem Mann reden. Wo ist der überhaupt?«

»Nicht da. Er konnte mit der Situation nicht umgehen und ist ausgerastet. Jetzt kühlt er sein Gemüt. Keine Ahnung, wo und wie lange.« Ich schaue Ben kurz an. »Danke für deine Hilfe. Schick mir eine Rechnung. Und entschuldige nochmals, dass ich dich mitten in der Nacht belästigt habe.«

»Schon gut. Dafür sind Freunde da. Vergiss das mit der Rechnung. War ja nicht die Welt. Gute Nacht.«

»Danke. Gute Nacht. Und komm gut nach Hause.« Ich versuche ein Lächeln.

Ben lächelt müde zurück. »Mal schaun, was mich erwartet.« Er hatte sich schon zum Gehen abgewendet und sprach sehr leise, aber ich hatte es dennoch verstanden.

»Was meinst du?« Meine Neugierde ist geweckt.

»Ach. Nichts.« Aber dann dreht er sich doch noch einmal zu mir um. »Verena …« Er schaut etwas verlegen zu Boden. »Also, meine Frau ist leider ziemlich eifersüchtig, und in letzter Zeit wird es wieder schlimmer.« Es ist ihm sichtlich peinlich, darüber zu sprechen. »Sie hatte keine einfache Jugend. Wohl einen ziemlich cholerischen Vater.« Dem eloquenten Juristen gehen die Worte aus.

Ich lege ihm mitfühlend meine Hand auf seinen Arm. »Verstehe schon. Ist bestimmt nicht immer leicht.«

Nun kann er mir wieder in die Augen schauen. »Danke für dein Verständnis. Gute Nacht.« Damit geht heim zu seiner Frau.

Ich bleibe noch lange in der Küche sitzen und denke nach. Wieso läuft zurzeit zu Hause alles schief? Ist es meine Schuld? Kehrt wieder Friede in unserer Familie ein, wenn ich mein politisches Engagement beende? Aber wir haben schon viel erreicht, und ich möchte die anderen nicht hängen lassen. Diese Kirchplatzsache ist keine Eintagsfliege, sondern ändert das Leben in der Stadt für eine lange Zeit. Ich – wir müssen da jetzt durch. Ich könnte nicht mehr in den Spiegel schauen, wenn ich jetzt das Handtuch schmeißen würde.

Während meiner Überlegungen schenke ich mir ein Glas Wein ein und schaue gewohnheitsmäßig zu Bens Haus hinüber. Das Wohnzimmer ist hell erleuchtet, und durch den Wintergarten erkenne ich, dass Ben sich anscheinend gerade eine Schlafstatt auf der Couch herrichtet. Oje, Verena war wohl tatsächlich ärgerlich. Armer Ben. Drüben geht das Licht aus.

Als um zwei Uhr die Polizei immer noch nicht geklingelt hat und Martin wohl woanders schläft, beschließe ich, dass in dieser Nacht nichts mehr passiert, und gehe ins Bett. Oben schaue ich in die Zimmer der Kinder. Alles ruhig. Linus liegt wie ein kleiner Junge in Embryostellung in seinem Bett. Der heutige Abend hat ihn auch sehr mitgenommen. Stumm verspreche ich ihm, dass ich auf ihn achtgeben werde. Noch mehr als bisher.

ACHT

Am nächsten Tag gibt es nur ein Gesprächsthema in der Stadt: Die Schmiererei auf der Hausmauer des Landrats. Wo auch immer man hinkommt, die Leute reden über diesen Skandal. Es geht das Gerücht, dass der Landrat fast einen jungen Mann gestellt hätte, der aber dann doch flüchten konnte. Die Polizei hätte den Tatort abgesucht, aber keine relevanten Spuren sicherstellen können.

Auch die Täterbeschreibung des Landrats brachte sie nicht weiter. Junge Männer in Jeans, dunklen Jacken, grauen Strickmützen gibt es wie Sand am Meer. Eigentlich schauen heutzutage alle so aus.

Also, nichts zu machen. Der Landrat tobt. Er beschuldigt allen und jeden der Unfähigkeit. Dann kommt ihm anscheinend endlich die Idee, aus seinem Schaden politisches Kapital schlagen zu können. Er lässt das Gerücht streuen, dass es wahrscheinlich seine politischen Gegner waren, allen voran die Aktivisten des Bürgerbegehrens, die hinter diesem »Anschlag« stehen.

Ich trete die Flucht nach vorn an und telefoniere mit Frau Vordermaier. Sie hatte natürlich auch schon davon gehört. Ist empört, dass so etwas in unserer kleinen, ruhigen Stadt vorkommt. Ich stimme ihr zu.

»Sie haben ja bestimmt schon gehört, dass der Landrat uns den Vorfall in die Schuhe schieben will. Wie wäre es, wenn wir eindeutig Stellung beziehen und uns von den Schmierereien distanzieren würden? Eine Stellungnahme in der Zeitung und eine öffentliche Aktion, in der wir dem Hinterdobler helfen, das Graffiti wieder zu entfernen. So können wir dem Munkeln hinter vorgehaltener Hand entgehen und politischen Schaden von unserer Initiative abwenden. Was halten Sie davon?«

»Gut. Wirklich gute Idee. Sie hätten das Zeug zur Politikerin, Frau Schneider. Vielleicht ist das Ihre Zukunft.«

»Mal schaun«, wiegle ich ab. »Dann sind Sie also einverstanden?

Ich kümmere mich um die Presse und den Fotografen und werde für heute Nachmittag ein paar unserer Mitstreiter für die Reinigungsaktion zusammentrommeln.«

»Ja, machen Sie das. Mit mir können Sie natürlich auch rechnen. Sagen Sie mir bitte Bescheid.«

»Ja, in Ordnung. Und vielen Dank. Auf Wiederhören.«

»Auf Wiederhören, Frau Schneider.«

All dies organisiere ich vormittags. Ich hatte Linus nicht in die Schule gelassen. Seine Blessuren sind sehr auffällig und hätten die Aufmerksamkeit auf ihn gelenkt.

Martin hat sich immer noch nicht gemeldet. Die kleinen Mädels hatten am Frühstückstisch schon gefragt, wo denn der Papa sei. Aber sie haben sich mit der Antwort zufriedengegeben, dass er schon ganz früh ins Krankenhaus zu einem Notfall musste. Das kommt ja immer mal wieder vor. Lilli und ich haben uns in stummem Einvernehmen angeschaut.

Da mein Schulmediziner nicht anwesend ist, kann ich Linus auf meine Art »verarzten«. Gebe ihm meine geliebten Globuli, die Martin nur für Placebos hält. Mache Umschläge mit Kräutertinkturen, gebe ihm viel zu trinken, stecke ihn in ein Basenbad. Er lässt sich alles widerstandslos gefallen.

Seine gestrige Tat hat ihn selbst erschreckt, und er muss erst wieder Boden unter seinen Füßen spüren. Wir reden auch viel. Über Politik, Nazis und den richtigen Umgang mit dem politischen Gegner. Er verspricht, keine Hauswände mehr zu besprayen. Und alle Vergeltungsakte sein zu lassen. Nach dem Bad geht er freiwillig wieder ins Bett und schläft auch schon bald ein.

Wieder hab ich einen ganzen Vormittag lang keine Hausarbeit gemacht, sondern »nur« Politik. Also muss ich mittags improvisieren und mache Fischstäbchen mit Pommes. Die Mädels haben gar nichts dagegen. Martin lässt sich immer noch nicht blicken. Ich sehe aber auch keine Notwendigkeit, ihm hinterherzutelefonieren. Er muss wohl in der Arbeit sein, denn sonst hätte das Krankenhaus schon längst bei uns angerufen. Er liegt also nicht tot im Straßengraben. Wünsche ich mir auch nicht.

Am Nachmittag findet die öffentliche Reinigung der Landrathausmauer statt. Die Kinder quengeln und wollen mit. Aber ich kann ihnen verständlich machen, dass dies eine ernste Angelegenheit ist und keine Jahrmarktveranstaltung. Wie hätte ich auch begründen sollen, dass alle mitdürfen, nur Linus zu Hause bleibt. Ich will kein Risiko eingehen. Also mache ich mich allein auf den Weg.

Die Presse ist anwesend, macht Fotos. Von der schrubbenden ehemaligen Gemeinderätin neben der wischenden Hausfrau. Vom Landrat, der mir die Hand schüttelt und fuchsgleich in die Kamera grinst. Auch egal. Soll er sich über die Publicity freuen. Ich freue mich auch. Vor allem, dass Linus wohl gerade noch einmal davongekommen ist. Gott sei Dank.

Abends hole ich zur Feier des Tages für die Kinder und mich Pizza. Meine Monster sind begeistert, und ich bin froh, nicht kochen zu müssen.

Mitten in unserer Schlacht am Küchentisch mit Pappkartons und Papierservietten kommt Martin heim. Er ist ein wenig grau im Gesicht, lässt sich aber ansonsten nichts anmerken. Schaut ein bisschen verwirrt auf die Pizzareste. Lehnt das Angebot der Kinder lächelnd ab, doch auch von der »Regina« zu probieren. Sagt, er habe schon gegessen, er sei müde und gehe gleich ins Bett. Küsst die Mädels, ignoriert Linus und mich und geht nach oben.

Ich lasse ihm ein paar Minuten Vorsprung, dann folge ich ihm. Die Kinder sitzen vor dem Fernseher.

»Willst du reden?«

»Über was?«

Aha, er will es mir schwer machen. Noch so ein Stockfisch.

»Darüber, wie es dir geht. Wo du heute Nacht warst. Wie es weitergehen soll. Die Graffitisache ist wohl ausgestanden. Linus hat seine Lektion gelernt.«

»Hm.«

»Also?«

»Was, also?«

»Okay, du willst nicht reden. Ich hab's verstanden. Wenn du

doch mal das Bedürfnis haben solltest, gib mir ein Zeichen.« Ich wende mich ab und will wieder runtergehen.

»Wie konnte es nur so weit mit uns kommen?«, fragt er in meinem Rücken.

Ich drehe mich um und gehe auf ihn zu. »Du nimmst es aber auch zu schwer. Was ist denn so schlimm daran, wenn ich mich für den Kirchplatz engagiere? Es macht mir neben all der Arbeit auch viel Spaß.« Ich merke, dass das die Wahrheit ist.

»Und es ist das erste Mal seit Langem, dass ich das Gefühl habe, etwas Sinnvolles zu tun. Etwas, was über Kindererziehung hinausgeht. In meine Praxis kommen zu selten Klienten. Ich dachte schon, ich wäre zu nichts anderem als Haushalt nütze. Und jetzt spüre ich wieder das Leben. Warum fühlst du dich denn davon angegriffen?«

Ich gehe zu ihm hin und umarme meinen großen Mann, der steif dasteht.

»Weiß nicht. Vielleicht ist es falsch. Werde darüber nachdenken.« Er gibt mir einen flüchtigen Kuss auf die Haare. »Jetzt gehe ich ins Bett. Ich bin todmüde.«

»Ja, mach das.« Ich steige die Treppe hinab, um die Küche aufzuräumen und schnell noch die Wäsche aus dem Trockner zu holen. Als alles an seinem Platz ist und auch die Kinder in ihren Betten verstaut sind, rufe ich Runa. Sie muss noch mal raus, und das machen wir jetzt.

Ich hasse es, im Winter abends noch einmal um den Block zu gehen. Es ist kalt. Es ist dunkel. Keine Leute sind mehr unterwegs. Heute pfeift der Wind auch noch ungemütlich durch die hohen Bäume auf dem Nachbargrundstück der alten Frau Heinrich. Unheimlich. Ich gehe schneller. Jetzt dürfte sich der Winter endlich verabschieden und der Frühling kommen, versuche ich mich abzulenken. Keiner hat mehr Lust auf dieses kalte Wetter. Es ist Mitte März, und es liegt immer noch Schnee. Allerdings hat das den Vorteil, dass es auch in der Nacht relativ hell ist.

Als ich um die letzte Ecke wieder in unsere Straße biege und schon leise aufatmend meine Hand auf der Suche nach dem Schlüssel in die Jackentasche stecke, tritt aus dem Schatten der Bäume auf der gegenüberliegenden Straßenseite plötzlich ein Mann. Eine bärengroße, finstere Gestalt. Schnee auf der schwarzen, tief ins Gesicht gezogenen Mütze. Die Augen nur dunkle Höhlen. Der Schreck sticht mir in den Magen und lässt meinen Atem schockgefrieren.

Runa reagiert schneller als ich und fängt wütend zu bellen an. Ihr Fell sträubt sich, und sie fletscht die Zähne. Reflexartig reiße ich sie an der kurzen Leine zu mir und flüchte – ohne mich umzublicken – nach Hause. Ich meine, ihn nach mir rufen zu hören. Aber ich kann nichts verstehen, da das Blut zu sehr in meinen Ohren rauscht. Alles an mir ist in Panik. Runa macht noch immer einen Heidenspektakel, da sie meine Angst spürt. Ich kämpfe mit dem Gartentor, ziehe Runa hinter mir her.

»Ist okay. Schon okay.« Immer die gleichen Worte murmelnd, die beruhigend wirken sollen, auf sie, aber wohl eher auf mich. Grabe in meiner Jackentasche nach meinem Hausschlüssel, verrenke mir den Hals nach dem Mann, aber er ist verschwunden. Ich bekomme den Schlüssel ins Schloss, die Tür ist offen, schnell hinein und Tür zu. Tür zu. Tür zu. Abschließen. Ich schleiche ans Küchenfenster, ohne Licht zu machen. Spähe hinaus. Kein Mann. Ich gehe nie mehr allein abends spazieren. Nie mehr!

In meiner gemütlichen Küche bereite ich mir eine Tasse heiße Milch mit Honig zu, um meine Aufregung zu dämpfen. Und eine Wärmflasche. Hier im Haus fühle ich mich sicher. So viele Leute. Der Hund. Mein Mann, auch wenn er nur oben liegt und schläft.

Als die Wärme ihre Wirkung tut und ich wieder denken kann, wird mir klar, dass dieser Mann derselbe Mann war, den ich im Wald und im Lottogeschäft gesehen hatte. Immer wieder begegnet er mir, und ich habe kein gutes Gefühl. Er ist so groß und klobig. Schaut so heruntergekommen aus. Wir haben in unserer Stadt keine Penner. Und so sieht er aus. Wie ein Landstreicher. Wahrscheinlich ist er einer. Aber was will er von mir? Denn heute hatte er es eindeutig auf mich abgesehen. Hat mir vor unserem Haus aufgelauert. Ich darf gar nicht daran denken, dass er die letzten Tage vielleicht auch schon dort im Schatten gestanden ist. Gewartet hat. Was mache ich bloß?

NEUN

»Maaami, nun lass uns doch gehen! Biiitte!« Vicky hat ihren Dringlichkeitsmodus eingeschaltet.

»Mami, alle gehen da heute hin. Robbi, Madi, XeXe, alle! Bitte, bitte!« Sie legt ihren Arm um meinen Hals, schmiegt sich an mich und fleht mich mit ihren großen blauen Augen an.

»Ich mag das aber nicht, Vicky. Das ist doch gruselig. Du hast dann bestimmt Angst«, versuche ich mein Ablenkungsmanöver. Vielmehr werde ich ein ungutes Gefühl haben.

Da es viel zu kalt für die Jahreszeit ist, passt es eigentlich ganz ausgezeichnet, dass die Perchten traditionsgemäß den Winter austreiben. Auch als Attraktion für die Touristen. Deshalb findet heute Abend ein archaisches Spektakel auf dem Kirchplatz statt, mit Lagerfeuer und Tanz dieser schaurigen Gesellen. Schon unter normalen Umständen bin ich kein Freund solch finsterer Gestalten, auch wenn sie Glück bringen und die bösen Geister des Winters vertreiben sollen. Mir sind sie unheimlich. Ich mag Zivilisation, elektrisches Licht, Radio und Fernsehen. Die dunkle Vergangenheit mit ihren Mythen und Ritualen sperre ich gern aus.

Außerdem vermeide ich es nach meiner schockierenden Begegnung mit diesem Mann, nach Einbruch der Dunkelheit draußen zu sein. Martin muss jetzt immer mit Runa den Abendspaziergang absolvieren. Oder Runa muss mit dem Garten vorliebnehmen, wenn Martin zu lange arbeitet.

Überhaupt Martin. Er nahm mein Erlebnis nicht wirklich ernst. Als ich mit meiner Wärmflasche bewaffnet neben ihm ins Bett kroch, wurde er kurz wach. Ich stammelte ihm meine Angst entgegen. Aber er murmelte nur, ich hätte bestimmt was falsch verstanden und ich solle jetzt schlafen. Es wäre ja alles gut.

Wenn Martin aus dem Schlaf gerissen wird, ist er nicht zu gebrauchen. Zumindest nicht privat. Als er früher als Stationsarzt auch Nachtdienste schieben musste, war er sofort hellwach, wenn es sein musste. Zu Hause hat er aber immer das Babygeschrei verschlafen, und ich musste ihn sehr fest knuffen, bis er mal aufstand, um eins der Babys zu wickeln.

Ich rutschte ganz nah neben meinen Mann. Auch wenn ich kein Verständnis erntete, so gab mir seine Nähe doch Sicherheit. Selbst sein Schnarchen, sonst sofort unterbunden, machte mir diesmal nichts aus. Vielleicht hat Heiner Lauterbach in dem Film »Männer« doch recht. Männer schnarchen, um die wilden Tiere zu vertreiben. Bei mir verscheuchte es die angstvollen Erinnerungen an den Mann.

Am nächsten Morgen versuchte ich mein Glück bei einem wachen Martin. Aber auch da reagierte er nicht so, wie ich es mir gewünscht hätte. Er war immer noch eingeschnappt wegen Linus und unserer Streitereien. So tat er mein Erlebnis als Lappalie ab.

»Was hätte in unserer Straße schon groß passieren können? Wahrscheinlich wollte dich der Mann nach dem Weg fragen. Verbreite doch nicht unnötig Panik.«

Immerhin konnte ich ihn dazu bewegen, den Abendspaziergang mit Runa zu übernehmen. So vermeide ich es, bei Dunkelheit draußen zu sein. Und jetzt soll ich um zwanzig Uhr hinaus und mich auch noch den Perchten stellen.

Mit Vicky um den Hals sträube ich mich immer noch. Aber dann kommen auch Lilli und Linus, die als Vierzehnjährige so eine Aktion nur toll finden.

»Mama, sei kein Frosch. Wir gehen ja alle mit. Das wird cool!«, versuchen sie mich zu überreden.

Nur Susa hält sich zurück. Meine Sensible spürt, dass mit mir nicht alles in Ordnung ist. Ich hatte kein Wort von meinem nächtlichen Erlebnis erzählt, denn dann würde Susa nur noch von Alpträumen geplagt werden. Schon jetzt hat sie manchmal Angst, dass Einbrecher ins Haus kommen, und ich muss ein Licht im Gang brennen lassen. Die Zarteste der vier Geschwister nimmt meine Hand und schaut mich fragend an.

Ich lächle. »Alles in Ordnung. Ich hab bloß keine Lust. Aber wenn ihr unbedingt wollt, dann gehen wir eben.« Stärke zeigen, um zu beruhigen.

Die drei Rabauken stoßen ein Triumphgeschrei aus und hüpfen

durch die Küche. So könnten sie gut bei den Perchten mittanzen. Susa ist sichtlich beruhigt, und das ist mir im Moment das Wichtigste.

Also brechen wir beizeiten auf. Wir sind nur zu fünft, denn Martin hat Spätdienst. Wahrscheinlich würde er sowieso nicht mitkommen wollen. Viele Leute sind schon unterwegs, und wir müssen unser Auto in einiger Entfernung vom Kirchplatz abstellen. Das letzte Stück gehen wir zu Fuß. Alle Kinder sind aufgeregt und plappern durcheinander. Auch Susa läuft mit ihren Geschwistern mit.

Als wir näher kommen, hören wir schon die tief klingenden Kuhglocken, das Kettenrasseln und das Gebrüll der Perchten. Die Häuser um den Kirchplatz werfen den Schall vielfach zurück und verstärken ihn zu einem undefinierbaren Gemisch aus schaurigen Klängen.

Noch bevor wir den Platz erreicht haben, sehen wir den Schein des riesigen Lagerfeuers. Die Schatten der Menschenmenge tanzen auf den steinernen Wänden der Kirche. Die alten hohen Bäume werden von unten angestrahlt und wirken fast lebendig. Heute Nacht ist das Mittelalter, die Steinzeit wieder erwacht.

Ich muss mich überwinden, auf den Platz zu treten. In dieses Szenario einzutauchen. Die Kinder laufen unbekümmert vorneweg und suchen ihre Freunde. Ich bemühe mich, den Überblick zu behalten, wo jeder von ihnen ist. Sehe einmal hier Linus mit einem Freund, dort Lilli und Susa bei ihren Girlies stehen. Vicky hat Gott sei Dank ihre XeXe gefunden und hüpft mit ihr neben deren Eltern auf und ab. Ich nicke den Eltern zu und beruhige mich ein wenig. Blicke mich um und versuche, mich abzulenken. Diesen schönen Platz wollen sie zerstören? Diese hohen alten Kastanien fällen? Unbegreiflich!

Es strömen immer mehr Menschen auf den Kirchplatz. Ein Gedränge und Geschiebe. Ich sehe einige bekannte Gesichter. Herr Biedersteiner winkt mir von Weitem zu. Anscheinend ist er mit seiner Schachfreundin hier, von der er mir schon erzählt hatte. Ben und Verena grüßen mich im Vorbeigehen. Dann werden sie von der drängenden und schiebenden Menge wieder verschluckt.

Vorn beim Brunnen steht der Landrat mit dem Bürgermeister und einigen Gemeinderäten und lächelt sein Haifischlächeln. Klar, dass er sich hier inmitten dieser Gruselgestalten wohlfühlt. Mit seinem rotblonden Haarkranz, den wasserblauen Augen hinter der schwarzen Hornbrille, dem unübersehbaren Zinken in seinem Gesicht und dem riesigen Bierbauch, den er vor sich herschiebt, passt er gut dazu. Die Presse ist auch da. Die Fotografin schießt gerade ein Foto, als Hinterdobler jovial mit erhobener Hand seine Untertanen – pardon, Wähler – grüßt.

Dazwischen die Perchten mit ihren schaurigen Masken. Viele haben Hörner, Fell, Ziegenbärte, riesige glotzende Augen. Die Menschen hinter der Verkleidung wirken deshalb übernatürlich groß. Ich möchte am liebsten zu Hause sein. Der Lärm ist unbeschreiblich. Warum finden die ganzen anderen Leute es so amüsant?

Ich sehe, wie sich die Perchten unter die Zuschauer mischen. Ihnen plötzlich über die Schulter schauen. Ihre großen Glocken vor deren Nase hin und her schwingen. Die Ketten rasseln lassen. Frauen mit ihren groben Händen packen. Die kreischen auf. Vor Schreck, aber auch vor Freude am Gruseln. Immer wilder gebärden sich alle. Die Schauergestalten jagen Jungs und gehen nicht gerade zimperlich mit ihnen um, wenn sie sie gefangen haben. Mädchen klammern sich aneinander, kichern, ducken sich unter den schwingenden Stöcken der Perchten.

Wo sind meine Kinder? Keine Chance, sie zu sehen. Ich konzentriere mich darauf, Linus, Lilli, Susa oder Vicky zu entdecken. Ein beklemmendes Gefühl in meiner Brust. So ein Mist, ich habe sie verloren. Ich hätte nie hierherkommen sollen! Ich versuche, mich durch die Menschenmenge zu drängen. Werde hin und her geschubst.

Plötzlich packt mich jemand brutal von hinten an den Armen und hält mich fest. Meine Anstrengungen, freizukommen oder wenigstens zu erkennen, wer das hinter mir ist, sind vergeblich. Ich kann mich nicht mehr bewegen, kaum atmen. Ich spüre zottelige Haare an meiner Wange. Sehe aus den Augenwinkeln eine groteske Maske über mir. Es stinkt nach Staub und Tier. Der Griff der Hände ist hart. Dann inmitten der Schreie, des Gelächters, des Lärms um mich herum höre ich ganz deutlich eine raue Stimme:

»Kümmer dich um deinen eigenen Schmarrn, Schneiderin! Denk an deine Töchter.«

Damit stößt mich die Gestalt von sich und springt schwerfällig davon. Mein Gehirn ist unfähig, zu denken. Ich kann nur noch beobachten, wie das Monster auf Susa zustapft, die aus der Menge aufgetaucht ist. Sie packt, herumwirbelt, als wäre sie eine Puppe, und dann wieder loslässt. Susa taumelt auf die Menschen hinter sich, die fangen sie auf. Der Typ schaut sich nach mir um und reißt seinen Stock hoch, wie um mir zu drohen. Dann verschwindet er in der Menge. Ich erwache aus meiner Starre und stürze auf Susa zu.

»Ist dir was passiert, Maus?« Sie schaut mich ängstlich an. Ihre Pupillen stark geweitet. Sie schüttelt den Kopf. Ich nehme sie in meine Arme. Drücke sie ganz fest an mich. Stecke meine Nase in ihre kalten Kinderhaare, beruhige mich an ihrem Duft. Ich bin so froh, sie heil bei mir zu haben.

»Ich will wieder nach Hause, Mami.« Ihr Stimmchen ist ganz dünn. Sie ist müde und erschöpft.

»Ja. Ja, klar, Kleine. Wir suchen die anderen und hauen ab. Mir ist das hier auch zu viel.«

Auf der Suche nach meinen Kindern hält mich Ben am Arm fest.

»Ist was passiert?«, schreit er mir ins Ohr. Um uns herum ist das Winteraustreiben immer noch im vollsten Gange.

»Ja, aber lassen wir das jetzt. Ich muss unbedingt die Kinder finden. Wir müssen heim.«

Er schaut mir in die Augen und sieht wohl die zurückgedrängte Panik, denn er drückt mir kurz den Arm und lächelt mir aufmunternd zu. »Ich helfe dir, Karin. Das kriegen wir schon hin.«

Es dauert etwas, bis wir alle Geschwister gefunden und überredet haben, heimzugehen. Aber schließlich kommen wir doch ohne weitere Zwischenfälle zu Hause an.

Die Kinder schnattern aufgedreht durcheinander. Es war ein großes Ereignis für sie. Ich versuche dagegen, mein Erlebnis zu verdrängen. Wenn ich jetzt über die Drohung der Percht nachdenke, drehe ich durch. Und das kann ich meinen Kindern nicht antun.

»Hoffentlich hat's dann auch geklappt heute!«

»Was, Vicky?«

»Na, dass sie den Winter ausgetrieben haben und jetzt der Frühling kommt.«

»Genau, genau!«, stimmen die anderen zu.

Da wird der Schlüssel im Schloss umgedreht, und Martin kommt nach Hause. Sofort bestürmen die Geschwister ihn mit ihren Geschichten vom Lagerfeuer und den Perchten. Er hört sich alles an. Lächelt an den richtigen Stellen. Nickt. Obwohl ich ihm ansehen kann, dass er müde ist und am liebsten seine Ruhe hätte. Aber das funktioniert eben nicht, wenn man vier Kinder hat, und er hat das schon vor langer Zeit akzeptiert.

Er ist ein guter Vater, geht mir durch den Sinn. Auch wenn wir unsere Probleme miteinander haben, hat das mit den Kindern nichts zu tun.

Ich scheuche die Kinder nach oben und beschleunige das Zubettgehen. Sonst würde es nach so einem Abend ewig mit Gekichere und Geratsche weitergehen. Endlich sind sie verstaut. Als ich wieder in die Küche komme, hat sich Martin schon eine Flasche Rotwein geöffnet und im Kühlschrank etwas Essbares gefunden. Er sitzt hemdsärmelig am Küchentresen und schenkt mir auch ein Glas ein. Anscheinend ein Friedensangebot.

Ich schließe die Tür und setze mich zu ihm. Erzähle ihm vom heutigen Abend. Von der Percht. Von der Drohung. Wiederhole sie wortwörtlich.

»Soll ich zur Polizei gehen, Martin?« Ich beuge mich zu ihm hinüber und schaue ihn eindringlich an.

Er hat sich alles angehört, ohne ein Wort zu sagen. Hat in sein Weinglas geschaut. Getrunken. Jetzt schenkt er sich nach – ein halb volles Glas ist bei ihm immer ein halb leeres.

»Karin, meinst du nicht, dass du übertreibst?« Ohne mich anzusehen, steckt er sich einen Bissen in den Mund.

Mir verschlägt es die Sprache. Ich schüttle den Kopf. »Glaubst du mir nicht?«

»Ich glaube, dass du Gespenster siehst und eine lebhafte Phantasie hast. Schon immer gehabt hast. Aber durch deine ganze politische Agitation gehen jetzt die Rösser mit dir durch.«

»Die Rösser gehen mit mir durch? Spinnst du, Martin? Ich bilde mir gar nichts ein! Der Mann hat mich gepackt und mich bedroht. Er hat meinen Namen genannt. Er hat dann Susa gepackt. Er wusste ganz genau, dass sie meine Tochter ist. Es war grauenhaft! Und ich kann nicht verstehen, dass du es so abtust. Schließlich sind es auch deine Kinder, die in Gefahr sind.«

»Nun, wenn du wirklich meinst, dass du sie durch dein Engagement in Gefahr bringst, dann höre schleunigst auf damit.«

Ich stoße empört Luft aus. »Nicht ich bringe sie in Gefahr. Der Hinterdobler mit seinen Hintermännern ist die Gefahr. Und die muss man stoppen!«

»Vielleicht, vielleicht auch nicht. Aber das ist nicht deine Aufgabe. Du sollst dich um deine Kinder kümmern. Also, lass Hinterdobler unbehelligt Landrat sein und stifte nicht weiter Unruhe.«

»Das ist jetzt nicht dein Ernst?«

»Doch, das ist es. Wenn das heute wirklich passiert ist – was ich glaube, sei dahingestellt –, dann ist es das Signal zum Aufhören. Ich will nicht, dass du weitermachst. Ich verbiete es dir.«

»Du verbietest es mir? Wer, meinst du, bist du, dass du mir etwas verbieten kannst? Ich bin nicht deine Leibeigene! Das darf doch nicht wahr sein. Ich werde von Kriminellen bedroht, und anstatt mir den Rücken zu stärken und mit mir zur Polizei zu gehen, spielst du dich als Lehnherr auf. Ich fasse es nicht!«

Erbost schnappe ich mir meinen Autoschlüssel, meinen Mantel, ziehe wieder meine Stiefel an und setze mit meinem Wagen schwungvoll rückwärts aus der Garage. Ich habe keine Ahnung, wohin ich soll. Ich muss nur schleunigst raus, bevor ich platze.

Also steuere ich mein Auto ziellos durch die verlassenen Straßen unserer Stadtrandsiedlung. Versuche, wieder einen klaren Kopf zu bekommen. Aber so menschenleer ist es hier doch nicht. Dort vorn bei Marianne verabschieden sich anscheinend gerade ein Mann und eine Frau voneinander. Als die Frau sich umdreht und weggeht, erkenne ich Verena. Ich will sie grüßen, aber sie stapft mit verschlossenem Gesichtsausdruck durch den alten Schnee und schaut nicht auf. Der Mann schließt gerade das Gartentor von Marianne und wendet sich ab, um ins Haus zu gehen.

Da bleibt mir das Herz stehen. Das ist der Mann vom Wald! Der mich letztens so erschreckt hat. Eins meiner Gespenster, wie Martin sagen würde. Aber warum wohnt er bei Marianne? Das muss ich morgen gleich herausfinden. Und warum hat Verena mit ihm gesprochen? Verena, die Cousine vom Hinterdobler.

Jetzt weiß ich auch, wohin ich fahren werde. Zu Heike und Robert. Die haben mit den ganzen Verwirrungen bestimmt nichts zu tun. Keine Verwandtschaftsbeziehungen. Das ist tröstlich. So klingle ich spätabends an ihrer Tür und werde eingelassen.

Wir diskutieren stundenlang. Denken in alle Richtungen. Reden uns die Köpfe heiß. Letztendlich kommen wir zu dem Schluss, dass Verena eine gänzlich andere Person ist, als ich früher annahm. Sie ist nicht die nette, etwas oberflächliche Nachbarin, mit der man sorglos über die letzten Fernsehsendungen ratschen kann. Sie hat eine Vergangenheit, die sich mir noch nicht erschließt.

Spät, spät in der Nacht schleiche ich ins Haus. Ich höre Martins Schnarchen aus dem Gästezimmer. So gehe ich im Schlafzimmer ins Bett. Ich fühle mich allein gelassen. Aber ich bin erwachsen. Früher hätte ich geweint. Jetzt verschließe ich meine Gefühle. Wie heißt der blöde Spruch? Was mich nicht umbringt, macht mich nur härter. Nun denn, ich werde härter.

Gute Nacht.

ZEHN

Nach einer weiteren unruhigen Nacht bin ich zu dem Entschluss gekommen, dass es keinen Sinn hat, zur Polizei zu gehen. Was sollen die schon machen? Ich weiß nicht, wer hinter der Perchtenmaske steckte. Ich kann mich auch nicht so genau erinnern, wie sie ausgeschaut hat oder was der Mann anhatte. Ich bin mir nur sicher, dass es ein Mann war und auch nicht gerade ein Hänfling, so wie er zugedrückt hat.

Also beschließe ich, zur Tagesordnung zurückzukehren und einfach noch besser auf die Kinder aufzupassen. Jetzt sind sie erst mal sicher in der Schule, und ich werde meinen täglichen Spaziergang machen.

»War das gestern nicht eine Mordsgaudi!«, ruft mir gut gelaunt Herr Biedersteiner zu.

»Na ja, wie man's nimmt. Ich hasse so ein Spektakel. Außerdem hatte ich gestern höchstpersönlich zu engen Kontakt mit so einem Monster.« Ich berichte Herrn Biedersteiner in allen Einzelheiten von meinem gruseligen Erlebnis.

»Aber da müssen Sie zur Polizei, meine liebe Frau Schneider!« Herr Biedersteiner lässt mich mit meinen widersprüchlichen Bedenken gar nicht zu Wort kommen. »Nein, nein, keine Frage, Sie gehen zur Polizei. Auch wenn die nichts ausrichten können, so müssen sie es melden. Damit es aktenkundig ist. Wer weiß, was noch alles geschieht.«

Als er mein erschrockenes Gesicht sieht, beschwichtigt er: »Ich will ja den Teufel nicht an die Wand malen. Aber wir müssen wohl noch mit einigem rechnen. Keine Ahnung, in welches Wespennest Sie da gestochen haben. Wollen Sie sich denn aus der Bürgerinitiative zurückziehen? Ich hätte vollstes Verständnis.« Er schaut mich besorgt an.

»Nein, das kommt für mich nicht in Frage. So schnell gebe ich nicht klein bei. Es ist ja auch nicht wirklich was passiert. Die Leute um Hinterdobler sind ja immer gut, um große Sprüche zu klopfen. Meist steckt da nichts dahinter.« Ich rede meine Angst klein.

»Hoffen wir es. Aber versprechen Sie mir, trotzdem zur Polizei zu gehen!«

So finde ich mich nach einer Stunde frisch geduscht und ordentlich gekleidet zum ersten Mal in meinem Leben auf unserer Polizeiinspektion ein. Ein zweckmäßiger Bau in farbenfrohem Grau an der Hauptstraße neben der Tankstelle. Genug Parkplätze vor der Tür. Die Glastüren öffnen sich automatisch. Modern, modern.

Der Beamte, der hinter dem Tresen im Eingangsbereich steht, sieht weniger modern aus. Es ist ein älterer untersetzter Mann, der sein schütter werdendes Haar akkurat zur Seite gekämmt hat. »Grieshuber, Polizeiobermeister«, steht auf seinem Namensschild, das er sich an das Revers seiner etwas ausgebeulten Uniform gesteckt hat. Übertrieben freundlich schaut er auch nicht, der Herr Polizeiobermeister.

Seine Augenbrauen heben sich, als ich ihm erzähle, wer ich bin und was ich gestern erlebt habe.

»Aha, Sie san also die Dame von diesem Bürgerbegehren«, ist das Erste, was ihm zu meiner Schilderung einfällt, und sein Tonfall drückt nicht gerade Bewunderung aus. »Sie san nicht von da, oder? Ansonsten würden S' den Brauch kennen. Das nennt man Winteraustreiben, und die Perchten schauen nun amal so aus und san a bisserl wild. Des is gutes bayrisches Brauchtum.«

»Ja, das ist mir schon klar, Herr Polizeiobermeister. Ich wohne schließlich schon sieben Jahre hier im schönen Kirchmünster. Aber es ist wohl nicht Teil des Brauchtums, Zuschauer zu bedrohen. Oder sehen Sie das anders? Ich möchte Anzeige erstatten, und dafür sind Sie doch zuständig.«

Genervt nimmt er ein Formular und einen Stift zur Hand. »Können S' eine Täterbeschreibung abgeben?«

»Nein, ich habe Ihnen ja schon gesagt, dass er eine von diesen Masken aufhatte. Es war ein Mann, er war groß, mindestens ein Meter fünfundachtzig, und stark. Seine Stimme hab ich nicht erkannt. Mehr weiß ich nicht.«

»Nun, Frau Schneider, ich geb's zu den Akten. Aber versprechen S' earna nix davon. Das könnt ja jeder g'wesen sein.«

»Jeder vom Brauchtumsverein. Das sind ja nicht so viele. Da können Sie doch ermitteln!« So ein unbeweglicher Mensch. »Und es muss ein Spezl vom Hinterdobler gewesen sein. Wer sollte denn sonst schon wollen, dass ich mich raushalte.«

»Vorsicht, Frau! Mit Verdächtigungen wär ich an Ihrer Stelle ganz langsam. Wenn das dem Landrat zu Ohren kommt, können S' earna gleich amal eine Anzeige wegen übler Nachrede einhandeln. Schließlich unterstellen S' dem Landrat, dass er andere Leute bedrohen lässt. Also Vorsicht.« Damit legt er das Formular in eine Ablage.

Für ihn ist das Gespräch beendet. Für mich auch. Ich ahnte ja schon vorher, dass das nichts bringen wird. Aber mit dieser Behandlung hätte ich nicht gerechnet. Grußlos drehe ich mich um und verlasse das Gebäude. Von wegen Polizei, dein Freund und Helfer. Fragt sich nur, wessen Freund.

Nachmittags bin ich mit meinen beiden Großen allein zu Hause. Vicky ist bei ihrer Freundin XeXe, und Susa hat noch bis siebzehn Uhr Schule.

Ich habe lange hin und her überlegt, ob ich die Zwillinge ins Vertrauen ziehen und warnen soll. Ob ich ihnen damit nicht zu viel aufbürde. Aber ich bin zu dem Schluss gekommen, dass sie mit vierzehn Jahren schon alt genug sind, um einen realistischen Blick auf die derzeitige Situation zu bekommen. Es wird sich zeigen, ob ich gut daran getan habe.

Sie sitzen an ihren Hausaufgaben. So brave Kinder! »Ich muss euch beiden etwas sagen, kommt doch bitte kurz mit.«

Sie schauen verwundert auf, folgen mir aber doch ins Wohnzimmer. Dort setzen wir uns zusammen. Fast schon eine Familienkonferenz, so wie ich sie vor Jahren einmal wöchentlich einführen wollte. Es scheiterte damals aber an der Konsequenz meinerseits, und die anderen waren auch nicht wirklich scharf darauf. »Wir reden doch eh immer beim Essen miteinander. Warum sollen wir so einen künstlichen Termin einführen?«, war ihre Argumentation. Und eigentlich stimmt das ja auch.

Aber jetzt sitzen meine beiden mir ganz willig gegenüber und schauen mich fragend an. Wie sage ich es ihnen, damit sie verstehen, wie wichtig es ist, ohne Angst zu bekommen?

»Okay. Ihr seid meine beiden Großen, und ich möchte, dass ihr mehr Verantwortung euren Geschwistern gegenüber übernehmt.«

»Ich spiel nicht Babysitter bei den albernen Gänsen!«, provoziert mich Linus.

»Du bist frecher, als dir guttut, Sohn. Nach deinem Maljob solltest du ganz still sein«, halte ich dagegen. »Aber lassen wir das jetzt. Ihr wisst ja, dass ich mich gegen die Kirchplatzsanierung engagiere. Wir werden auch immer erfolgreicher, immer mehr Leute unterstützen uns und unterschreiben auf unseren Listen. Das passt anderen Leuten nicht. Sie wollen, dass der Kirchplatz umgebaut wird. Das ist eine große Sache für die Stadt, es kostet eine Menge Geld. Und überall, wo viel Geld im Spiel ist, heizt das die Gemüter ein. So auch hier. Deshalb möchte ich, dass ihr gut auf euch und auf eure Geschwister achtgebt. Geht immer nur zu zweit irgendwohin. Haltet die abgesprochenen Uhrzeiten, zu denen ihr wieder zu Hause sein sollt, peinlich genau ein. Und erzählt mir, wenn euch irgendetwas oder irgendwer komisch vorkommt. Okay?«

»Ja, schon. Aber was ist denn passiert? Warum meinst du, dass das nötig ist?« Meine kluge große Tochter legt natürlich den Finger auf den Schwachpunkt meiner Argumentation. Ich möchte ihnen jedoch nichts von der Drohung erzählen.

»Nun, nichts Konkretes. Aber ich habe gehört, dass wir nicht nur Freunde hier haben. Deshalb möchte ich, dass ihr einfach vorsichtig seid in nächster Zeit. Auch du, Linus. Du bist sozusagen der große Bruder hier, und in italienischen Familien passen immer die großen Brüder auf ihre Schwestern auf.«

»Hey, ich wusste gar nicht, dass wir eine italienische Familie sind. Deshalb die blonden Haare der Mädels«, witzelt Linus. Als er meinen Blick sieht, lenkt er ein. »Ich hab dich schon verstanden, Mum. Ich pass auf. Auch auf Lilli hier. Damit sie nicht wieder mit Jungs in der Pause herumknutscht.« Er schürzt seine Lippen, umarmt ein Sofakissen und macht Kussgeräusche in Richtung seiner Schwester.

»Du Blödmann!« Sie stößt ihm kräftig in die Rippen. »Ich knutsche überhaupt nicht. Außerdem geht dich das gar nichts an. Ich bin schließlich genauso alt wie du!«

»Bist du gar nicht. Ganze dreißig Minuten jünger«, neckt sie ihr Bruder. Und wie üblich bei diesem Thema fliegen die Kissen durch die Gegend.

Ich lasse die beiden herumalbern. Denn ich denke, sie haben schon verstanden, um was es geht. Mit ihrem Gebalge lösen sie jetzt nur die ernste Stimmung auf, und das ist auch gut so.

ELF

»Marianne, warte kurz!« Gerade als ich aus der Bäckerei komme, sehe ich sie um die Ecke biegen. »Ich muss dich schnell was fragen.«

»Grüß dich, Karin. Warst du gestern auch beim Winteraustreiben?«

»Ja, ja. Was ich dich fragen wollte: Wohnt im Moment ein Mann bei dir?« Ich versuche, die Frage harmlos klingen zu lassen.

»Hat sich das schon herumgesprochen?« Marianne lacht auf. »Ja, du hast recht. Aber keine Sorge. Simon kenne ich schon, seit er ein junger Bursch war. Er hatte nicht so viel Glück im Leben und war lange Zeit fort. Jetzt ist er zurückgekommen und brauchte eine Möglichkeit zum Unterkommen. Ich hab ja noch das Fremdenzimmer, und da wohnt er jetzt erst mal.«

»Könntest du mir ein bisschen mehr über ihn erzählen?«, bitte ich sie. In ihrer Miene spiegelt sich wider, dass sie zwischen Diskretion wegen Simon und Freundschaft zu mir schwankt. Schnell schiebe ich meine Gründe hinterher. Ich berichte ihr in kurzen Worten von meinen Begegnungen mit Simon, meinem Erlebnis mit den Perchten und meinem Verdacht, dass das Simon gewesen sein könnte.

»Nein, das glaube ich nicht.« Sie schüttelt den Kopf. »Nun gut, ich kann dir ruhig ein wenig über Simon erzählen. Es ist nur zu seinem Besten.«

Wir gehen die paar Schritte zum Kirchplatz und lassen uns auf einer Bank unter den Bäumen nieder. Die Sonne scheint, und es ist wieder warm genug, um draußen zu sitzen. Zumindest in dicken Winterjacken. Vielleicht hat das Winteraustreiben ja doch gewirkt. Ich sehe mich um. Wir sind allein. Nur ein paar Spatzen picken in unserer Nähe im Kies nach Krumen. Ich beuge mich zu Marianne hinüber, und sie fängt zu sprechen an.

»Simon ist wohl ungefähr so alt wie du. Er ist hier geboren und aufgewachsen. Kein besonders heller Kopf, aber in Ordnung. Er machte eine Lehre im Pferdegestüt vom Alfons Hinterdobler. Als Pferdewirt. So hat der Alfons ja auch angefangen, bevor er immer größer geworden ist.«

Sie denkt eine Weile nach, betrachtet den Kiesboden vor uns. »Alfons war damals mit der Verena, deiner Nachbarin, zusammen. Aber das weißt du ja sicherlich.«

Überrascht reiße ich meine Augen auf. »Wie, zusammen? Ich weiß, dass sie Cousin und Cousine sind …«

»Ja, aber sie waren früher ein Paar.« Marianne spitzt kurz ihre Lippen. »Die Verena war zu der Zeit noch ein blutjunges Ding. Und hübsch, ist sie ja heute noch. Alle Männer waren ganz verrückt nach ihr. Und der Simon hat sich natürlich auch verschaut in sie. Er ist immer ganz rot geworden und hat was fallen lassen, wenn sie auf den Hof kam. Das hab ich zufällig selber mal beobachtet.« Sie zwinkert mir zu.

»Die Verena hatte aber nur Augen für den Alfons. Er war schon ein g'schtandner Mann, hat was dargestellt, wollte schon immer hoch hinaus.« Sie lächelt versonnen.

Ich ziehe ungläubig die Augenbrauen nach oben. Den Hinterdobler als gut aussehend einzustufen würde mir ja nie einfallen. So ein hässlicher Kerl! Aber die Geschmäcker sind bekanntlich verschieden.

»Das hat ihr gefallen, der Verena. Ihrem Vater war das weniger recht. Zum einen ist der Alfons ein Cousin von der Verena, und das ist ja nicht so gesund, wenn Cousin und Cousine zusammenkommen. Und er war fast doppelt so alt wie sie. Aber auch so hatte es die Verena nicht leicht mit dem Willi, ihrem Vater. Sie war das einzige Kind. Ihre Mutter ist schon früh verstorben. Ihr Vater hat wie ein Schießhund auf sie aufgepasst. Wollte sie nie weggehen lassen. Er hat sie geschlagen. Und vielleicht auch …« Sie stockt und schweigt.

Dann nimmt sie einen neuen Anlauf. »Wer weiß, vielleicht war er eifersüchtig. Das soll ja immer wieder vorkommen in der Welt. Leider.« Die ältere Frau schaut verlegen auf ihre Hände hinunter, die sie im Schoß gefaltet hat. Dann fährt sie fort.

»Die Schwierigkeiten haben aber die Verena nicht abgehalten, im Gegenteil, sie war von ihrem Alfons ganz besessen. Er war aber auch ein gut aussehender Mann!«

Marianne starrt mit leerem Blick auf die pickenden Spatzen vor unserer Bank. Offensichtlich ist sie in ihren Erinnerungen versunken. »Ein sehr gut aussehender Mann.« Sie blinzelt, und ihre Augen erkennen wieder ihre Umwelt.

»Verena hat sich in der Nacht davongeschlichen und sich mit ihm getroffen. Die Stadt war damals ja viel kleiner als heutzutage. Jeder hat Bescheid gewusst. Da ist der Willi ausgerastet. Hat dem Alfons gedroht, ihm den Kredit für den Ausbau seiner Springhalle nicht zu geben. Der Willi war ja der reiche Wallnerbauer und dem Alfons sein Onkel.«

Sie sieht mich an, um sich zu überzeugen, dass ich ihrer Erzählung noch folgen kann. Ich nicke ihr schnell zu. Es ist einfach zu interessant. Beruhigt führt sie weiter aus:

»Gestritten haben die. Der Willi wollte schon alle enterben. Die Verena, aber auch den Alfons, auf den er früher immer so große Stücke gehalten hatte. Hatte ihn wohl auch als Erben eingesetzt. Aber jetzt war ja der große Krach, und der Alfons ist in Ungnade gefallen. Und dann, plötzlich, ist der Willi tot. Er ist in der Nacht heimgekommen. Es hat geregnet, gewittert. Er wollte gerade das Tor der Garage aufmachen, da trifft ihn der Blitzschlag, und er ist auf der Stelle tot. Das war eine Aufregung damals. Ich war ganz erschüttert.« Sie schaut ausdruckslos in die Ferne. Ist in Gedanken wieder ganz weit weg.

»Marianne?«

»Oh. Ja. Alles ging auseinander. Die Verena ist auf ein Internat im Allgäu gekommen. Der Alfons hat seine Halle gebaut. Der Simon aber ist verschwunden. Hat sich die ganzen Jahre nicht mehr hier sehen lassen. Er sagt, aus gebrochenem Herzen ist er weg. Die Verena war ja auch nicht mehr da. Aber jetzt ist er wiedergekommen. Und für mich ist es schön, nicht mehr alleine zu wohnen.« Marianne richtet sich auf.

»So, jetzt weißt du alles. Du siehst, du musst keine Angst vor dem Simon haben. Er ist ein herzensguter Mensch.«

Ich denke, der herzensgute Mensch ist wohl eher Marianne,

und gutgläubig ist sie auch. In der Geschichte sind so einige Sachen, die mir spanisch vorkommen. Aber mehr scheint Marianne selbst nicht zu wissen.

»Danke, Marianne, dass du dir die Zeit genommen und mir alles erzählt hast.«

»Nichts zu danken, Karin. Aber jetzt muss ich wirklich weiter, sonst macht der Metzger zu. Bis bald, meine Liebe.« Sie steht schwungvoll auf und eilt davon.

Ich bleibe noch ein bisschen auf der Bank sitzen, sehe den Spatzen zu und denke nach. Wen könnte ich fragen wegen der Ungereimtheiten in Mariannes Geschichte? Und Simon – ganz so harmlos erscheint er mir nicht. Damals nicht und heute nicht. Warum ist er so mir nichts, dir nichts verschwunden? Hatte er was mit dem Tod von diesem Willi zu tun? Ich werde es schon noch herausfinden.

ZWÖLF

Der Frühling hat nun tatsächlich Einzug gehalten. Es ist warm genug, Runa wieder im Garten zu lassen, wenn ich meine Besorgungen mache. Sie liebt das. Dann liegt sie auf der Terrasse, lässt sich die Sonne auf ihr glänzendes Fell scheinen und hält Wache. Wehe, es kommt ein Fremder an unserem Garten vorbei. Dann schnellt eine schwarze, enorm aggressive Energie auf den potenziellen Eindringling zu, und der Hund klebt wütend am Gartenzaun. Zurückschreien nützt nichts. Redet der Mensch – ob mutig oder abgeklärt – sie aber freundlich an, so verpufft der Angriff, und Runa wedelt versöhnlich mit dem Schwanz. Ein bestechlicher Wachhund.

Auch die Kinder genießen das schöne Wetter. Endlich können sie wieder Rad fahren, seilspringen oder im Gras Ball spielen. Vicky hüpft fröhlich im Garten hinter den ersten Schmetterlingen her und freut sich über jeden Krokus, der aus der Erde schaut. Sie spielt oft versonnen in den versteckten Ecken des Gartens, ganz in ihre Phantasiewelt vertieft. Meist träumt sie von Feen und Elfen. Spricht mit ihnen. Mir geht das Herz auf, wenn ich ihr Spiel beobachte. Sie ist noch wirklich Kind.

Aber auch die anderen werden im Sonnenschein wieder mehr zu den Kindern, die sie eigentlich sein sollen. Vergessen, dass sie cool sein wollen. Jagen mit Runa durch den Garten. Klettern auf Bäume, machen sich dreckig.

Dieser Bilderbuchfrühling lässt auch mich wieder lockerer werden. Die bedrohlichen Erinnerungen an die Percht verblassen. Alles scheint in Ordnung.

Mit Verena hab ich seltsamerweise keinen Kontakt mehr. Ich sehe sie fast nie, und als ich sie mal anrief, meinte sie, sie hätte im Moment viel zu tun und keine Zeit für einen gemeinsamen Kaffeetratsch. Nun gut, ich hab den Wink verstanden und melde mich nicht mehr bei ihr.

Ich hab auch so genug um die Ohren. Ostern steht vor der Tür, und der Termin für das Bürgerbegehren läuft nach Ostern ab. Wir brauchen noch einhundertfünfzig Unterschriften und müssen noch mal so richtig Gas geben. Deshalb habe ich mit Martin vereinbart, dass er mit den Kindern in den Ferien zu meiner Großcousine nach Sizilien fliegt. So habe ich den Rücken frei und kann mich auf meine Aktionen konzentrieren, ohne auf meine Familie Rücksicht nehmen zu müssen.

Außerdem hoffe ich, dass der Abstand auch unserer Ehe guttun wird. Sie könnte ebenfalls eine Frühjahrskur gebrauchen. Wir vermeiden jedes Gespräch. Zu viele verbale Schläge wurden in der jüngsten Vergangenheit ausgeteilt.

Die Kinder freuen sich schon. Zuerst waren sie enttäuscht, Ostern nicht mit mir verbringen und im eigenen Garten nach Ostereiern suchen zu können. Aber der Flug nach Sizilien und Ferien am Meer machen dies mehr als wett.

Alles hat wieder mehr Energie, auch ich. Deshalb nehme ich mir ein Herz und fahre bei Marianne vorbei. Ich möchte diesen Simon kennenlernen und herausfinden, ob ich mir nur eingebildet habe, dass er etwas von mir will.

Als ich meinen Wagen am Straßenrand parke, kommt er gerade aus dem Haus. Bei Sonnenlicht betrachtet schaut er gar nicht so unheimlich aus. Immer noch groß und grobknochig, mit langen Haaren und Bart. Aber nicht gefährlich. Eher wie ein freundlicher Bär.

»Hallo«, grüße ich ihn. Mir fällt ein, dass ich ja gar nicht seinen Nachnamen weiß. Er nickt mir zu. »Ist Marianne zu Hause?«

Er schüttelt den Kopf. Viele Worte macht er ja nicht. Man könnte auch sagen, er ist so stumm wie ein Fisch. Auf Bayrisch heißt das »maulfaul«. Nun gut. Dann also ohne Small Talk.

»Wollten Sie eigentlich etwas von mir letztens, als ich mit meinem Hund vom Spazierengehen zurückkam? Ich bin so erschrocken. Es war schließlich Nacht.« Ich will ihm mein Verhalten erklären.

Er wirkt verlegen. »'tschuldigung. Wenn ich Sie g'schreckt hab. Wollt ich nicht. Aber ich hab g'hört, dass Sie was gegen den Hinterdobler machen. Und da wollt ich amal mit Ihnen reden.«

Er weiß nicht weiter.

»Ja. Und? Nun bin ich da und Sie können reden.« Ich versuche, eine Brücke zu bauen.

»Na. Jetzt ned.« Er schüttelt den Kopf. Mit einem unsicheren Blick auf mein fragendes Lächeln ringt er sich zu einer Erklärung durch. »Muss zum Arzt und der Marianne die Brille bringen. Die hat's vergessen. Sie hat mich grad ang'rufen. Aber morgen, da könnt ich nach Mittag vorbeikommen. Wenn's geht, bei Ihnen?«

»Okay. Das können wir machen. Ich bin zu Hause.« Verschoben ist verschoben, aber nicht aufgehoben, würde Vicky sagen.

Ich nicke ihm zu und sehe noch im Umdrehen, wie er an mir vorbeihastet. Ohne einen weiteren Blick will er in seinen alten Karren steigen, den er am Straßenrand geparkt hat. Aber in diesem Moment fährt ein Auto vorbei. Simon muss warten und drückt sich gegen seine Autotür. Wir schauen beide beiläufig auf den Wagen. Welch ein Zufall! Das ist doch Verenas Sportflitzer, der im gemütlichen Spazierfahrtmodus an uns vorüberzieht. Glitzernd im Sonnenschein.

Zögerlich grüßend hebt Simon die Hand. »Ja, do legst di nieder! Dass die Verena so a Auto fahrt«, murmelt er anerkennend in seinen Bart.

Der Sportwagen macht einen unbedachten Schlenker. Ich kann erkennen, dass Verena in den Rückspiegel starrt. Dann drückt sie auf die Tube und ist um die nächste Ecke verschwunden.

Ich mache die paar Schritte auf Simon zu. »Kennen Sie die Verena Berger?« Vielleicht erzählt er mir ja nun was über die Geschichte von damals.

»Berger heißt die jetzt also. Ja, die kenn ich.« Er reibt seinen Vollbart.

»Und woher?«

Simon mustert mich aus seiner luftigen Höhe herab. »Von früher.« Damit öffnet er seine Autotür, steigt ein und lässt mich stehen. Ohne jegliche Information.

DREIZEHN

Am nächsten Tag erwache ich mit einem guten Gefühl. Es ist schönes Wetter, und heute ist Mittwoch. Die Kinder sind alle lange in der Schule, und Martin isst mit seinen Freunden vom Lions-Club zu Mittag. Das heißt, ich muss nicht kochen.

Allerdings backe ich schnell meinen Schokoladenkuchen mit Sauerkirschen. Den möchte ich heute mit den Baumpaten teilen.

Jetzt habe ich noch viel Zeit, meine Dinge zu erledigen. Deshalb lasse ich Runa nach dem Spaziergang in den Garten und fahre in die Stadt. Heute soll der Pressebericht über die Baumpaten in die Zeitung. Wir konnten alle Herrschaften überreden, sich heute Vormittag für ein Foto Zeit zu nehmen. Neben jedem Baum am Kirchplatz wird ein in der Stadt gut bekannter Mensch stehen. Das wird toll. Schafft Aufmerksamkeit.

Und so ist es dann auch. Die Sonne scheint, alle sind gut drauf und haben Spaß. Der Kirchplatz wirkt im Frühlingssonnenschein wie aufgeräumt. Einige Schaulustige sind auch stehen geblieben und geben ihre Kommentare ab. Wir haben unser Plakat vom Bürgerbegehren mitgebracht und an den vordersten Baum gehängt. Marianne hat eine Liste auf einem Klemmbrett dabei und spricht einzelne Leute an. Die meisten unterschreiben gern.

Die Fotografin macht viele Fotos von gut gelaunten Menschen, die sich an Bäume lehnen, sie umarmen, an ihnen hochschauen. Der Reporter bespricht mit mir noch die Einzelheiten. Er sagt mir zu, dass der Artikel mit den Fotos morgen schon in der Zeitung erscheinen wird. Und er verspricht, dass auch alle Stellen genannt werden, an denen sich die Leute in die Listen eintragen lassen können. Das bringt sicherlich den Kick für die letzten Unterschriften. Ich freue mich.

Als das Fotoshooting in vollem Gange ist, fängt mein Körper aus heiterem Himmel zu prickeln an. Ich spüre, dass jemand neben mir steht. Ziemlich nah. Ich drehe neugierig meinen Kopf. Ben.

»Ach, hallo, Ben.« Ohne Zurückhaltung strahle ich ihn an. Bemerke sein dezentes Rasierwasser. Hmmm. Er riecht auch noch gut.

»Das ist also die Aktion mit den Baumpaten?«

»Ja, ist es nicht toll?« Ich bin ganz euphorisch.

»Wirklich gut. Da kannst du stolz auf dich sein. Das bringt bestimmt noch viele dazu, zu unterschreiben.« Auch er grinst mich an. Zeigt sein Grübchen auf der rechten Wange. »Hast du 'ne Liste dabei? Mich hast du schon lange überzeugt, ich unterschreib auch.«

»Natürlich. Dort vorne ist Marianne mit ihrem Klemmbrett. Ben, das freut mich aber. Was ist mit Verena und ihren Verwandtschaftsbeziehungen? Ist das kein Problem mehr?«

»Lass uns nicht davon reden. Es ist okay. Ich bin schließlich ein eigenständiger Mensch, und dieses Projekt stinkt zum Himmel.«

Welch große Worte. Mir soll's recht sein. Oh Gott, ist er attraktiv. Bei den vielen Aufregungen in den letzten Wochen habe ich meine Schwärmerei ganz vergessen. Aber jetzt im Frühling – da tanzen plötzlich wieder die Schmetterlinge in meinem Bauch. Dieses Gefühl hatte ich schon ewig nicht mehr. Es fühlt sich gut an.

»Lass uns doch heute Mittag essen gehen«, schlägt er spontan vor. »Oder bist du schon anderweitig verplant?«

Wow, jetzt geht es aber vorwärts! Ich will gerade begeistert zustimmen. Da fällt mir ein, dass heute ja Simon vorbeikommen wollte. Mist. »Vielleicht ein anderes Mal, Ben. Heute geht es nicht.« Als er ein enttäuschtes Gesicht macht, traue ich mich, nachzuschieben: »Ich würde wirklich gerne mal wieder mit dir essen gehen.«

»Ja, ich mit dir auch. Ich ruf dich an, Karin. Tschüs.«

»Ciao, Ben.« Ich reiße meinen Blick von seiner knackigen Kehrseite und konzentriere mich wieder auf das Pressegeschehen vor mir.

Nachdem alle Fotos im Kasten, alle Fragen beantwortet sind und der Kuchen aufgegessen ist, bedanke ich mich bei allen VIPs und mache mich auf den Weg nach Hause. Ich bin spät dran.

Wahrscheinlich wartet Simon schon auf mich, denke ich, als ich in unsere Straße einbiege. Aber er ist noch nicht da. Gott sei Dank. Da kann ich erst noch mal auf die Toilette und dann Runa was zu fressen geben.

Ich parke meinen Wagen in der Garage und gehe nach dem kleinen Umweg zu Runa hinaus in den Garten. Sie steht mit hängendem Kopf und kaum wedelndem Schwanz vor mir, um mich zu begrüßen.

Was hat sie? Ich streichle ihr besorgt über den Kopf. Da bemerke ich, dass im Gras lauter Häufchen liegen. Ich sehe genauer hin. Das ist Erbrochenes, teilweise schaumig. Sie muss alles, was in ihrem Magen war, wieder von sich gegeben haben. Ohje. Ein kranker Hund. Ich kraule sie tröstend hinter den Ohren. Nun bekommt sie auch noch einen ungeheuren Durchfall.

»Des schaut ned gut aus.« Simon steht am Gartentor. Ich hatte ihn gar nicht gehört.

»Runa ist krank. Sie hat wahrscheinlich etwas Falsches gefressen. Gespuckt hat sie schon. Jetzt fängt leider auch Durchfall an!«

Simon öffnet die Gartentür und kommt näher. »Da is Blut.« Er schaut auf ihre Hinterlassenschaften. »Darf ich amal?« Schon kniet er neben Runa, die ihn ohne Widerstand in ihren Mund blicken lässt. »Schaun S'? Ganz weiß, das Zahnfleisch. Wahrscheinlich hat s' Rattengift g'fressen.«

»Rattengift?«, schreie ich alarmiert auf. Mein armer, lieber Hund! »Wir müssen sofort zum Tierarzt. Können Sie das Auto holen? Der Schlüssel liegt auf dem Tischchen im Foyer. Schnell!«

Aber ich muss Simon gar nicht antreiben, er ist schon losgelaufen. Er weiß selbst, dass wir jetzt keine Zeit verlieren dürfen. Ich flitze los und hole meine Globuli. Klarer Fall für meine viel geschätzte Homöopathie.

Als das Auto vor dem Garten steht, hilft Simon mir, Runa in den Kofferraum zu legen. Gott sei Dank hab ich einen Kangoo mit großem Gepäckraum, da kann ich mich noch danebenquetschen. Simon setzt sich ans Steuer und braust los. »Zu Doktor Marquardt im Tulpenweg«, rufe ich nach vorn.

»Gebongt.«

Runa liegt mit ihrem Kopf auf meinen Knien. Sie ist ganz apathisch. Manchmal geht ein Zittern durch ihren Körper. Ich streichle sie und rede beruhigend auf sie ein. Öffne das Globulifläschchen und stecke ihr fünf Kügelchen in die Backentasche. Sie ist das schon von mir gewohnt. Aber sie würde sich wohl sowieso nicht rühren. Ich nehme mein Handy und rufe bei Dr. Marquardt an. Erzähle, welche Symptome Runa hat und dass wir meinen, sie hätte Rattengift gefressen.

Endlich sind wir beim Tierarzt. Als der Wagen stoppt, kommt sofort die Sprechstundenhilfe aus der Praxis gelaufen und hält uns alle Türen auf. Simon trägt Runa. Ich bin froh, dass er dabei ist. Dr. Marquardt hat schon alles vorbereitet, untersucht Runa kurz, gibt ihr dann ein paar Spritzen und legt eine Infusion.

»Gut, dass Sie es so schnell gemerkt haben. So hat sie eine reelle Chance, zu überleben. Rattengift ist ein rasch wirkendes Gift.«

»Aber wo kann sie es denn gefunden haben? Ich habe sie doch beim Spazierengehen immer an der Leine!«

»Das kann sie überall aufgeschnappt haben. Oder irgendwelche gewissenlose Leute haben es einfach über Ihren Zaun geworfen. Das gibt es leider immer wieder.«

»Sie meinen, es liegt in unserem Garten herum und jemand wollte absichtlich Runa vergiften? Und meine Kinder vielleicht auch noch gleich mit!« Ich bin fassungslos. Wer hasst mich denn so arg, dass er meinem geliebten Hund so etwas antut? Das muss ein durch und durch gottloser Mensch sein.

»Wen haben Sie denn so sehr verärgert, Frau Schneider?«, fragt Dr. Marquardt ganz ernst. »Wenn Sie selbst kein Rattengift benutzen, sollten Sie zur Polizei gehen. Das dürfen Sie nicht auf die leichte Schulter nehmen.«

»Zur Polizei? Ha.«

»Nun, das ist Ihre Entscheidung. Runa ist so weit erst mal stabil, aber noch nicht aus der Gefahrenzone. Ich gebe Ihnen Elektrolytpulver zum Einrühren in ihr Trinkwasser und Tropfen mit. Die stoppen die Blutungen. Lassen Sie sie nicht unbeaufsichtigt in den Garten. Sie soll möglichst viel trinken. In zwei Tagen wissen wir mehr.«

Damit sind wir entlassen und nehmen Runa wieder mit. Ihre Augen sind trüb, und sie schaut furchtbar groggy aus.

Zu Hause bedanke ich mich vielmals bei Simon für seine Hilfe. Für ein Gespräch über seine Verbindung zu Marianne, Verena oder gar Hinterdobler fehlt mir jetzt die Konzentration.

»Simon, vielen, vielen Dank für Ihre Hilfe. Ohne Sie hätte ich nicht gewusst, wie ich das hätte machen können. Mich um Runa kümmern und Auto fahren. Vielen Dank! Lassen Sie uns doch Du zueinander sagen. Ich heiße Karin.«

»Simon.« Er gibt mir feierlich die Hand.

»Aber lass uns unser Gespräch verschieben, ich hab jetzt einfach keinen Kopf dafür.«

»Freilich. Hoffentlich wird d'Runa wieder g'sund. Is so a schöner Hund.«

Die netten Worte treiben mir die Tränen in die Augen. Schnell verabschiede ich Simon und schließe die Tür. Dann knie ich mich neben meinen Liebling und kraule das weiche Fell hinter ihren Schlappohren. Runa hat sich in ihr Körbchen verzogen, legt die Schnauze müde auf ihre Pfoten.

»Bin ich froh, dass du noch lebst. Danke, lieber Gott. Danke!« Ich küsse sie auf den Kopf, nehme ihren warmen Hundegeruch wahr und lasse sie dann in Ruhe. Sie hat die Augen schon halb geschlossen und will wohl schlafen.

Ich gehe hinaus in den Garten. Dort liegen immer noch die Beweisstücke ihrer Notlage. Mit einer Plastiktüte und Zeitungspapier mache ich mich daran, die Wiese zu säubern. Dann spritze ich alles mit dem Gartenschlauch gründlich ab. Ich hoffe, es ist kein Gift mehr vorhanden, das irgendjemandem schaden kann. Ich habe auch nichts Verdächtiges mehr gefunden. Dr. Marquardt sagte, dass es meistens hellblaue oder rosa Stückchen seien. Ich habe nichts gesehen.

Die ganze Zeit hindurch zermartere ich mir den Kopf. Wer hat das gemacht? Es kann ja nicht wirklich sein, dass Hinterdobler meinen Hund vergiften lässt, oder? Nur damit ich mit dem Bürgerbegehren aufhöre. Außerdem lässt es sich wahrscheinlich auch gar nicht mehr stoppen. Wir haben bald alle Unterschriften zusammen, und das würde auch mein Ausstieg nicht mehr ändern. Also warum?

Ich komme zu keinem Schluss. Und ich frage mich: Wie geht es weiter? Welche Konsequenzen ziehe ich daraus? Es bleibt mir wahrscheinlich nichts anderes übrig, als doch zur Polizei zu gehen. Ja, dann mache ich das aber gleich, dann habe ich es hinter mir.

Also ziehe ich aus der Tüte ein Stück verdrecktes Zeitungspapier wieder heraus und stecke es in eine durchsichtige frische Plastiktüte. Da haben sie gleich ihre Beweise. Diesmal spare ich es mir, mich extra als gute Staatsbürgerin zurechtzumachen. Ich nehme meine Jacke vom Haken und fahre zur bekannten Adresse.

Die Glastüren öffnen sich mit einem leisen Zisch, und ich stehe wieder vor dem Tresen im Eingangsbereich. Zu meiner großen Freude hat abermals POM Grieshuber Dienst. Auch er freut sich sichtlich, als er mich erkennt.

»Grüß Gott, Herr Polizeiobermeister Grieshuber«, versuche ich es mit Höflichkeit. »Jetzt bin ich schon wieder hier. Diesmal hab ich ein Beweisstück mitgebracht. Mein Hund wurde beinahe vergiftet. Ich war eben beim Tierarzt. Wir haben gerade noch Glück gehabt. Runa lebt. Jemand hat Rattengift in meinen Garten geworfen.« Damit lege ich ihm die Tüte mit dem appetitlichen Inhalt auf den Tresen.

POM Grieshuber schiebt sie mit seinem Kugelschreiber beiseite.

»Benützen S' Rattengift in eanam Haus oder Garten?«, fragt er mich mit gelangweilter Stimme.

Das darf doch nicht wahr sein! Jetzt meint der, ich hätte aus eigener Blödheit meinen Hund vergiftet. Durchatmen, Karin. Ruhig bleiben.

»Nein, Herr POM Grieshuber.«

»Haben S' denn Rattengift in Ihrem Garten g'funden? Das sind so rosa oder hellblaue Stückerl.«

»Nein. Aber in der Tüte ist Erbrochenes von der Runa. Wenn Sie es untersuchen lassen, dann werden Sie bestimmt welches finden.« Ich funkle ihn an. »Und es hätten ja auch meine Kinder nehmen und damit spielen können. Das hätte noch viel schlimmer ausgehen können.« So ein Paragrafenreiter!

Er doziert in leierndem Tonfall: »Frau Schneider, wenn in Ihrem Garten kein Rattengift in Urform zu finden ist, kann nicht von einer Gefährdung von Personen ausgegangen werden. Ihr Hund kann des Gift überall aufg'schnappt haben. Es besteht kein Hinweis darauf, dass jemand das Gift tatsächlich in Ihrem Garten deponiert hat. Die Beweislage ist alles andere als eindeutig.«

Damit ist die Sache für ihn schon wieder erledigt. Er zeigt mit dem Kugelschreiber auf die Tüte. »Wollen S' Ihr Beweisstück wieder mitnehmen, oder soll ich's für Sie entsorgen?«

Ich schnappe mir meine Tüte, drehe mich wütend um und dampfe aus der Tür. Anscheinend hab ich kein Glück mit der hiesigen Polizei. Zumindest Herrn Grieshuber möchte ich nicht mehr sehen. Dieser Name allein schon. Nomen est omen.

Ich bin sauer und wütend, aber ich muss zugeben, dass er aus seiner Sicht der Dinge recht hat. Ich kann wirklich nicht beweisen, dass Runa das Gift in unserem Garten gefunden hat. Auch wenn ich mir sicher bin. Aber mein Gefühl zählt vor den Augen des Gesetzes nicht. Muss mich also geschlagen geben. Zumindest in dieser Hinsicht.

Zu Hause schaue ich zuerst nach Runa. Sie liegt immer noch schlafend in ihrem Körbchen, hat sich aber bewegt. Sie lebt also noch. Gott sei Dank! Ich stecke ihr wieder fünf Globuli in die Backentasche und rede ihr leise zu.

Dann stehe ich auf, gehe in die Küche und will mir einen Tee machen. Dabei schaue ich automatisch auf meine Küchenuhr. Fünfzehn Uhr. In einer Stunde kommen die Kinder heim. Ich muss mir noch darüber klar werden, wie viel ich ihnen erzähle. Eigentlich möchte ich ihnen die Vergiftung verschweigen. Das würde sie zu sehr durcheinanderbringen und ängstigen.

Es reicht ja, dass ich völlig durch den Wind bin. Denn langsam sackt die Erinnerung an das Geschehen, und mir wird bewusst, dass hier jemand die Schlinge immer enger um mich zieht. Ich muss herausfinden, um was es hier geht und wer mir so schaden will.

Während ich die Küche aufräume, lege ich mir eine Strategie zurecht. Ich hoffe, es klappt.

Genervt und ausgepowert von dem langen Tag kommen die Kinder nach Hause. Vickys erste Amtshandlung ist wie immer, Runa zu begrüßen.

»Mami, was ist mit Runa los? Die liegt nur in ihrem Körbchen und schaut so komisch.«

»Was!« Die übrigen Geschwister stürzen ins Wohnzimmer. »Runa, was hast du denn? Bist du krank?«

Runa steht bei so viel Anteilnahme mühsam auf, klettert aus ihrem Körbchen und schnüffelt an ihren Freunden. Das war genug Action, sie legt sich auf den Teppich und lässt sich streicheln.

Ich bin hinterhergekommen und habe schweigend zugesehen. »Runa hat was Falsches gefressen. Wahrscheinlich im Wald. Sie hat erbrochen und hat Durchfall. Ich war schon bei Doktor Marquardt. Der hat ihr Medizin gegeben, und jetzt braucht sie halt ein paar Tage, um wieder ganz fit zu werden. Das wird schon wieder.«

Ich halte den Ball flach. Und es funktioniert. Die Kinder fließen über vor Mitleid, aber haben keinen Verdacht, es könnte mehr dahinterstecken. Kramen Geschichten von früher hervor.

»Mami, weißt du noch, wie Runa mal auf der Baustelle Plastikfolie mit altem Schmieröl gefressen hat? Da war sie noch ganz klein. Aber es hat ihr auch nicht geschadet«, fällt Susa ein.

»Ja, und ich dachte damals, das war's jetzt. Das Projekt Hund hat sich schon nach einem halben Jahr erledigt.« Ich nicke. »Aber ich bin froh, dass ich mich geirrt habe.«

»Und wir erst!« Alle stürzen sich auf Runa und knutschen sie ab.

»Kannst du dich noch an mein Hundegedicht erinnern, das ich gemacht hab, als wir sie beim Bauern angeschaut haben und dann klar war, dass wir sie bekommen?«, fällt Lilli ihren Geschwistern ins Wort.

»Nein. Wie ging das?«

Lilli stellt sich in Positur und deklamiert zur Belustigung aller:

»Hunde-Gedicht
Wir kriegen einen kleinen Hund,
der ist sehr fröhlich und ganz gesund.
Er hat vier hellbraune Tatzen
und ist auch lieb zu Katzen.
Wir haben schon alles hergerichtet
und einen großen Stapel Futter geschichtet.«

»Ja, sie war so süß damals als Welpe.«

»Das ist sie doch heute noch! Meine ganz Allersüßeste.« Wieder knuddeln alle an Runa herum.

»Langsam, langsam. Es ist ja toll, dass ihr sie so lieb habt. Aber lasst sie jetzt erst mal in Ruhe. Lilli, das Gedicht ist niedlich. Aber man merkt, dass du damals noch viel kleiner warst, gell? Habt ihr Hunger?«, versuche ich die Rasselbande abzulenken.

Das ist nach einem langen Schultag immer ein gutes Stichwort. Bald sitzen wir in der Küche, und sie erzählen, was heute in der Schule so alles los war.

Martin kommt erst um zweiundzwanzig Uhr nach Hause. Die Kinder sind schon im Bett, schlafend oder lesend. Ich habe auf ihn gewartet. In eine Decke gehüllt auf unserem großen Sofa am Fenster. Es ist mir schwergefallen, nicht einzuschlafen. Es war ein furchtbar anstrengender Tag.

Runa ist immer noch reduziert in ihren Bewegungen, aber sie kommt mir nicht mehr ganz so »vergiftet« vor. Vorher war ich mit ihr im Garten. Ganz langsam trottete sie neben mir her, wie eine Hundeoma. Setzte sich mühsam zum Pinkeln ins Gras. Aber es ging. Wollte dann gleich wieder rein, in ihr Körbchen. Hat noch keine Lust auf die Welt. Kann ich verstehen. Ich gebe ihr abwechselnd ihre Tropfen und die Globuli. Ich habe ein gutes Gefühl. Sie wird es überstehen, unser Mausezahn.

Auf dem Sofa im Dunkeln hab ich nachgedacht. Es muss jemand im Dunstkreis vom Hinterdobler auf diese schmutzige Idee gekommen sein, Gift in meinen Garten zu werfen. Denn sonst habe ich keine Feinde. Denke ich. Wahrscheinlich habe ich es von

Anfang an unterschätzt, wie viel für die andere Seite auf dem Spiel steht, wenn der Kirchplatz so bleibt, wie er ist.

Ich dachte, wir leben in einer Demokratie. Wenn die gewählten Interessenvertreter in gewissen Punkten die Interessen ihrer Wähler halt nicht vertreten und diese Wähler dies kundtun, dann ist das die Stimme des Volkes, die gehört werden muss. Ich hab die Eitelkeiten und die wirtschaftlichen Belange übersehen, nicht ernst genommen. Das war mein Fehler, der meine Hündin beinahe das Leben gekostet hätte.

Es ist noch einmal gut gegangen, aber ich darf kein Risiko mehr eingehen. Ich werde Runa zu Paul bringen. Raus aus der Gefahrenzone. Paul ist ein alter Freund von mir aus Jugendtagen. Inzwischen ein Freund von uns allen. Er hat viel freie Zeit, denn er privatisiert. War früher groß im IT-Business und hat sein Geld gemacht. Hat rechtzeitig den Absprung geschafft und lebt jetzt zurückgezogen in den Bergen. Wir haben immer noch Kontakt, uns verbindet die Erinnerung an die gemeinsame Jugend, und er ist in der Lage, Zeit zu verschenken. Deshalb passte er schon oft auf Runa und unser Haus auf, wenn wir in Urlaub gefahren sind. Oder auch auf Runa, das Haus und die Kinder, wenn wir mal ein Wochenende Auszeit brauchten. Runa liebt ihn. Ich werde ihn morgen anrufen und ihn fragen, ob ich Runa bei ihm in Sicherheit bringen kann.

Endlich kommt Martin heim. Ich muss allerhand mit ihm besprechen. Er betritt die Küche und stellt seine Aktentasche in die Ecke. Als Oberarzt hat er inzwischen mehr Bürokratie am Hals, als ihm lieb ist. Er geht an den Kühlschrank, nimmt die Flasche Weißwein heraus und schenkt sich ein Glas ein. Ich bin hier im Dunkeln und hab keinen Impuls, auf mich aufmerksam zu machen.

Im milden Licht der Küchenlampe sitzend, nimmt er einen Schluck, fährt sich durch die Haare und seufzt. Es ist ein müdes, trauriges Seufzen. Er wähnt sich ganz allein. Erschrocken über diesen Einblick in sein Inneres mache ich Krach. Rutsche absichtlich laut auf dem Sofa und gähne übertrieben geräuschvoll. Eigentlich muss ich gar nicht vorgeben, müde zu sein.

»Hey. Da bist du ja.«

»Hey. Hab dich gar nicht gesehen. Was sitzt du denn da im Dunkeln?«

»Es ist viel passiert heute, und ich musste nachdenken.«

Er kommt herüber. »Was ist denn schon wieder passiert? Dass es in dieser Familie nie Normalität und Langweile geben kann!«

»Ja, im Moment ist wirklich viel los.« Ich gebe mir Mühe, mich nicht angegriffen zu fühlen. »Komm, setz dich, ich erzähle es dir.«

Wie es seine Art ist, hört sich Martin alles still an. Dann macht er dem POM Grieshuber alle Ehre und überzeugt sich davon, dass es ja überhaupt nicht erwiesen ist, dass Runa das Gift bei uns im Garten gefressen hat. Mein Drama-Gen, meine Gespenster, mein Verfolgungswahn.

Ich bin es inzwischen leid, immer dagegen zu argumentieren. »Martin, wie dem auch sei, glaube, was du willst. Ich werde trotzdem versuchen, Runa bei Paul unterzubringen. Und ich würde mich besser fühlen, wenn du mit den Kindern schon früher nach Sizilien abfahren könntest.«

»Wieso denn das?«

»Na, wer Hunde vergiftet, schreckt vielleicht auch nicht davor zurück, Menschen etwas anzutun. Und ich will kein Risiko eingehen. Ich will euch alle in dieser letzten heißen Phase aus dem Weg haben.«

»So ein Unsinn. Du steigerst dich wirklich in den reinsten Agententhriller hinein. Eine Percht treibt ihre Späße mit dir, und du hörst eine Drohung. Der Hund frisst etwas Falsches, wie schon so oft, und du vermutest einen Anschlag. Karin, nimm doch Vernunft an! Außerdem, wie stellst du dir das vor? Ich kann nicht von heute auf morgen aus der Klinik weg. Es war schon schwer genug, die zwei Wochen Urlaub durchzuboxen. Darüber hinaus ist noch Schule. Also wirklich!« Martin steht ärgerlich auf und geht nach oben.

Wie so oft endet auch dieses Gespräch in einem Streit. Ich fühle mich ausgelaugt und einsam. Alle Verantwortung für die Sicherheit meiner Familie lastet auf meinen Schultern. Es ist spät, und ich bin schrecklich müde. In diesem Zustand sehe ich alles noch viel dramatischer, das weiß ich. Also warte ich, bis Martin ins Bett gegangen ist. Nach einer Weile werde ich auch schlafen gehen.

Ich bin wohl auf dem Sofa eingenickt. Denn als das Telefon neben mir klingelt, schrecke ich auf. Schlaftrunken gehe ich ran, damit oben keiner von dem Geklingel aufwacht. Wer ruft denn um diese Uhrzeit noch an?

»Ja?«

Es atmet laut. Dann Worte. Die Stimme ist beinahe nicht zu verstehen. »Die Nächsten sind deine Kinder.« Aufgelegt.

Oh Gott! Hab ich das jetzt geträumt? Nein, ich halte immer noch den Telefonhörer in der Hand. Wer war das? Ein Mann? Eine Frau? Ich kann es nicht sagen. Die ungeheuerliche Drohung habe ich aber verstanden. Das geschieht nicht in Wirklichkeit. Niemand kann doch meinen Kindern etwas antun wollen! Das ist unmöglich.

Ich lasse mich in die Kissen zurückfallen. Weine. Tatsächlich. Seit Langem wieder. Seit Jahren. Zuerst entkommen meiner Kehle wie von selbst raue Schluchzer. Ich ringe zwischendrin immer wieder nach Luft. Mein Hals schmerzt. Meine Brust wird mir zu eng. Ich lege meine Hand auf mein Herz. Dann bildet sich an meinem linken Lidrand eine Träne. Sie wird feuchter, größer. Löst sich von den Wimpern und gleitet meine Wange nach unten. Ein Pionier. Ihr folgen Tränen über Tränen. Schluchzer schütteln mich. All die über Jahre zurückgehaltenen Gefühle bahnen sich jetzt einen Weg nach draußen. Verzweiflung packt mich. Meine Kinder. Ich bin ganz allein. Niemand auf der ganzen Welt kann mir helfen.

Es ist fünf Uhr in der Früh. Ich fühle mich entsetzlich.

Irgendwann bin ich wohl doch eingeschlafen, aber ich wurde von Alpträumen durchgeschüttelt. Hinterdoblers fieses Haifischlächeln verzerrte sich zu einer grauenhaften Perchtenmaske. Er packte mit einer Hand Susa, mit der anderen Vicky und kletterte mit ihnen quasimodoähnlich auf den Kirchturm. Die Mädchen schrien und baten um ihr Leben. Die Zwillinge wollten sie retten und kletterten hinterher. Lose Ziegelsteine fielen hinab, die sie mit ihren Füßen angestoßen hatten. Fast waren sie oben, als Quasi-Dobler sich auf seine Hinterfüße stellte, sein riesiges Maul aufriss und Susa gerade verschlingen wollte.

Ich wache schweißgebadet auf. Ich frage mich, warum ich auf dem Sofa geschlafen habe. Da fällt mir alles wieder ein. Das treibt mich raus. Im Vorbeigehen schaue ich nach Runa, die mir von ihrem Schlafplatz entgegenblickt. Eigentlich sieht sie wie immer aus. Schön.

Ich hole mir Jacke, Mütze, Stiefel und öffne die Terrassentür. Runa steigt aus ihrem Körbchen, streckt sich und geht neben mir nach draußen. Es wird gerade hell und ist noch ziemlich kalt. Natürlich. Aber die Vögel zwitschern schon, wie sie es nur im Frühling machen. Ich gehe mit Runa in den Garten. Schlinge die Arme um mich. Beobachte die Hündin bei ihrem Geschäft. Alles normal.

»Hallo, Karin.«

Ich reiße den Kopf herum. Ben. Runa hat ihn als Nachbarn schon lange als ungefährlich eingeordnet. Deshalb hatte sie gar nicht gebellt.

»Was machst du denn schon so früh?«

»Ich jogge vor der Arbeit. Wie jeden Morgen. Aber dich hab ich noch nie um die Uhrzeit draußen gesehen. Wie kommt das?« Ben lehnt sich an den Gartenzaun.

»Ach, Ben.« Mir wollen schon wieder die Tränen kommen. Es scheint, dass sie an meine gestrige Schwäche anknüpfen wollen. Aber ich lasse sie nicht und wische mit einer ärgerlichen Handbewegung über meine Augen.

»Runa wurde gestern fast vergiftet, und dann hab ich auch noch einen anonymen Anruf bekommen, bei dem eine Stimme sagte, meine Kinder wären die Nächsten.«

»Was? Das ist doch nicht möglich! Bist du sicher, dass jemand Runa vergiften wollte?«

»Ja, mit Rattengift. Wir waren bei Dr. Marquardt. Sie hatte nur Glück, dass ich es rechtzeitig bemerkt hab.«

»Und wer hat angerufen?«

»Keine Ahnung. Auf jeden Fall jemand, der mit der Vergiftung zu tun hatte oder zumindest davon wusste.«

»Was machst du jetzt? Geh zur Polizei!«

»Da war ich schon. Und für den Telefonanruf hab ich keine Zeugen. Mit der Polizei hab ich abgeschlossen. Das hat eh keinen Sinn. Ich werde jetzt Runa bei einem Freund unterbringen, und auch die Kinder müssen weg. Ich weiß nur noch nicht, wie, da sich Martin querstellt, früher nach Sizilien zu fahren.«

»Aber nach der Drohung!« Ben ist fassungslos.

»Davon weiß er noch nichts. Das war gestern ganz spät, so halb zwölf. Und ich bin mir auch gar nicht sicher, ob ich es ihm erzähle. Im Moment zweifelt er sehr an meiner Glaubwürdigkeit. Mehr, als ich gerade verkraften kann. Aber mir wird schon noch etwas einfallen.«

»Mensch, Karin, wenn ich dir helfen kann, dann sag es. Wer hätte gedacht, dass so etwas in unserer kleinen, verschlafenen Stadt passiert.«

»Ja, ich hätte auch nicht gemeint, dass mein simples Bürgerbegehren solche Auswirkungen hat. Dann hätte ich nämlich die Finger davon gelassen. Das kannst du mir glauben. Aber jetzt geh mal rein, bevor du dich noch erkältest. Du bist vom Joggen bestimmt ganz durchgeschwitzt.«

»Selbst in dieser Situation denkst du noch an die anderen. Du bist unglaublich, Karin.« Damit beugt er sich ungelenk über den Zaun und nimmt mich in den Arm. So gut es denn geht mit Holzlatten dazwischen.

Ich drücke ihn kurz, schiebe ihn dann aber wieder weg, denn mir kommen schon wieder die Tränen. Mitleid und Anteilnahme locken sie heraus, und das will ich nicht. Außerdem könnte uns Verena beobachten, und ich möchte nicht wieder an einem Streit schuld sein.

Anscheinend hat er gerade das Gleiche gedacht, denn er dreht sich kurz um und wirft einen Blick auf sein Haus. Auch ich schaue hinüber. Und tatsächlich, der Vorhang im Schlafzimmer hat sich bewegt. Verena.

»Na, das kann ja heiter werden«, lacht er unfroh auf.

Ich weiß, auf was er anspielt, und bin geknickt. »Tut mir leid.«

»Da kannst du doch nichts dafür. Schließlich habe ich dich umarmt. Ganz harmlos. Aber Verena wird daraus wieder ein Drama machen. Ich bin es so leid.« Er schlägt mit seiner Hand auf den hölzernen Gartenzaun.

»Ich möchte mich ja nicht einmischen. Aber warum überreagiert sie denn so?«

Ben untersucht seine Hand und macht dann eine wegwerfende Geste. Typische Übersprungshandlung, würde ich sagen.

»Verena hatte in der Vergangenheit ernste psychische Probleme. Sie war auch lange in Behandlung. Ich werde wohl ihren damaligen Arzt anrufen müssen. Vielleicht kann er mir sagen, was ich tun soll.« Ben sieht ziemlich unglücklich drein. Am liebsten würde ich ihn wieder umarmen. Aber ich halte mich zurück.

»Ja, mach das. Hol dir ärztlichen Rat.«

Ben nickt. »Ich werde dann mal reingehen.«

»Viel Glück.«

Nicht schön für Ben, denke ich, als ich ins Haus zurückgehe.

Die Kinder sind in der Schule. Martin im Krankenhaus. Wir haben nicht mehr über gestern gesprochen. Ich habe ihm auch nichts von dem Anruf gesagt. Ich werde das jetzt allein durchziehen.

Als Erstes rufe ich in Sizilien an und rede mit Carla, meiner Großcousine. Ich bitte sie darum, dass die Kinder schon morgen kommen können, vier Tage vor Ferienbeginn. Sie ist einverstanden und stellt auch keine weiteren Fragen. Sie ist ein Schatz, und auch wenn wir eigentlich nicht eng verwandt sind, gehört sie für mich zu meiner Familie.

Die Flüge für die Kinder nach Catania kann ich auf morgen mit Flugbegleitung umbuchen. Von dort ist es nicht mehr weit bis nach Syrakus, wo Carla wohnt. Sie wird sie abholen. Erledigt.

Nun rufe ich in den Schulen an und erkläre den Direktoren, dass unser sizilianischer Großvater gestorben ist und die Kinder deshalb ab morgen nicht mehr in die Schule kommen können. Wir müssten zur Beerdigung nach Sizilien. Sie akzeptieren es. Erledigt.

Danach hole ich schon einmal die Koffer aus dem Speicher und lege für jedes Kind die – für mich – wichtigsten Anziehsachen auf dessen Bett bereit. Wir werden heute Nachmittag noch mal drübergehen und wahrscheinlich im Einzelfall hart verhandeln müssen. Denn vor allem meine Mädels haben eine andere Einstellung zu notwendigen Klamotten als ich. Erledigt.

Jetzt werde ich Paul anrufen. Ich setze mich zurecht, denn es wird sicherlich ein längeres Gespräch. Nicht nur habe ich viel zu berichten, sondern Paul dehnt die Telefonate gern auch mal aus. In seiner selbst gewählten Einöde hat er nicht oft Gelegenheit zu ausführlichen Gesprächen, dabei diskutiert er für sein Leben gern. Er kompensiert dies mit Online-Chats. Aber wenn er schon mal einen richtigen Menschen an der Strippe hat …

Doch diesmal ist es anders. Nach Beendigung meines Berichts überredet mich Paul, nicht nur Runa zu bringen, sondern auch gleich ein paar Tage bei ihm zu bleiben.

»Du kannst bestimmt ein wenig Ruhe und Abgeschiedenheit brauchen, Karin. Nach dieser anstrengenden Zeit und bevor es dann weitergeht. Bring die Kinder zum Flugzeug und komm dann zu mir. Ich mach dir auch mein berühmtes Käsefondue!«

»Na gut, überredet. Ich kann wirklich eine kleine Pause brauchen. Auch von Martin.«

»Oho. Na, das kannst du mir ja genauer erzählen, wenn du da bist. Beeil dich. Ciao, bella.«

»Ciao, Paolo.« Nein, Paul ist kein Italiener, aber er wäre gern einer. Und da kommen ihm meine italienischen Wurzeln gerade recht.

So gehe ich nochmals in den Speicher und hole auch für mich einen kleinen Koffer, in den ich das Nötigste verstaue.

Mittags bin ich gerade noch oben mit dem Packen beschäftigt, da höre ich meine Kinder nach Hause kommen und sofort aufgeregt nach mir schreien. Ich laufe die Treppe hinunter. Sie stehen im Gang, haben ihre Schultaschen in die Ecke geschmissen und sind ganz erhitzt. Anscheinend sind sie die ganze Strecke vom Schulbus hierher gelaufen.

»Mama, was soll das heißen, dass unser sizilianischer Großvater gestorben ist und wir zur Beerdigung müssen? Wir haben doch gar keinen sizilianischen Opa!« Alle reden durcheinander.

»Das habt ihr hoffentlich nicht gesagt?« Daran hatte ich nicht gedacht, dass die Kinder damit konfrontiert werden und sich verplappern könnten.

»Nee, ich hab nur komisch geschaut und was gemurmelt«, meint Susa. »Ich auch. Ich auch.«

Also alles in Ordnung.

Dann erkläre ich ihnen, warum ich zu dieser Notlüge gegriffen habe, und lüge schon wieder. Denn ich erzähle ihnen natürlich nichts von dem Rattengift und dem Telefonanruf. Was haben Sie gedacht? Ich bin aber nicht stolz darauf, meinen Kindern schon wieder nicht die ganze Wahrheit sagen zu können. Ich habe mir eine halbwegs plausible Erklärung aus den Fingern gesaugt, und die Kinder haben sie, wenn auch skeptisch, geschluckt. Am Schluss überwiegt die Freude, dass ihre Ferien schon vier Tage früher beginnen.

Ich habe Glück und Martin kommt mittags nicht nach Hause, obwohl das Essen pünktlichst auf dem Tisch steht. Normalerweise finde ich es eine Ungeheuerlichkeit, wenn er mich versetzt und ich den ganzen Vormittag gekocht habe. Aber heute gibt es nur Spaghetti mit Tomatensoße, und ich will die Konfrontation mit ihm noch etwas hinausschieben. Vor allem darf sie nicht vor den Kindern stattfinden.

Deshalb begleite ich ihn später auf dem täglichen Abendspaziergang mit Runa. Darüber ist er erstaunt, das kann ich sehen, aber er sagt nichts. Ich überrede ihn, einen Schlenker in den Wald zu machen, denn ich will keine Diskussion vor den Nachbarn. Als wir außer Sicht- und Hörweite sind, erzähle ich ihm zuerst von dem nächtlichen Telefonat.

Er schaut mich von der Seite zweifelnd an, und ich explodiere. »Martin, sag nichts. Der Blick genügt mir. Ich habe jetzt genug davon, dass du mich als übergeschnappt hinstellst. Es ist mir egal, was du von den ganzen Ereignissen hältst. Ich weiß, dass ich recht habe, und ich werde dementsprechend handeln. Die Kinder fliegen morgen mit Flugbegleitung nach Catania. Carla ist einverstanden und holt sie vom Flughafen ab. Ich werde, nachdem ich die Kinder in den Flieger gesetzt habe, mit Runa zu Paul fahren. Dort bleibt sie erst mal, und ich werde wahrscheinlich auch ein paar Tage bei Paul wohnen. Kraft tanken für den Endspurt. Schließlich läuft nach Ostern der Termin fürs Unterschriftensammeln ab. Ich würde das alles gerne mit deinem Einverständnis durchziehen, aber ich mach's auch ohne.« Ich muss tief Luft holen. Hab nämlich ohne Punkt und Komma geredet, damit ich's hinter mich bringe.

Martin sagt erst einmal wieder nichts. Schaut in den dunklen Wald. Räuspert sich. »Es scheint ja für dich schon beschlossene Sache zu sein. Dann muss ich dem ja nichts hinzufügen.«

Pause.

»Nur eins noch. Ich hoffe für unsere Ehe, dass sich nach den Ferien wieder alles normalisiert. Sonst sehe ich schwarz für sie.«

Boh. »Klar. Ich hab dich verstanden. Wir werden sehen.«

Ich gebe Runa ein Zeichen, dass es wieder zurückgeht. Sie hatte sich währenddessen auf den Weg gesetzt. Muss mit ihren Kräften noch haushalten. Jetzt steht sie immer noch ein wenig mühsam auf und zuckelt hinter uns her.

Als wir schweigend in unsere Straße einbiegen, sehe ich, dass vor unserem Gartentor ein großer Mann steht. Beim Näherkommen erkenne ich Simon.

»Das ist Simon. Mein Mann Martin«, stelle ich die beiden vor. Martin nickt Simon nur kurz zu und geht dann mit Runa ins Haus. Auch gut.

»Mag dich ned stören, Karin. Will dir nur schnell was sagen. Ich schreib grad alles auf, was ich dir vom Hinterdobler erzählen will. Das ist besser für mich, denn im Reden bin ich ned so gut. Weißt eh. Ich bring's dir dann, wenn ich fertig bin. Und vielleicht hab ich dann noch Neuigkeiten für dich. Ich treff mich morgen nämlich mit der Verena.«

Auf meine überraschte Miene hin ergänzt er: »Sie hat gestern ang'rufen und mich eing'laden. Ganz freundlich war sie. Das hätt ich ned denkt.« Dabei schaut er verlegen zu Boden und wird rot.

»Schön, wenn du dich freust. Aber sie ist verheiratet, das weißt du, oder?«

»Freilich.« Seine Füße scharren im Kies.

»Ich fahre übrigens morgen für ein paar Tage weg und bin wahrscheinlich erst wieder an Ostern zurück. Ich ruf dich dann an, okay?«

»Gut. Dann hab ich noch mehra Zeit, alles aufzumschreibn. Mach's gut.«

Wir geben uns die Hand.

VIERZEHN

Am nächsten Tag ist Hektik angesagt. Wir sind wie immer spät dran, schaffen es aber gerade noch rechtzeitig zum Flieger. Deshalb fällt die Abschiedsszene auch kurz und schmerzlos aus. Gott sei Dank keine Zeit für Tränen. Ich drücke und küsse alle noch, dann gehen sie auch schon mit ihrer persönlichen Stewardess durch die Passkontrolle. Meine Babys. Allein in die große weite Welt.

Ich versuche, die Gedanken daran zu verdrängen, dass sie Angst haben und der Flieger abstürzt und sie entführt werden und Carla einen Unfall hat und sie nicht rechtzeitig abholen kann. Und sie in Sizilien in eine Mafiaschießerei geraten und im Meer ertrinken und schlechte Muscheln essen und so an Hepatitis erkranken und … Stopp!

Ich schüttle all dies ab. Sie sind in Sicherheit. Sicherer als bei mir daheim. Ist das nicht furchtbar?

Dann mache ich mich auf den Weg zu Paul.

Er hat das Glück, im Chiemgau leben zu können. Die Fahrt dorthin ist wie immer zauberhaft. Wenn man die Autobahn hinter sich gelassen hat, führt nur eine Landstraße, die auf den letzten Kilometern immer schmäler und holpriger wird, zu seinem Domizil. Hinter Hohenaschau geht es bergauf. Viel Wald, viele Kurven, zum Glück kein Reh oder Wildschwein auf der Straße. Dazwischen kann man immer wieder eine traumhafte Aussicht auf den See hinunter erhaschen. Der Wald wird lichter, hört auf. Das kleine Dorf liegt vor mir.

Da muss ich hindurch, die Einheimischen blicken mir hinterher. Ein fremdes Kennzeichen. Das fällt hier noch auf. Nach dem Kramerladen, der gleichzeitig Post ist, nach links und noch ein paar hundert Meter hinauf, da steht das alte Bauernhaus, in dem Paul sich eingerichtet hat. Nah genug, dass er zu Fuß Besorgungen machen kann, aber weit genug weg, um sich von niemandem in den Suppenteller schauen zu lassen. Einfach perfekt.

Die hohen Bäume ringsherum tun ihr Übriges, das Haus vor neugierigen Blicken zu schützen. Ich holpere den kurzen Feldweg entlang und bleibe vor der alten Scheune stehen. Steige aus und strecke mich. Eineinhalb Stunden hab ich gebraucht. Gar nicht schlecht.

Nun öffnet sich auch schon die hölzerne Haustür, und Paul tritt heraus. Gut, dass er kein Riese ist, denn der Türstock ist ziemlich niedrig. Wie überhaupt alle Decken in diesem Gebäude aus dem letzten Jahrhundert.

Er grinst mich an. »Ciao, bella!« Nimmt mich fest in den Arm. Er hat ein kuscheliges orange kariertes Flanellhemd an und riecht nach Holzofen.

»Ciao, Paolo.« Ich lasse mir die wärmende Nähe kurz gefallen, dann klopfe ich ihm auf den Rücken und trete ein paar Schritte zurück. Brauche meinen Panzer noch.

Wir holen Runa aus dem Auto, die sich fast überschlägt vor Freude, Paul zu sehen. Aber schon nach kurzer Zeit wird sie ruhiger.

»Na, noch nicht ganz fit, Kleine?« Paul tätschelt ihr die Seite. »Das wird schon wieder, hier in der guten Landluft. Und Mieze ist auch da, um dich zu ärgern. Dort sitzt sie schon und wartet auf dich.« Damit zeigt er zur Scheune.

Davor setzt sich eine stattliche dreifarbige Katze in Positur. Eine Glückskatze. Nur an der Schwanzspitze merkt man, dass sie sich doch nicht so wohlfühlt, wie sie uns glauben machen will. Runa hat die Katze auch entdeckt und saust laut bellend auf sie zu. Aber schwups – ist sie hinter der Hecke verschwunden, und Runa bleibt empört kläffend davor stehen.

»Runa, komm, wir gehen rein. Du hast noch viele Gelegenheiten, mit der Mieze zu spielen.« Paul nimmt meinen kleinen Koffer und wie selbstverständlich auch meine Hand. Zusammen mit Runa gehen wir ins Haus.

Wir setzen uns in seine gemütliche Küche, trinken Espresso mit ganz viel Milch, und ich erzähle von Anfang an. Paul nimmt wieder meine Hand in seine. Das machen wir schon seit jeher so, das hat nichts weiter zu bedeuten. Paul ist eben ein sehr haptischer

Mensch. Aber ich kann nicht abstreiten, dass ich das sehr schön finde. Zumindest jetzt gibt es mir Halt.

Paul fragt interessiert nach, leidet bei den entsprechenden Stellen mit, empört sich über Hinterdobler, aber auch über Martin. Ich versuche, Martin zu verteidigen. Es fällt jedoch eher mau aus. Dazu fühle ich mich einfach zu allein gelassen von ihm.

Hier in der warmen Küche, mit dem ehrlichen Mitgefühl und der großen Anteilnahme, schmilzt mein Panzer dahin. Tränen laufen mir übers Gesicht, und ich wische sie ärgerlich weg. Ich hasse es zu weinen, und noch mehr hasse ich, es vor anderen zu tun.

Allerdings beutelt mich das Leben im Moment schon sehr, und meine Kräfte der Gegenwehr schwinden. Paul zieht mich auf seinen Schoß. Das öffnet leider die Schleusen, und ich heule ihm sein Flanellhemd nass.

Er streichelt mir beruhigend über den Rücken. »Ist ja gut. Schon gut.« Ich kann einfach nicht aufhören, zu weinen. Immer neue Wellen der Verzweiflung kommen über mich. Und es tut so gut, sich einmal einfach gehen zu lassen.

Nach ein paar Minuten stupst mich etwas an den Oberschenkel. Runa mit ihrer feuchten Nase. Wir haben einen sehr sensitiven Hund. Als ich in ihre treuen dunkelbraunen Augen schaue, muss ich lächeln und streichle ihr über den Kopf. »Ist schon gut, Runa. Alles in Ordnung.«

Mit einem letzten zitternden Atemzug gleite ich von Pauls Schoß und setze mich wieder neben ihn an den Tisch. Er hält mir ein Papiertaschentuch hin, und ich nehme es dankbar.

»Du Arme. Da hast du es nicht leicht im Moment.«

Genug Mitgefühl für den heutigen Tag. Mitleid kann ich ja schon gar nicht brauchen. Ich bin kein bedauernswertes Geschöpf! Ich pack das schon.

»Ja, ja. Aber nun genug lamentiert. Ich könnte deine Hilfe brauchen. Du bist doch so ein Internet-Ass. Könntest du für mich ein bisschen recherchieren? Über Hinterdobler, Wallner und diesen seltsamen Todesfall. Tod durch Blitzschlag ist ja nun nicht gerade alltäglich. Noch dazu vor der eigenen Garage. Das hört sich geradezu phantastisch an. Vielleicht kannst du Licht in die Angelegenheit bringen.« Ich blicke ihn bittend an.

Er nickt mir zu und steht auf. Sagt kein Wort mehr zu meinem feuchten Ausbruch. »Dann lass uns in mein Arbeitszimmer gehen. Mal schaun, was ich machen kann.«

Nach einer guten Weile ist Paul auf etwas gestoßen. Er kann mit dem World Wide Web einfach besser umgehen als die Normalsterblichen. Er kennt Kniffe und Tricks, an Informationen zu kommen, von denen ich keine Ahnung habe.

»Hier, lies mal! Bericht in eurer Zeitung vom 13. August 1991. Da heißt es, dass der Bauer Wilhelm Wallner um zweiundzwanzig Uhr bei schwerem Gewitter nach Hause gekommen ist und von einem Blitz erschlagen wurde.«

»Also doch.«

»Warte, warte! Hier, nur fünf Tage später, am 18. August 1991, schreibt die Zeitung über den Verdacht, dass Wilhelm Wallner nicht von einem Blitz getroffen wurde. Er habe einen Stromschlag erlitten, als er die Garage öffnen wollte und den Torgriff anfasste. Der Griff war präpariert und mit der Stromleitung verbunden. Der Asphalt vor der Garage war vom Regen nass, deshalb war der Stromschlag tödlich. ›Die Polizei ermittelt jetzt wegen Mordes‹, steht hier. Dann wollen wir doch mal einen Blick in den Polizeibericht werfen.«

»Geht das denn?«

»Normalerweise natürlich nicht. Aber …« Er tippt mit irrer Geschwindigkeit auf die Tastatur ein. »Hier! Todesursache Herzversagen mittels Stromschlag, festgestellt im gerichtsmedizinischen Gutachten …« Er scrollt durch die Seiten des Polizeiberichts. »Sichergestellt wurde die präparierte Verbindung von der Stromleitung der Garagenbeleuchtung zum Torgriff. Verhört wurde Verena Wallner, die Tochter des Opfers.«

»Das ist meine Nachbarin. Die war damals mit dem Hinterdobler zusammen.«

»Aber schau mal auf ihr Geburtsdatum. Sie war zu der Zeit erst sechzehn Jahre alt. Ein bisschen jung noch für eine Geliebte eines erwachsenen Mannes. Nun denn. Sie gab zu Protokoll, dass sie sich zur Tatzeit zu Hause in ihrem Bett befand. Allein. Sie hätte auch nichts vom Todessturz ihres Vaters mitbekommen, da das Gewitter so laut war. Erst am Morgen sei ihr aufgefallen, dass ihr Vater nicht nach Hause gekommen war. Sie hat ihn gesucht und dann vor der Garage liegend tot aufgefunden. Dann … Blablabla …« Er überfliegt einige Seiten.

»Hier. Den Hinterdobler haben sie auch befragt. Weil er ein gutes Motiv gehabt hätte, das Erbe. Hm. Hm. Hatte ein Alibi. Den damaligen Bürgermeister als Leumund. Da haben sie nicht weiter nachgebohrt. Schauen wir weiter. Den Simon Brandl haben sie dann verhört. Hm. Hm. Hat sich ein wenig ungeschickt angestellt.«

»Ja, das kann ich mir vorstellen. Im Reden ist er nicht groß«, werfe ich ein. »Brandl heißt er also mit Nachnamen.«

»Hör mal. Auf die Frage, ob er sich vorstellen könnte, dass die Verena etwas mit dem Tod ihres Vaters zu tun haben könnte, wird er laut und beschimpft den Polizisten. Der droht ihm eine Anzeige wegen Beamtenbeleidigung an. Da hat er sich keine Freunde gemacht.«

»Wie geht's weiter?«

»Warte kurz. Ja, da. Sie haben am Tatort Fußspuren sichergestellt, die sie mit den Schuhen vom Hinterdobler und vom Simon Brandl verglichen haben. Und was meinst du? Sie stimmen zu achtundneunzig Prozent mit den Schuhen vom Simon Brandl überein.«

»Oh nein. Das darf doch nicht wahr sein.« Ich kann es nicht glauben.

»Aber es kommt noch schlimmer. Sie haben am Tatort auch einen Schraubenzieher gefunden, der dem Simon gehört, und der gibt das auch noch auf Befragen zu. Unglaublich naiv. – Hier, das Vernehmungsprotokoll vom Hinterdobler. Er behauptet, dass der Simon mit dem Wallner vor seinem Tod einen Streit hatte. Der Wallner hatte den Simon erwischt, wie er nachts vor dem Haus das Fenster der Verena beobachtete. Auf Befragen leugnet der Simon das auch nicht. So viel Vertrauen in den gerechten Gang der Dinge muss man auch erst mal suchen! Ha! Damit haben sie ihn. Sie geben die Akte weiter zur Staatsanwaltschaft.«

»Und dann? Was ist passiert?« Aufgeregt schaue ich Paul über die Schulter.

»Hier, die Zeitung vom 3. Februar 92. Simon B. wird wegen Mordes an Willi W. zu lebenslänglicher Haft verurteilt. Zwar beteuert er im Prozess immer wieder seine Unschuld, aber die Indizien sprechen gegen ihn. Ciao, Simon, ab in den Bau.«

»Aber Paul, das ist ja schrecklich! Der Simon hat den Vater von der Verena umgebracht? Das hätte ich nie von ihm gedacht. Ich hab mich zwar auch erst vor ihm gefürchtet. Aber als ich ihn kennengelernt habe und vor allem als er mir mit Runa so geholfen hat, nein, das hätte ich nie vermutet. Und Marianne? Die muss es doch gewusst haben! Warum hat sie es mir nicht erzählt?«

»Keine Ahnung. Vielleicht wollte sie ihn bei seiner Resozialisierung unterstützen. Ihm den neuen Anfang in eurer Stadt erleichtern. Da muss ja nicht jeder von seiner Vergangenheit wissen.«

»Wahrscheinlich hast du recht«, stimme ich ihm nachdenklich zu. »Du, er will sich heute mit der Verena treffen. Warum bloß? Soll ich sie warnen?«

»Warum denn das, Karin? Die Verena weiß doch alles. Sie war ja damals hautnah dabei. Wenn sie sich mit dem Mörder ihres Vaters treffen will, ist das ihre Sache. Du bist nicht für alle verantwortlich.«

»Vermutlich. Manchmal übertreibe ich es. Simon meinte auch, er schreibt mir alles auf, was ich vom Hinterdobler wissen will. Was kann das nur sein?«

»Nun, er hat ja im Prozess immer behauptet, dass er unschuldig ist. Vielleicht kriegst du da seine Version zu lesen. Bestimmt spannend. Aber jetzt kannst du gar nichts machen. Komm, wir schalten den Computer aus. Genug recherchiert. Ich habe Hunger. Jetzt gibt's Käsefondue!«

Paul zieht mich vom Stuhl hoch und schiebt mich in die Küche. Ich füge mich. Er hat ja recht, heute Nacht kann ich wirklich nichts mehr tun. Das hat Zeit, bis ich wieder zu Hause bin. Jetzt muss ich auch mal an mich denken. Abschalten. Mich entspannen. Und das geht bei einem guten Essen mit einem Glas Wein am besten.

Aus dem einen Glas Wein werden mehrere, denn das Käsefondue ist lecker, aber sehr gehaltvoll. Da muss ich meine Verdauung mit ein bisschen Alkohol unterstützen. Außerdem sitzt es sich so gemütlich in Pauls Küche. Wir essen, trinken und reden von vergangenen Zeiten. Das ist Erholung. Damals in unserer Jugend war die Sonne noch heller, das Gras noch grüner und das Leben locker und unbeschwert. Was haben wir nicht alles angestellt zusammen. Jeder übertrumpft den anderen mit einer noch verrückteren Geschichte aus der guten alten Zeit.

Und dann kommt unweigerlich seine Lieblingsstory. Ich war nämlich zuerst ein bisschen in ihn verliebt, damals mit sechzehn. Aber er hat sich meine Freundin Sabine geangelt. Damit also ein No-go für mich. Und später, als mit Sabine Schluss war, hatte ich dann wieder einen anderen Freund. So sind wir nie wirklich zusammengekommen. Aber er spekuliert gern darüber.

»Karin, was meinst du, was aus uns geworden wäre, wenn ich damals dich genommen hätte und nicht die Sabine? Wären wir jetzt glücklich verheiratet oder inzwischen total verfeindet?«

»Eher verfeindet. Wir passen einfach nicht zusammen, Paul. Dazu sind wir beide viel zu dickköpfig. Nein, nein, das ist schon gut so, wie es ist. So eine langjährige Freundschaft ist doch auch nicht zu verachten.«

»Nein, da hast du recht.« Er nimmt meine Hände in seine und streichelt mich mit den Daumen. »Wollen wir nicht rübergehen ins Wohnzimmer? Da ist es bequemer.«

Das Sofa im Wohnzimmer ist gleichzeitig das Gästebett, groß und gemütlich. Paul zündet ein paar Kerzen an. Runa, die wir vorher noch kurz rausgelassen haben, legt sich auf den Teppich und schläft zufrieden ein. Wir fläzen uns nebeneinander in die riesigen Kissen. Reden leise miteinander.

»Weißt du noch damals, als ich krank im Bett lag und du mit einer Thermoskanne Tee und einem selbst gestrickten Schal vorbeigekommen bist? So etwas Tolles hat nie jemand seither für mich gemacht.«

»Ach, Paul. Das ist doch schon so lange her. Damals waren wir fast noch Kinder.«

»Na, ziemlich große Kinder. Ich hatte sehr erwachsene Gefühle für dich. Aber du warst ja mit Klaus zusammen.«

»Ich hab nur mein Helfersyndrom ausgelebt. Das kennst du doch.«

Er schaut mir tief in meine Augen. »Ich glaube fest daran, dass es nicht nur dein Helfersyndrom war, das dich zu mir geführt hat.« Dann küsst er mich sanft auf die Stirn.

Paul breitet eine Decke über uns. Ich lege meinen Kopf auf seinen Arm. Wir umarmen uns leicht. Die Zeit schwebt schwerelos dahin.

»Sollen wir mal schlafen?«

»Hmhm.« Reden ist viel zu anstrengend. Er bläst die Kerzen aus.

Es ist so wohlig warm und weich hier. Das alte Haus knackst beruhigend vor sich hin. Ich fühle mich zum ersten Mal seit Langem beschützt und geborgen. Wunderbar. Das Einschlafen geschieht von ganz allein.

FÜNFZEHN

Ich verbringe einen wunderschönen Tag bei Paul. Wir haben lange ausgeschlafen und uns zum Frühstück nur einen Tee gemacht. Unsere Mägen waren noch mit Käsefondue gefüllt. Dann sind wir mit Runa in den strahlenden Frühlingsmorgen hinaus. Sie ist auch schon viel lebendiger und springt begeistert um uns herum. Wir wandern weg vom Dorf in ein kleines Wäldchen hinein. Dies ist ein ganz besonderes Stück Natur. Der Wald besteht aus Buchen und Tannen. Eine aparte Mischung. Inmitten von moosbewachsenen kleinen Hügeln plätschert ein munterer Bach.

Paul behauptet immer, dass hier Waldgeister wohnen. Fast könnte man es glauben. Das helle Sonnenlicht wird durch die herabhängenden Zweige gefiltert, sodass die Luft hellblau flimmert. Und zu allem Überfluss jagen sich zwei niedliche Eichhörnchen durch die Bäume. Sie kümmern sich überhaupt nicht um uns. Sind ganz in ihr Paarungsspiel vertieft. Runa ist vollkommen fasziniert, steht starr mit aufgerichteter Rute vor dem Baum und wartet wohl darauf, dass die Eichhörnchen zu ihr herunterfallen. Aber die tun ihr Gott sei Dank nicht den Gefallen und hüpfen einfach auf die nächste Birke.

»Mensch, Paul, du lebst im Paradies«, rufe ich in einem Anflug von Lebensfreude aus.

»Das könntest du auch.«

Ich überhöre lieber diese Anspielung. »Ich muss dich unbedingt wieder mal mit meinen Kindern besuchen. Vicky wäre begeistert von deinem Zauberwald und würde den ganzen Tag nach Feen suchen. Und die anderen würden bestimmt einen Staudamm am Bach bauen oder auf Bäume klettern. Es ist himmlisch hier.«

»Komm einfach in den nächsten Ferien mit deinen Monstern. Ihr seid immer willkommen.«

»Danke, ja, in den Pfingstferien. Bis dahin ist hoffentlich wieder alles ruhig und in Ordnung.« Der Schatten der Realität legt sich wie ein grauer Mantel über diese Idylle. »Lass uns umkehren.

Ich habe jetzt doch Hunger bekommen, und Runa braucht auch ihr Frühstück.«

Als wir aus dem Wald in den strahlenden Sonnenschein treten, ist meine gute Stimmung wiederhergestellt. Ich erfreue mich an den ersten Frühlingsblumen und gestatte mir, einen Strauß Schlüsselblumen zu pflücken. Den stelle ich in einer Vase auf unseren Tisch.

Später bekomme ich einen Anruf aus Sizilien. Die Kinder sind gut in Syrakus angekommen. Allen geht es bestens, und sie fühlen sich wohl. Jedes Kind muss mit mir telefonieren und mir seinen eigenen Eindruck berichten. Zum Schluss wechsle ich ein paar Worte mit Carla und bedanke mich nochmals bei ihr für die spontane Umplanung.

»Iste alles keine Problema«, radebrecht Carla. Wir lieben ihr Deutsch! »Deine bambini gehen gute ier.«

»Danke, Carla, für deine Hilfe. Das nächste Mal komme ich hoffentlich wieder mit. Ich wäre jetzt sehr gerne bei euch.« Meine Stimme hat sich ärgerlicherweise belegt, und ich muss mich räuspern.

»Ja, mache das, Karin. Bise bald.«

»Ciao, Carla.«

So vergehen die Tage in ruhiger Zweisamkeit. Paul erzählt mir von seiner weit verzweigten Familie, die ich zumindest von früher her noch kenne. Schließlich sind wir in demselben Dorf aufgewachsen. Es ist schön, jemanden zu haben, mit dem man dieselben Wurzeln hat. Das verbindet auf eine ruhige Art und Weise.

Am Freitagmorgen ruft mich Martin auf meinem Handy an, um mir mitzuteilen, dass er jetzt losfährt. Sein Flieger geht um drei Uhr nachmittags, und abends wird er bei den Kindern sein. Es ist ein rein informatives Gespräch und wird von uns ganz kurz gehalten. »Viel Spaß und frohe Ostern, Martin.«

»Ja, frohe Ostern. Wünsche ich dir auch. Und pass auf dich auf, Karin.«

»Werde ich, danke. Küsse die Kinder von mir.«

Dann ist es auch für mich Zeit, aufzubrechen. Ich verabschiede mich von Paul. Er nimmt mich in die Arme und drückt mich ganz fest.

»Hier habe ich dir unsere Internet-Erkenntnisse ausgedruckt. Vielleicht willst du sie ja mal nachlesen.«

»Danke, Paul, auch dafür, dass ich kommen konnte und Runa bei dir bleiben darf.«

»Na klar. Ich bringe sie dir dann am Ferienende. Damit die Kinder sie nicht noch länger vermissen müssen.«

»Ja, prima. Danke.« Ich küsse ihn auf die Wange, knuddle noch mal meine Runa und steige in mein Auto.

Hupend und winkend rumple ich auf dem Feldweg davon. Wie man es halt so macht, wenn man in eine ungewisse Zukunft fährt und sich selbst Mut machen möchte.

Zu Hause gehe ich zuerst durch alle so ungewohnt leeren Räume. Kein Mann, keine Kinder, kein Hund. Seltsam. Oft wünsche ich mir in turbulenten Momenten, dass ich allein bin und es ganz still ist. Jetzt ist es so, und ich muss mich damit erst zurechtfinden.

Aber fürs Trübsalblasen habe ich keine Zeit. Ich melde mich bei meinen Mitstreitern zurück, und wir besprechen die letzte Aktion. Uns fehlen noch dreiundvierzig Unterschriften, die wollen wir uns am Ostersonntag holen. Wir werden uns vor die gut besuchte Kirche stellen. Marianne und andere Frauen haben gebacken. Aber keine Osterlämmer, sondern Osterkirchen. Als Zeichen für den Erhalt des Kirchplatzes. Genau dreiundvierzig Stück. Und die bekommen diejenigen, die uns mit ihren Unterschriften zum ersten Etappensieg verhelfen.

Das hat vielleicht ein bisschen den Ruch von Rattenfängerei, aber was macht's. Wir fanden es eine witzige Idee und werden das durchziehen. Alles ist organisiert, ich muss am Sonntagmorgen nur noch kommen. Schön, dass ich mich nicht um alles kümmern muss und sich auch andere verantwortlich für das Gelingen fühlen.

Danach setze ich mich mit warmer Jacke auf meine Terrasse. Dort gibt es eine windgeschützte Ecke, in der man auch im frühen Frühling schon gut die Sonne genießen kann. Meine Gedanken schweifen sofort zu Simon und dem Mord zurück. Der Simon hat also den Vater von Verena umgebracht. Ich kann das kaum glauben. Er macht auf mich keinen aggressiven Eindruck.

Mir fällt ein, dass ich Simon versprochen hatte, ihn anzurufen. Ich weiß, dass ich ihn auf die Vergangenheit ansprechen muss. Aber später. Nicht jetzt.

Ich schließe meine Augen. Die Sonne scheint. Ein lauer Wind weht. Die Veilchen blühen und duften.

»Hallo, Karin.«

Es hat mich jemand entdeckt. Ich blinzle in die Sonne und wende meinen Kopf der Stimme zu. Oh, Ben!

»Hallo, Ben. Du joggst ja schon wieder.« Ich stehe auf und gehe zu ihm. Nachbarschaftliches Gespräch über den Gartenzaun.

»Ich musste dringend raus und mich bewegen. Meine Aggressionen abreagieren.« Er schaut missmutig.

»Ist etwas passiert?«, frage ich bestürzt.

»Ja, das kann man behaupten. Aber nichts, was man am Gartenzaun besprechen sollte. Was hältst du davon, ich dusche fix und dann koche ich uns schnell ein leichtes Mittagessen?«

»Gerne.« Überrascht nehme ich die Einladung an. »Soll ich etwas mitbringen?«

»Nein, nein, komm einfach in einer halben Stunde rüber.«

»Ist das Verena überhaupt recht?«

»Sie ist nicht da. Aber das erzähle ich dir später.«

So muss ich mich noch gedulden. Seltsam, zu Ben zu kommen, und Verena ist nicht dabei. Ich bin schon sehr gespannt. Nachdem ich mir die Haare gekämmt und die Wimpern getuscht habe, überquere ich unsere schmale Siedlungsstraße hinüber zu einem interessanten Nachmittag.

Ben hat schnell einen Salat zubereitet, dazu Garnelen in Knoblauch und Brot. Hm, eine meiner Lieblingsspeisen.

Wir essen, und ich versuche erst gar nicht, Small Talk zu machen. Darin war ich nie gut und schon gleich gar nicht, wenn ich neugierig bin.

»Willst du mir erzählen, wo Verena ist? Macht sie Osterbesuche?«

Ben legt die Gabel aus der Hand. »Nein, Verena ist verschwunden. Vor drei Tagen fuhr sie abends weg und ist seitdem nicht wieder nach Hause gekommen. Überall hab ich nach ihr gesucht, alle

Freunde abgeklappert. Ich hab sogar bei Heike und Max Huber nachgefragt, obwohl es natürlich extrem unwahrscheinlich ist, dass sie was wissen. Schließlich kennen sie Verena kaum. Dann hab ich sie bei der Polizei als vermisst gemeldet. Noch ohne Ergebnis.«

Seine Augen mustern mich ernst. Er scheint über seine nächsten Worte nachzudenken. »Sie hat psychische Probleme, schon länger.«

»Ja, das hast du einmal angedeutet.«

»Nun haben sich diese immer mehr zugespitzt. Ich hab sie zu überreden versucht, dass sie sich freiwillig in der Klinik, bei der sie früher in Behandlung war, aufnehmen lässt. Aber sie wollte nicht. Weigerte sich strikt. Und jetzt ist sie spurlos verschwunden. Ich hab auch bei der Klinik angerufen, aber da ist sie auch nicht …«

»Oh, das ist ja entsetzlich.« Ich bin schockiert. »Ich wusste nicht, dass ihre Probleme so heftig sind. Hätte ich auch nie vermutet.«

So kann man sich in den Menschen irren. Die beiden haben nach außen immer den Eindruck eines stylischen modernen Paares gemacht. Aber, wie sagt man, der Schein trügt. »Kann ich irgendetwas für dich tun? Wo könnten wir denn noch suchen?«

»Keine Ahnung. Die Polizei tut ihr Bestes.«

Ich schnaube verächtlich.

»Aber, Karin, ich muss dir noch etwas sagen, und das ist mir sehr unangenehm.« Erschrocken sehe ich ihn an. Was jetzt noch?

»Verena hat höchstwahrscheinlich Runa vergiftet. Ich habe Rattengift in unserem Gartenhaus gefunden, das sicherlich nicht ich gekauft hatte.«

»Oh nein! Aber warum denn das? Was haben wir getan? Was hat Runa ihr getan?« Ich bin erschüttert. Das wird ja immer entsetzlicher.

»Sie hat's nicht zugegeben und auch nicht darüber gesprochen. Aber ihre Reaktion, als ich ihr das Gift gezeigt habe, sprach Bände. Über ihre Gründe kann ich nur spekulieren. Sie ist sehr eifersüchtig, und wenn sie einen Schub hat, steigert sich das ins Unermessliche. Doktor Frank, ihr Arzt, meint, dass sie dann Wahnvorstellungen entwickelt. Ich habe keine Ahnung, was sie sich da zusammengereimt hat. Es tut mir so leid, Karin. Wie gut, dass Runa es überlebt hat. Das ist mir eine große Erleichterung.«

»Ja, Gott sei Dank. Aber wie kommt sie darauf, auf mich eifersüchtig zu sein?«, bohre ich nach. »Ich bin ja nur die ältere Nachbarin, und sie ist jung und schön.«

Ben lächelt. »Karin, nun stell aber dein Licht nicht unter den Scheffel. So viel älter als Verena bist du jetzt auch nicht, und du siehst mindestens genauso gut aus. Nur anders«, fügt er leiser hinzu.« Seine blauen Augen leuchten mich an. »Ich finde dich immer schon sehr attraktiv.«

Ich bin sprachlos. Mein Schwarm, den ich von fern angehimmelt habe, hält mich für attraktiv! Wenn die Umstände nicht so unmöglich wären, könnte ich mich darüber freuen. Und wer weiß … Aber nein! Schluss mit Spinnerei.

»Danke für das Kompliment. Ich finde dich auch nicht hässlich«, grinse ich ihn an. »Aber wir sind beide verheiratet.« Ich schwenke die moralische Fahne.

»Nun, zumindest meine Ehe besteht nur mehr auf dem Papier. Wir haben uns schon lange auseinandergelebt. Zwar dachten wir, wir schaffen mit dem Umzug einen Neuanfang, aber hier wurde ihr Verhalten nur noch schlimmer. Wahrscheinlich hätte ich nicht zulassen dürfen, dass wir wieder in ihre Heimatstadt, in die Nähe ihrer großen Liebe Hinterdobler ziehen. Das war der Anfang vom Ende.« Verbittert nimmt er einen Schluck Wein.

»Du glaubst doch nicht im Ernst, dass deine hübsche Frau noch irgendetwas für diesen grässlichen Hinterdobler empfindet? Vielleicht hat er ja vor zwanzig Jahren ganz passabel ausgeschaut. Was ich persönlich jedoch stark bezweifeln möchte. Aber heutzutage?« Mich schüttelt es bei der Vorstellung irgendeiner Annäherung zwischen den beiden.

Ben spielt gedankenverloren mit seinem fast leeren Glas. Er sieht mich kurz an, um dann wieder hineinzustarren. »Doch, es ist wohl tatsächlich so. Ich habe per Zufall einmal mitbekommen, wie die beiden miteinander telefoniert haben. Daraufhin habe ich mir die Telefonrechnung genauer angesehen. Bei den Einzelverbindungsnachweisen tauchte seine Nummer mehrmals auf.«

Er hebt seine linke Schulter und lässt sie resigniert wieder fallen. »Und in den letzten Wochen hat sie auch oft von ihm gesprochen. Wie viel er doch erreicht habe, wie tatkräftig und zupackend er doch sei. Ich konnte es nicht mehr hören!« Ben stellt sein Glas mit Nachdruck ab. »Lass uns von etwas anderem reden.«

Um davon abzulenken, dass mich seine Geständnisse mehr als nur ein bisschen durcheinandergebracht haben, berichte ich über meine Ermittlungserfolge:

»Apropos Hinterdobler. Ich hab im Internet unglaubliche Dinge erfahren. Er war vor ungefähr zwanzig Jahren in einen Mordfall verwickelt. Verhaftet und eingesperrt haben sie den Simon Brandl. Der Mann, der bei der Marianne wohnt. Aber irgendwie kommt mir das so unwahrscheinlich vor. Ich kenne ihn nicht gut und hatte ja früher selbst Angst vor ihm. Aber nachdem er mir so sehr bei Runa geholfen hat, kann ich mir das einfach nicht vorstellen. Ich wollte ihn eh anrufen heute. Aber vielleicht hast du auf einen Spaziergang Lust, und wir gehen bei Marianne vorbei.«

»Gut, ich hab nichts Besseres vor. Hier zu sitzen und auf eine Nachricht von der Polizei zu warten, macht mich nur trübsinnig. Lass uns gehen.«

Jetzt bin ich also schon wieder im schönsten Frühlingswetter mit einem anderen Mann als meinem Ehemann unterwegs. Wird langsam zur Gewohnheit. Aber anders als bei Paul können uns hier alle Nachbarn beobachten. Und das M… äh, den Mund über uns zerreißen. Sollen sie doch.

Während wir durch die Straßen gehen, erzähle ich Ben weiter von meinen Internet-Recherchen. Er reagiert entsetzt.

»Der Ermordete hieß Willi Wallner? Aber Verenas Vater hieß doch auch so.«

»Ben, es *war* Verenas Vater, der damals umgebracht worden ist.«

Er bleibt abrupt stehen. »Was? Das gibt es doch nicht. Unfassbar!« Er schüttelt energisch den Kopf. »Ich wusste zwar, dass Verena früh ihren Vater verloren hat. Aber mir hat sie erzählt, dass es ein Unfall war. Ein Unfall! Von Mord höre ich heute das erste Mal.« Schnell geht er wieder weiter. Ich komme ihm kaum hinterher.

»Ich muss diese Neuigkeiten erst einmal verdauen. Ich weiß, dass Verena früher die Freundin vom Hinterdobler war. Aber was mir nicht bewusst war, ist, dass sie so jung war, erst sechzehn! Er muss ja mindestens dreißig gewesen sein. Was wollte so ein erwachsener Mann von einem Teenie?«

»Dreiunddreißig Jahre, um genau zu sein. Und es ehrt dich als Mann, dass du dir nicht vorstellen kannst, was ein Mann in dem Alter von einer Sechzehnjährigen will.«

»Na ja, schon.« Er wechselt das Thema. »Ich kann nicht verstehen, warum mir Verena nie von dem Mord erzählt hat. Ich möchte mir gar nicht ausmalen, was ich noch alles nicht weiß!«

Bevor wir weitere Vermutungen anstellen können, sind wir vor Mariannes Haus angelangt. Ich klingle.

»Oh, hallo, Karin.« Marianne sieht blass aus. Mit dunklen Ringen unter den Augen.

»Grüß dich, Marianne. Das ist Herr Berger, Du kennst ihn von der Baumpaten-Aktion.«

»Ach ja. Grüß Gott.«

»Geht's dir nicht gut?«, frage ich besorgt. Sie schaut wirklich nicht gut aus. Vielleicht hat sie geweint.

»Kommt erst mal herein.«

Sie hält uns die Tür auf und bittet uns in ihre Wohnküche. Eine rustikale Küchenzeile mit einer Eckbank aus Holz. Darüber hängt ein Kruzifix. Rot-weiß karierte Vorhänge vor glänzend sauberen Fenstern. Dazu passend eine rot-weiß karierte Tischdecke. Es ist penibel aufgeräumt. Auf der Anrichte stehen Familienfotos.

»Setzt euch doch. Darf ich euch etwas anbieten?«

»Ein Glas Wasser wäre nett.«

Als sich Marianne endlich zu uns setzt, kann ich mich nicht mehr zurückhalten. »Was hast du denn? Kann ich dir helfen?«

Marianne schaut auf ihre abgearbeiteten Hände. »Simon ist seit drei Tagen verschwunden. Er ist abends weggegangen. Das hab ich mitgekriegt. Aber er ist nicht wieder heimgekommen. Ich weiß nicht, was ich machen soll.« Sie blickt uns traurig an.

Ich werfe Ben einen Blick zu. Auch er hat die Ähnlichkeit der Umstände bemerkt.

»Du musst zur Polizei gehen und ihn als vermisst melden, Marianne!«

»Nun, das will ich nicht.«

»Aber warum denn nicht? Es könnte ihm etwas passiert sein. Er liegt beispielsweise ohne Bewusstsein im Krankenhaus, und niemand weiß, wer er ist.«

»Es wäre Simon bestimmt nicht recht, wenn die Polizei nach ihm sucht.« Marianne knetet ihre Hände.

»Du meinst, weil er schon mal im Gefängnis war?«, lasse ich die Katze aus dem Sack.

»Woher weißt du das?« Erschrocken mustert sie mich.

»Sicherlich nicht von dir«, schnappe ich ein wenig beleidigt. Fange mich aber gleich wieder. »Sagen wir mal, ich habe es erfahren. Aber das ist doch kein Grund, ihn jetzt nicht als vermisst zu melden!«

»Doch. Simon kam ja wegen guter Führung vorzeitig aus dem Gefängnis. Eigentlich hätte er lebenslänglich absitzen müssen. Deshalb hat er jetzt Bewährung. Die will ich ihm nicht in Gefahr bringen. Vielleicht gibt es eine ganz einfache Erklärung, warum er nicht zurückgekommen ist. Ich werde noch ein paar Tage warten.«

Ben hat bei den letzten Sätzen nicht mehr wirklich zugehört. Mit gerunzelten Augenbrauen fixiert er ein Foto auf Mariannes Anrichte.

»Entschuldigen Sie, wenn ich so indiskret bin und einfach frage: Aber ist das kleine Mädchen da auf dem Foto nicht Verena?«

Erstaunt über den Themenwechsel dreht sich Marianne um. Sie nimmt den silbernen Rahmen in die Hand und streicht leicht über das Foto. »Ja, das ist meine Nichte Verena. Damals war sie dreizehn. Ihre Mutter, meine Schwester, war seit zwei Jahren tot. Sie hat es nicht leicht gehabt. Warum fragen Sie?«

»Weil Verena meine Frau ist.«

»Was? Verena ist Ihre Frau?« Marianne fällt aus allen Wolken.

Aber auch ich bin mehr als erstaunt. »Du bist Verenas Tante? Das wusste ich ja gar nicht. Du hast nie was gesagt. Und wieso kennt ihr euch dann nicht?« Ungläubig schaue ich vom einen zum anderen.

»Nun, ich weiß nur von einer Tante, die nach dem Tod ihres Vaters die Vormundschaft für Verena übernommen hat.«

»Die bin ich.«

»Offensichtlich.«

»Habt ihr euch denn nie besucht?« Mir ist es noch immer völlig unverständlich, wie man im selben Ort wohnen kann und sich trotzdem nicht kennt.

»Das ist der springende Punkt. Verena hat, wenn ich das so sagen darf«, hierbei schaut Ben entschuldigend zu Marianne, »den Kontakt zu ihrer Tante abgebrochen.«

Ich blicke zu Marianne, der das Gespräch sichtlich unangenehm ist. »Aber warum denn? Hast du eine Ahnung, Marianne?«

Sie räuspert sich. »Nun, es ist damals viel passiert. Ihr Vater ist umgekommen.«

»Ermordet!«, werfe ich ein. Marianne blickt mich unsicher an.

»Ja.« Leiser: »Ermordet.« Sie holt tief Luft und beginnt von Neuem. »Sie hatte eine unglückliche Liebe …«

Aber ich unterbreche sie schon wieder. »Den Hinterdobler. Das hast du mir ja schon erzählt.«

Marianne schaut unbehaglich von mir zu Ben. Er nickt mit verschlossenem Gesicht.

»Aha. Ja. So. Es war eine schwierige Zeit. Die Polizei. Die Presse. Die Nachbarn. Ich dachte, es ist das Beste für sie, wenn sie von hier fortkommt, und hab ihr ein gutes Internat gesucht. Sie wollte nicht weg. Das hat sie mir dann wohl übel genommen.« Marianne streicht imaginäre Falten ihrer Tischdecke glatt.

Vielleicht war es unklug von mir, aber ich musste es ihr sagen: »Verena ist auch verschwunden.«

»Nein!«

»Doch. Auch seit drei Tagen.«

Nachdenklich. »Seit drei Tagen.«

»Hast du eine Idee, wo Simon hingegangen sein könnte?«

Diese Frage geht Marianne offenkundig gegen den Strich. Man kann direkt beobachten, wie sie mit sich ringt.

»Du weißt es, oder?«, bohre ich nach. »Sag schon!«

Marianne blickt zu Ben. »Er hat sich mit Verena getroffen. Sie wollten nach Passau, in eine Bar. Das hat er mir noch gesagt, bevor sie ihn abgeholt hat. Mehr weiß ich auch nicht.«

»Mit Verena? Aber warum denn?«

»Sie kannten sich doch von früher und haben sich wohl wiedergesehen. Vielleicht wollten sie über alte Zeiten reden.« Daran glaubt sie jedoch selbst nicht recht.

»Aber Verena geht doch davon aus, dass Simon der Mörder ihres Vaters ist. Oder?«

Ich führe den Gedanken fort: »Oder sie weiß, dass er es nicht war. Vielleicht hat ja Hinterdobler …?«

»Na, so ein Schmarrn!« Marianne ist plötzlich verärgert. »Der arme Simon hat das damals gemacht. Es gab genug Beweise.« Sie steht auf und fordert uns gestenreich auch dazu auf. »Jetzt wollten sie sich halt aussprechen. Was ist schon dabei?«

Sie geht vor uns den Gang entlang zur Haustür und öffnet sie. Uns bleibt nichts anderes übrig, als hinauszugehen. »Ihr zwei rennt ja auch gemeinsam rum, obwohl jeder von euch verheiratet ist.« Mich trifft ihr bitterböser Blick, dann schlägt sie uns die Haustür vor der Nase zu.

Wir stehen völlig verdattert vor ihrer Tür. Was war denn das?

»Ich rufe jetzt erst mal bei der Polizei an. Egal, ob Marianne damit einverstanden ist oder nicht.« Ben holt sein Handy aus der Tasche und telefoniert. Aber sie scheinen nicht so zu reagieren, wie er es für richtig hält, denn er beendet ziemlich verärgert das Gespräch.

»Was ist?«

»Heute am Karfreitag ist nur eine Notbesetzung anwesend. POM Grieshuber hat sich jetzt alles aufgeschrieben. Allerdings denke ich nicht, dass heute noch was geschieht.«

»Dann müssen wir wohl selbst ermitteln.«

»Das meine ich auch! Los, fahren wir nach Passau.«

Es tut gut, etwas zu tun und nicht nur abzuwarten. Gerade nach den zahlreichen Enthüllungen des heutigen Nachmittages scheint Ben lieber nicht stillsitzen und sich seinen Überlegungen hingeben zu wollen. Also holen wir meinen Kangoo und nehmen Kurs auf die Passauer Innenstadt.

Passau ist von Kirchmünster ungefähr eine halbe Stunde Fahrt entfernt. Als wir durch Schmidham kommen, frage ich mich, welches Ziel wir überhaupt ansteuern sollen.

»Hast du eine Idee, wo Verena mit Simon hingegangen sein könnte?«

»Keine Ahnung. Allerdings denke ich, dass sie nicht ein Lokal ausgesucht hat, in das wir immer zusammen gehen.«

»Warum?«

»Nur eine Vermutung. Mir hat sie nichts von ihrem Vorhaben gesagt. Nicht mal Bescheid gesagt, dass sie wegfährt. Ich kam an dem Tag am Abend nach Hause, und sie war nicht mehr da.«

»Dann weißt du auch nicht, was sie angehabt hat?«

»Das hat mich die Polizei auch schon gefragt. Ich hab daraufhin ein bisschen in ihren Schränken nachgesehen. Aber sie hat so viele Klamotten, und ich pass in der Hinsicht überhaupt nicht auf. Deshalb kann ich nur vermuten, dass sie ihre rote Lederjacke anhatte. Aber was sonst noch? Keinen blassen Schimmer.«

»Hast du ein Foto von ihr dabei?«

»Ja, in meinem Geldbeutel. Das wird schon reichen.«

»Vom Simon haben wir keins. Aber der ist so auffällig, den kann man gut beschreiben.«

Dermaßen ausgerüstet begeben wir uns auf Kneipentour durch Passau.

Wir fangen im Café Diwan an, auch wenn wir es höchst unwahrscheinlich finden, dass Verena mit Simon hierhergegangen ist. Zu hell, zu viele Menschen. Dementsprechend fällt unsere Nachfrage aus. Keiner kann sich an die beiden erinnern.

Also suchen wir weiter. Sie können mir glauben, es gibt einige Cafés und Bars in Passau. Wir hatten gar nicht bedacht, dass heute Karfreitag ist, und so stehen wir häufig vor verschlossenen Türen. Dennoch bleiben genügend Kneipen, die geöffnet haben und bei denen wir nachfragen können. Nach zwei Stunden kommen wir ziemlich ausgepowert in der Bahnhofsgegend an. Wir wollen es nur noch in der Bar direkt gegenüber dem Bahnhof probieren. Eigentlich haben wir keine Lust mehr.

»Sollen wir vielleicht auch mal was trinken? Ich habe Durst und mir tun schon die Füße weh«, jammere ich.

»Okay. Warum nicht.« Er überquert die Straße.

Ich folge Ben. Schummriges Licht fällt durch die Pendeltür nach draußen. Wir treten ein. In abgesessenen roten Plüschsesseln langweilen sich vereinzelte Männer. In abgewetzten Anzügen starren sie auf ihren Drink. Hinten in der Ecke schmust ein Pärchen ganz ungeniert. Es riecht nach altem Rauch. Ben und ich schauen uns an. Intuitiv wissen wir: Hier sind wir richtig.

Wir steuern eine Nische an und rutschen auf die dunkelbraune Lederbank. Setzen uns gegenüber. Die Bardame, eine verbrauchte Blondine, verlässt gemächlich ihren Platz hinter der Theke. Ich bestelle mir eine Cola und Ben ein Bier.

»Was hältst du von diesem Etablissement?«, flüstere ich Ben zu.

»Fällt auf jeden Fall in die gesuchte Kategorie.«

Nachdem die Kellnerin unsere Getränke vor uns hingestellt hat, holt Ben schon routiniert das Foto von Verena hervor und hält es ihr hin.

»Wir suchen diese Frau. Kommt Sie Ihnen bekannt vor?«

Nur ein kurzer Blick. »Nee.«

Bevor sie sich abwenden kann, hat Ben einen Zwanzigeuroschein vor sie hingelegt. Ich komme mir vor, als wäre ich in einem billigen Detektivfilmchen. Aber es wirkt. Die Blondine bequemt sich, das Foto in die Hand zu nehmen und genauer zu betrachten.

»Sie war in Begleitung von einem großen Mann. Breite Schultern. Braune Haare, Vollbart. Hatte einen Parka an«, versuche ich ihrer Erinnerung auf die Sprünge zu helfen. Sie sieht mich mit hochgezogenen Augenbrauen an, macht ein spitzes Mündchen und wendet sich dann Ben zu. Ich hasse es, wenn ich übergangen werde. Wirklich!

»Kann schon sein, dass sie hier waren. Wann soll das gewesen sein?«

Jetzt lasse ich Ben antworten. Hat ja eh keinen Zweck. »Vor drei Tagen.«

»Ja. Ich glaube, die waren da. Saßen genau in derselben Nische wie ihr. Die Frau hatte aber eine Sonnenbrille auf und ein buntes Tuch mit roten Blumen auf dem Kopf.«

»Verena hat so eins.«

»Will Sie ja nicht beleidigen, aber ich hab gedacht, da sitzt wieder so eine gelangweilte Ehefrau, die ihren Mann mit einem echten Kerl betrügt.«

Von der Aussage ist Ben nun doch etwas geschockt. Ihm fällt keine Erwiderung ein.

»Woran haben Sie das denn erkannt?«, springe ich bei.

Diesmal antwortet sie gnädigerweise auch mir. »Na, erst ham sie sich ein bisschen gestritten, er ist dann aufs Klo. Aber danach hat sie sich so richtig an ihn rangewanzt. Sind nicht mehr lange geblieben. Er hatte schon ganz schön was intus. Ist mir gar nicht aufgefallen, dass er schon betrunken hier angekommen ist. Denn von dem einen Bierchen, das ich ihm gebracht hab, kann so ein Kerl ja nicht so eine Breitseite kriegen. Sind dann raus. Sie hat ihn gestützt. Bezweifle, ob sie an dem Abend noch viel von ihm gehabt hat.«

»Wissen Sie, wohin sie dann gegangen sind?«

»Woher denn? Bin ja nicht der Babysitter von meinen Gästen.« Damit gibt sie Ben das Foto zurück.

Draußen auf der Straße hole ich erst einmal tief Luft. Zum einen war es in der Bar ziemlich stickig, zum anderen hat uns die Blondine ja starken Tobak vorgesetzt. Ben reibt sich die Hände. Es ist kalt geworden, so ohne Sonne.

»Verena soll sich an Simon rangemacht haben? Glaubst du das? Und Simon war betrunken. Das hört sich alles seltsam an.«

»Seltsam. Genau. Wo können die beiden denn dann hingegangen sein?«

Wir schauen beide nach links und nach rechts. Gegenüber am Bahnhof fährt gerade ein Zug laut hupend ein.

»Keine Ahnung.«

Mehr als nachdenklich sind wir wieder heimgefahren. Haben die ganze Zeit diskutiert, was wir davon halten sollen. Und was wir machen sollen. Ob wir was machen sollen. Letztendlich sind wir zu dem Ergebnis gelangt, dass wir bis morgen noch warten werden. Heute am Karfreitagabend passiert auch bei der Polizei bestimmt nicht mehr viel. Das hat man ja vorher schon gesehen.

Als ich Ben vor seinem Haus aussteigen lassen will, wendet er sich mir zu: »Hast du Hunger? Ich kann uns schnell Spaghetti kochen.«

»Das wäre toll. Ich komme um vor Hunger.« Es ist schließlich schon zehn Uhr abends, und ich habe heute eigentlich den ganzen Tag nichts gegessen. Also lasse ich das Auto stehen, und wir gehen zu Ben.

»Willst du schon wieder kochen? Ich bin das gar nicht gewohnt, dass mich ein Mann immer bekocht. Kann ich dir wenigstens helfen?«

»Du kannst ja den Tisch decken und den Parmesan reiben.«

»Einverstanden.«

Und so tun wir zwei Strohwitwer uns wieder zusammen. Fast scheint es, wir scheuen uns davor, allein zu sein. Aber ich muss auch gestehen, ich fange an, das Zusammensein mit Ben einfach zu genießen.

Wir sitzen an seinem Esstisch und lassen uns die Spaghetti schmecken. Ben hat eine Kerze angezündet und eine Flasche Montepulciano geöffnet. Sogar die leisen italienischen Schlager als Hintergrundmusik fehlen nicht. Fast wäre es kitschig, wenn es nicht so schön wäre.

Ich fühle mich überhaupt nicht mehr unwohl, so allein in Bens Nähe. Wir unterhalten uns über Gott und die Welt und sparen beide bewusst die momentanen heiklen Themen aus. Unwillkürlich sind wir übereingekommen, dass wir jetzt eine Pause von der Außenwelt brauchen.

Wir stellen fest, dass wir beide zur selben Zeit einige Semester an derselben Uni studiert haben. Er an der juristischen Fakultät, ich an der betriebswirtschaftlichen.

»Da sind wir uns bestimmt in der Mensa schon mal über den Weg gelaufen. Oder in den langen Gängen vom Hauptgebäude.«

»Das hätte ich mir aber sicherlich gemerkt.« Bens blaue Augen strahlen mich an. Seine Mundwinkel umspielt ein leichtes Lächeln.

Ich versuche, weiterhin einen unbefangenen Ton beizubehalten. »Warst du damals auch schon so charmant? Da sind dir die Frauen aber reihenweise zu Füßen gelegen!«

»Anscheinend nicht die richtigen.« Wieder ein tiefer Blick. »Möchtest du noch einen Schluck Wein?«

»Fast könnte ich glauben, du flirtest mit mir.« Ich war schon immer für klare Ansagen.

»Hättest du etwas dagegen?«, kommt die prompte Antwort.

»Ich bin das nicht mehr gewohnt.« Wahrscheinlich werde ich rot, es fühlt sich so an. Gott sei Dank ist das Licht mehr als schummrig. Sehr schmeichelhaft in meinem Alter und bei meiner Angewohnheit, in den unpassendsten Situationen zu erröten.

»Nun, dann gewöhne dich doch wieder daran. Ich werde jedenfalls damit so schnell nicht wieder aufhören.« Er greift sanft nach meiner Hand und hält sie fest.

Ich halte den Atem an. Wer hätte das gedacht, dass mir so etwas in meinem vorgerückten Alter als Mutter von vier Kindern noch passieren kann? Noch dazu mit diesem wahnsinnig gut aussehenden Mann, den ich wochenlang in sicherem Abstand angehimmelt habe. Es ist absolut außergewöhnlich für mich. Aber es fühlt sich gut an. Sehr gut! Ich versuche, wieder langsam weiterzuatmen.

Er streichelt leicht mit dem Daumen über meinen Handrücken. Hatte ich das nicht erst letztens schon mal? Aber anders als bei Paul elektrisiert mich die Berührung. Wie soll das weitergehen? Müsste ich nicht die Notbremse ziehen? Aber mein Kopf scheint nur aus Watte zu bestehen. Und meine Knie aus Pudding. Mit dieser ungewöhnlichen körperlichen Beschaffenheit gelingt es mir nicht, einen klaren Gedanken zu fassen. Jeden aufkeimenden Zweifel schiebe ich schnell beiseite. Ich will das jetzt erleben. Was immer es sein wird. Morgen kann ich mir immer noch früh genug Vorwürfe machen.

»Lass uns doch zum Sofa gehen. Da ist es bequemer.«

Fast hätte ich nervös aufgelacht. Anscheinend gleichen sich alle Verführungsszenen. Um Ben nicht aus dem Konzept zu bringen, unterdrücke ich jeden Heiterkeitsausbruch und folge ihm ins Wohnzimmer.

Das Sofa ist wirklich bequem und groß. Aber Ben hat sich ganz nah zu mir gesetzt. In einer fließenden Bewegung legt er seinen Arm um mich. Da hat er wohl Übung drin. Hoffentlich stinke ich nicht nach Knoblauch, fällt es mir siedend heiß ein. Aber er hat ja das Gleiche gegessen wie ich. Entwarnung.

»Das wollte ich schon so lange tun.« Bens Stimme hört sich ganz rau an. Er neigt seinen Kopf zu mir. »Und das hier.« Küsst mich hinter das Ohr.

Uh! Gänsehaut. Schnell drehe ich mein Gesicht leicht zu ihm, und ich hatte richtig kalkuliert, nun küsst er mich auf die Schläfe. Ich schließe voll Wonne die Augen. Erregend langsam berühren seine Lippen meine Augenlider. Erst das eine, dann das andere. Streifen ganz leicht meine Nase. Ich blinzle durch die Wimpern. Er konzentriert sich auf meinen Mund, seine Augen sind auf meine Lippen gerichtet. Ich halte die Luft an. Er neigt sich Zentimeter um Zentimeter nach vorn und liebkost meinen Mund. Wow! Feuerwerk!

In meinen kühnsten Träumen hatte ich mir nie vorgestellt, dass Ben mich küssen würde. Nun, ehrlich gesagt, vorgestellt habe ich es mir schon, aber nicht für möglich gehalten. Und jetzt sitze ich hier auf seinem Sofa, und er tut es! Wie zu erwarten kann er es wirklich richtig gut. Sanft sich steigernd zur Leidenschaft.

Er nimmt mich fest in seine starken Arme und hört nicht auf, meinen Mund, mein Gesicht mit Küssen zu bedecken. Lässt seine Zunge um meine Lippen kreisen, um dann wieder tief einzudringen. Seine fordernde Zunge füllt mich ganz aus. Wir beide atmen inzwischen schon schnell und heftig. Seine Hände halten auch nicht still, sondern erkunden meinen Körper. Erst noch sittsam auf den unbedenklichen Stellen. Aber dann wagt er immer mehr. Lenkt mich mit seinen Küssen ab. Plötzlich liegt seine Hand auf meinem Busen. JÖ! Bei der Berührung richtet sich meine erogene Spitze sofort auf, und Lichtblitze jagen durch meine Nervenbahnen zu meinem Gehirn. Ich bekomme keine Luft mehr. Stopp!

»Stopp!« Das hab ich jetzt auch tatsächlich ausgesprochen und schiebe ihn ein wenig von mir weg. »Ben! Ich fasse es nicht! Was geschieht hier?«

»Gefällt es dir nicht?« Ben ist glücklicherweise zu selbstbewusst, um von meinem Versuch, dem Geschehen Einhalt zu gebieten, gleich beleidigt zu sein. »Ich hab es mir so oft vorgestellt, dich zu küssen. Aber in Wirklichkeit ist es noch viel atemberaubender, als ich gedacht habe.«

Wenn ich es nicht anders wüsste, würde ich sagen, er sieht mich verliebt an. »Ich hab nie gemerkt, dass du mich attraktiv findest.«

»Nun, wir waren ja meistens zu viert, und ein Jurist sollte sich ein Pokerface zulegen, sonst wird er gefressen im Paragrafendschungel.«

Für ihn ist genug geredet, und er fängt wieder an, mich mit seinen weichen Lippen zu reizen.

»Ben. Können wir es nicht lassen? Ich bin eingerostet. Ich weiß, glaube ich, nicht mehr, wie es geht. Und ich bin nicht mehr zwanzig. Oder zumindest dreißig. Du weißt nicht, auf was du dich da einlässt.« Sollten Sie je einen Kurs im Vernichten von Romantik besuchen wollen, kommen Sie getrost zu mir.

»Karin. Still.« Ein sanfter Kuss auf meinen Mund. »Es ist mir egal, wie alt du bist oder ob deine Figur deinen Ansprüchen gerecht wird.« Eine Liebkosung meiner Stirn. »Das sind deine Zweifel, nicht meine. Mir gefällt, was ich sehe. Sei beruhigt, ich will dich so, wie du bist.«

Damit hat er mich. Gibt es etwas Schöneres als diesen Satz? Ich sinke zurück und lasse mich ganz in seine Umarmung fallen. Versuche, meinen Kopf auszuschalten, und gebe mich in seine Hände.

Nach einer Weile steht er auf, nimmt mich bei der Hand und führt mich ins Gästezimmer. Die Tür wird geschlossen, und Sie, Sie müssen leider draußen bleiben. Aber seien Sie versichert, ich verlebe sagenhafte Stunden mit einem traumhaften Liebhaber. Verblassen Sie ruhig vor Neid.

SECHZEHN

Das Erwachen nach einer ersten gemeinsamen Nacht ist immer kritisch. Nicht dass ich schon viele erste Morgen erlebt hätte. Aber als ich jung und ungebunden war, gab es schon den einen oder anderen. Wenn man sich nicht entschlossen hatte, doch mitten in der Nacht zu flüchten, weil das gemeinsame Aufwachen zu viel Schrecken versprach, so war der erste Augenblick mit schlechtem Geschmack im Mund und vom Schlaf verklebten Augen schon sehr spannend.

Manchmal bin ich heimlich aufgestanden und habe mir notdürftig mit meinem Zeigefinger und seiner Zahnpasta die Zähne geputzt, versucht, meine Locken in eine ansehnliche Form zu bringen. Manchmal drehten wir uns aber auch nur aufeinander zu und machten da weiter, wo wir Stunden vorher erschöpft geendet hatten. Eigentlich passierte mir das nur einmal. Damals mit Martin. Ich mochte seinen Geruch auch noch am nächsten Morgen und störte mich nicht an ungeputzten Zähnen. Ja. Martin.

Ich bin nicht stolz auf mich, dass ich Martin heute Nacht betrogen habe. Zwar hatten wir in letzter Zeit unsere Schwierigkeiten miteinander, aber ich möchte unserer Ehe noch eine Chance geben. Das ist mir heute paradoxerweise in den Armen von Ben bewusst geworden.

Ben war wundervoll, keine Frage. Und er hat wirklich viel zur Stärkung meines angeknacksten Selbstbewusstseins als Frau beigetragen. Dieser durchtrainierte Körper, diese blauen, in der Nacht leuchtenden Augen, die smarten Bartstoppeln, die meine Haut verkratzten. Es war aufregend, durchaus gefühlvoll und lang andauernd. Die spärlichen Zusammenkünfte mit Martin beschränkten sich in letzter Zeit nur auf ein Minimum. Da war es schon außergewöhnlich, Stunden mit dem Liebesspiel zu verbringen und die verschiedensten Stellungen auszuprobieren.

Aber eigentlich brauche ich das nicht. Ich werde bestimmt an den seltsamsten Stellen Muskelkater bekommen. Mir genügt Hausmannskost. Das wurde mir heute Nacht klar. In der Phantasie schwärmt man für Szenen wie aus erotischen Büchern. Aber in der Realität zählt Geborgenheit, die aus jahrelanger Kenntnis des anderen entsteht. Und ich kann Martin immer noch gut riechen.

Okay, wie ziehe ich mich jetzt aus der Affäre? Ben schläft noch, aber bestimmt nicht mehr lange. Er bewegt sich und gibt schon typische Aufwachgeräusche von sich. Was mach ich denn jetzt? Steh ich schnell auf und gehe? Zu spät. Er schlägt die Augen auf. Schon am Morgen von solch blauen Scheinwerfern angestrahlt zu werden ist gewöhnungsbedürftig.

»Guten Morgen, meine Schöne. Hast du gut geschlafen?«, murmelt er zufrieden und sieht mich verliebt an. Ohje! Er streicht mir liebevoll eine Strähne aus dem Gesicht und fängt an, mich zu küssen. Ja, küssen kann er. Aber ich habe keine Lust mehr dazu.

Ich beuge meinen Kopf nach hinten. »Ben. Es war wirklich wunderschön mit dir. Aber belassen wir es bei dieser einen Nacht. Ich werde sie immer in bester Erinnerung behalten.« Auch zu einem Kurs »Bescheuertste Abschiedsworte« können Sie sich gern bei mir anmelden.

Und wie reagiert Ben? Er stützt sich auf seinen Arm, schaut mich nachdenklich an und beginnt herzhaft zu lachen! Erst bin ich verwirrt, denn damit hätte ich nicht gerechnet. Aber wenn ich es mir recht überlege, ist dies die beste Reaktion, die ich auf meine Worte erhalten kann.

Ich zucke entschuldigend mit den Achseln und grinse ihn an. Er küsst mich mitten auf den Mund. »Karin, solltest du mit dem Gedanken spielen, in den diplomatischen Dienst einzutreten, lass es!«

Damit springt er aus dem Bett. »Ich geh unter die Dusche. Oder willst du zuerst?«

»Wenn du mich schon so fragst. Ja, gerne.« Ich wickle mir das Betttuch um die fraulichen Hüften und schlüpfe ins Badezimmer.

»Handtücher findest du im hohen Schrank neben dem Fenster«, höre ich dumpf durch die geschlossene Tür. »Ich mach schon mal Frühstück.«

»Prima!«

Zwar in den zerknautschten Kleidern von gestern, aber frisch geduscht komme ich die Treppe herunter. Ben hat den Tisch gedeckt. Es gibt frisch gepressten Orangensaft, Müsli, Toast. Was will man mehr?

Während ich mir mein Brot streiche, schaue ich ihn prüfend an. Gott sei Dank ist er nicht beleidigt, sondern benimmt sich so wie immer. Freundschaftlich nett.

»Was hast du heute vor, Ben?« Mein Versuch, ein unbefangenes Gespräch zu beginnen.

»Zuerst werde ich bei der Polizei anrufen, ob sie Verena gefunden haben.« So viel zu den unverfänglichen Gesprächsthemen.

»Oh ja. Ich hoffe, du hast Glück.« Was soll man darauf sagen? »Ich werde mal heimgehen und nach dem Rechten schauen.«

Ich schließe meine Haustür hinter mir und atme tief durch. Also, alles in Ordnung. Diese Klippe haben wir umschifft. Es muss niemand von dieser Nacht erfahren. Mein Blick fällt auf die Briefe in meiner Hand. Der oberste wurde mit kindlicher Handschrift adressiert. Susas Schrift. Ich reiße den Brief voller Vorfreude auf.

»Hi, Mum,

hier in Sizilien ist es total cool. Wir gehen oft schwimmen, und es scheint die ganze Zeit die Sonne. Sogar am Abend und in der Nacht ist es so warm, dass man ohne Decke schlafen kann. Ist es bei dir auch warm?

Bei Carla ist es auch schön. Zwar ist es nicht so sauber wie in einem Hotel. Aber dafür kocht Carla ganz prima. Immer italienisch, Spaghetti, Pizza, Pasta.

Die Zimmer, die wir bekommen haben, sind nicht gerade die größten. Vicky und ich müssen uns ein Bett teilen, und Linus und Lilli. Nur Papa hat ein eigenes bekommen. Mit Vicky in einem Bett sind es nicht die erholsamsten Nächte. Meistens muss ich sie dann auf den kühlen Marmorfliesen verbringen, denn Vicky braucht einfach viel zu viel Platz und schubst mich immer aus dem Bett. Deshalb freue ich mich schon auf mein eigenes Bett.

Morgen besteigen wir den Ätna. Das ist ein Vulkan in unserer Nähe, der keine Lava mehr speit. Na ja, in der Nähe ist er nicht wirklich, wir müssen noch ca. zwei Stunden fahren.

Was machst du denn noch in den eineinhalb Wochen, wo wir nicht da sind? Ganz schön langweilig, oder? Wie geht es dir überhaupt? Und Runa?

Apropos Tiere. Carla hat zwei kleine Katzen und einen Hund. Er heißt Riko und war vor kurzem noch ein Streuner.

Hier ist es zwar wunderschön, und das Eis ist auch viel besser als in Deutschland, aber ich freue mich schon, wieder nach Hause zu fahren.

Schöne Grüße von

Vicky, Lilli, Linus, Papa und Susa«

Ach, die Kleine. Gott sei Dank geht es ihnen gut. Allerdings bekomme ich gleich Sehnsucht nach ihnen. Aber da ist ja noch ein Brief. Von Simon? Vielleicht schreibt er, wohin er gegangen ist.

Ich setze mich an die Küchentheke.

»Liebe Karin,

ich hab Dir ja versprochen, dass ich Dir alles aufschreibe. Nachher treffe ich mich mit der Verena. Ich freu mich schon. Vor allem weil sie mir ja dann verziehen hat, wenn sie mit mir reden will.

Du weißt vielleicht, dass ich im Gefängnis war. Der Vater von der Verena ist umgebracht worden, und irgendwie haben alle gedacht, dass ich es war. Sie haben meine Fußabdrücke gefunden und meinen Schraubenzieher. Keine Ahnung, wie die dahin gekommen sind. Die Schuhe von den Abdrücken waren uralte Turnschuhe. Mir ist gar nicht aufgefallen, dass sie jemand genommen hat. Denn das muss passiert sein. Weil – ich hab den Willi nicht auf dem Gewissen. Der Alfons, mein Chef damals, hat dann auch noch erzählt, dass der Willi mich beschimpft hat, weil ich vor seinem Haus gestanden bin. Ich wollte nur in der Nähe von der Verena sein.

Bei der Polizei hab ich gedacht, dass ich das alles zugeben kann, was stimmt, denn die werden schon den Mörder noch finden. Aber da hab ich mich geirrt. Plötzlich haben sie mich eingesperrt und mir nicht geglaubt, dass ich es nicht gemacht hab. Obwohl ich es immer wieder gesagt hab.

Auf jeden Fall hab ich dann fünfzehn Jahre Zeit gehabt, nachzudenken. Denn irgendjemand anders muss ja den Willi getötet haben und es mir in die Schuhe geschoben haben. Und er muss sich mit Elektrik auskennen, denn der Willi ist ja an einem Stromschlag gestorben.

Mir ist in den fünfzehn Jahren immer nur der Alfons eingefallen. Weil der ja mein Dienstherr war und sich auch mit Strom ganz gut auskennt. Er hat immer alles repariert auf dem Pferdehof. Und er war dem Willi sein Neffe. Aber eigentlich war er schon mehr wie ein Sohn. Wie der Willi immer von ihm geschwärmt hat, und das Geld für die neue Halle wollte der Willi ihm auch geben. Die waren deswegen auch schon beim Notar, glaube ich. Aber dann hat dem Willi gar nicht gefallen, dass der Alfons mit der Verena rumgemacht hat. Obwohl die gar nicht richtig zusammen waren, glaub ich. Weil der Alfons ja mit der Marianne ein Verhältnis gehabt hat. Das hat jeder gewusst, nur die Verena wohl nicht. Die hat wahrscheinlich gedacht, dass ihre Tante Mari zu alt ist für so was. Aber die Marianne war damals erst Ende vierzig. Vielleicht gute zehn Jahre älter als der Alfons und hat immer noch gut ausgeschaut.

Wie hätte ich beweisen sollen, dass es der Alfons war? Aber dann ist mir eingefallen, dass in der Nähe vom Wallnerhof immer Buben Räuber und Gendarm gespielt haben. Neben dem Willi seinem Haus war eine alte Scheune, da haben sie sich immer versteckt. Vielleicht hat ja einer von den Buben was gesehen.

Dann haben sie mich wegen guter Führung entlassen. Ich bin erst mal ein bisschen in der Weltgeschichte rumgefahren. Hab mich nicht so recht getraut, hierherzukommen. Aber als ich dann gelesen hab, dass der Alfons auch noch Landrat geworden ist, da hab ich gedacht, das darf nicht sein. Also hab ich der Marianne geschrieben, ob ich bei ihr wohnen darf, und sie war einverstanden. So bin ich wieder heimgekommen.

Gestern hab ich mit dem Max Huber geredet. Der ist ungefähr in dem Alter von den Buben damals, ob er sich noch erinnern kann. Er wollte darüber nachdenken. Wer auch damals immer noch mit dabei war. Ich werde morgen wieder bei ihm vorbeigehen. Vielleicht ist ihm schon was eingefallen.

Jetzt weißt Du alles, was ich weiß. Mit Dir wollte ich reden, weil ich mitbekommen hab, dass Du den Alfons auch nicht leiden kannst. Dass Du ein Bürgerbegehren machst, das finde ich sehr mutig. Es tut mir leid, wenn ich Dich erschreckt hab. Aber ich wusste nicht so genau, wie ich mit Dir sprechen soll. Aber jetzt ist ja alles gut.

Wenn ich was Neues weiß, melde ich mich bei Dir. Ich wünsche Dir frohe Ostern und einen schönen Urlaub.

Dein

Simon«

Oh Gott!

Mit dem Brief in der Hand renne ich aus dem Haus, über die Straße, klingle bei Ben Sturm. Als er die Haustür öffnet, halte ich ihm den Brief hin: »Lies!«

Er schaut auf den Absender, dann geht er ins Haus, und ich folge ihm. Er bleibt in der Küche stehen und liest.

»Das darf doch nicht wahr sein.« Ben schaut mich entsetzt an.

Ich starre zurück. »Denkst du, was ich denke?«

»Ja, wir sollten schleunigst zur Polizei. Wir nehmen mein Auto.« Damit schnappt sich Ben seinen Autoschlüssel von der Anrichte und eilt zur Garage. Ich hinterher.

Fast bin ich enttäuscht, dass mich heute Polizeiobermeister Grieshuber nicht empfängt. Stattdessen steht ein Polizeihauptmeister Brunner vor uns. Ein wenig jünger und flotter als mein Freund Grieshuber.

Ben übernimmt das Reden. Als Rechtsanwalt weiß er auch, wie er so einen Polizisten am schnellsten von der Dringlichkeit unserer Sache überzeugt. PHM Brunner liest ebenfalls Simons Brief.

»Er ist seit vier Tagen nicht mehr nach Hause gekommen«, bringe ich endlich auch etwas vor. »Vielleicht ist ihm was passiert.«

»Die Verena, von der Herr Brandl schreibt, ist meine Frau Verena, die ebenfalls seit vier Tagen verschwunden ist. Ich habe eine dementsprechende Anzeige gemacht.«

»Aha, Verena Berger. Ich habe die Akte gelesen.«

»Und von meiner Frau keine Spur?«

»Nein, leider.«

»Wir haben aber inzwischen in Erfahrung gebracht, dass Verena mit Simon Brandl in der Exotik Bar in der Bahnhofstraße in Passau war. Genau vor vier Tagen.«

»Woher wissen Sie das?« PHM Brunner schaut etwas skeptisch.

»Wir haben selbst ein wenig ermittelt. Mehr haben wir allerdings nicht herausbekommen. Aber nach dem Brief ist es noch dringender, die beiden zu finden. Vielleicht ist ihnen ja etwas zugestoßen.« Ich versuche, hier mal ein bisschen Action zu machen. Diese Bürokraten!

»Frau Schneider, wir wissen sehr wohl selbst, was wir zu tun haben.« PHM Brunner wendet sich nach dieser Rüge an Ben. »Können Sie uns denn eine Personenbeschreibung von Herrn Brandl geben?«

»Ja, das kann ich«, antworte ich provokativ, dieser Macho! »Er ist groß, mindestens einen Meter neunzig, hat dunkle, längere Haare, einen Vollbart, braune Augen. Meist hat er eine Jeans und einen dunkelgrünen Parka an. Ach ja, und er hat eine kleine Narbe neben dem linken Auge. So halbmondförmig. Wahrscheinlich ein Schnitt.«

PHM Brunner hat brav alles in seinen Computer eingetippt. Nun startet er wohl ein Programm, denn er starrt ohne Kommentar auf den Bildschirm.

Nach einer Weile hebt er die Augenbrauen. »Wir haben hier einen Toten, auf den die Beschreibung passt.« Wieder wendet er sich nur an Ben. Aber diesmal ist es mir egal.

»Einen Toten?«, rufe ich bestürzt aus. Damit hätte ich nicht gerechnet.

»Ja. Er wurde vor drei Tagen leblos in einem Regionalzug aufgefunden. Er starb an einer Überdosis Flunitrazepam, das heißt Schlaftabletten. Er liegt in der Gerichtsmedizin in Passau.«

»Schlaftabletten?« Meine Frage war an Ben gerichtet.

Allerdings antwortet mir PHM Brunner. »Ja, Flunitrazepam hat eine hohe seditative Wirkung, die schnell eintritt und lange anhält.

Bei der Verordnung als Schlafmittel muss die Dosierung genau eingehalten werden. Die Tabletten werden auch als sogenannte »K.-o.-Tropfen« in krimineller Weise verwendet. In Verbindung mit Alkohol erhöht sich die Wirkung nochmals beträchtlich. Laut gerichtsmedizinischem Gutachten hatte der Tote eine enorme Dosis von mehreren Milligramm intus und Alkohol getrunken. Das hätte den stärksten Stier umgehauen.«

Wir lauschen bestürzt den Ausführungen des Polizisten. »Armer Simon.« Ich finde es schrecklich, was ihm passiert ist.

PHM Brunner sieht das ganz nüchtern. »Bis jetzt ist noch nicht einmal sicher, ob es sich bei dem Toten um Simon Brandl handelt. Es wäre also nötig, dass Sie ihn identifizieren. Hier schreibe ich Ihnen die Adresse auf. Ich rufe gleich mal an, dass Sie kommen.«

»Wie?« Ich fühle mich etwas überfahren.

»Der Tote muss identifiziert werden, da er keine Ausweispapiere bei sich hatte. Deshalb können wir nur auf diesem Weg herausfinden, ob es tatsächlich Herr Brandl ist.«

»Ja, aber wenn es Simon wirklich ist, ist er umgebracht worden. Dann ist doch dieser Brief von höchster Wichtigkeit! Da haben Sie allen Grund, dem nachzugehen und wieder zu ermitteln. Oder etwa nicht, Ben?« Ich schaue meinen Rechtsbeistand fragend an.

»Du hast ganz recht, Karin. Die Ermittlungen müssen wiederaufgenommen werden. Dafür werde ich schon sorgen.« Damit nimmt er die Adresse von der Gerichtsmedizin vom Tresen, nickt PHM Brunner zu, und wir ziehen von dannen.

In der gerichtsmedizinischen Abteilung ist es kalt und steril. Aber ich habe schon genug Krimis im Fernsehen angeschaut, um mir genau vorstellen zu können, was sich hinter diesen lichtgrauen Schubladen verbirgt. Gruselig! Wer von Ihnen auf so etwas steht, muss sich an anderen Krimis gütlich tun. Ich möchte dies nicht schildern, mich nicht länger als nötig daran erinnern.

Hier nur so viel: In einem Fach im Kühlraum liegt Simon schon seit drei Tagen und wartet auf seine Identifizierung. Obwohl, ich glaube, ihm ist das jetzt auch egal. Na, vielleicht auch nicht. Schließlich wartet er schon seit achtzehn Jahren auf Gerechtigkeit. »Ich werde mein Möglichstes tun, Simon«, verspreche ich ihm still.

Wir identifizieren die Leiche eindeutig als Simon Brandl. Der Anblick vom toten Simon geht mir unter die Haut. Meine Gesichtsfarbe nähert sich anscheinend derjenigen von Simon an, denn der Beamte, der die Schublade wieder zuschiebt, bietet mir einen Schnaps an. Sie sind auf solche Vorfälle wohl vorbereitet. Ich nehme dankend an. Als meine Verfassung sich wieder normalisiert hat, unterschreiben wir einige Formulare und dürfen gehen.

Auf der Fahrt nach Hause frage ich Ben ein Loch in den Bauch, wie denn das jetzt weitergehen soll. Er meint, ich soll es getrost ihm überlassen. Er wisse schon, was zu tun sei.

»Hast du denn nicht auch Angst um Verena? Jetzt haben wir schon Simon tot gefunden, wer weiß, was Verena passiert ist«, wage ich meinen Verdacht auszusprechen.

»Ich habe eigentlich keine Angst um Verena. Vielmehr befürchte ich, dass es mir nicht gefallen wird, was noch über sie herauskommt«, erwidert Ben kryptisch.

Dazu sage ich erst mal nichts, sondern stelle meine eigenen Überlegungen an. Ben setzt mich zu Hause ab und fährt im Anschluss in sein Büro, um mit Polizei und Staatsanwaltschaft zu telefonieren und entsprechende Schriftsätze zu verfassen.

Ich gehe in Gedanken versunken durch meinen Garten. Die Tulpen strecken schon ihre Köpfe durch die feuchte Erde. Wird ja auch langsam Zeit, schließlich ist morgen Ostern. Oh, Ostern. Unsere Aktion vor der Kirche! Meine Güte, die hätte ich jetzt beinahe vergessen. Marianne bäckt die Osterkirchen. Sie hat wahrscheinlich noch überhaupt keine Ahnung, dass Simon tot ist.

Ob die Polizei ihr Bescheid gesagt hat? Schließlich wohnt Simon bei ihr, oh, wohnte. Irgendwie hab ich Skrupel, bei ihr anzurufen. So wie Simon es in seinem Brief geschrieben hat, ist Marianne ja an dieser Willi-Mord-Geschichte schon irgendwie beteiligt. Sie hatte eine Affäre mit Alfons, das kann ich mir ja gar nicht vorstellen. Und sie ist die Tante von Verena, die dafür gesorgt hat, dass Verena in ein Internat gekommen ist.

Ich trau mich jetzt nicht so recht zu ihr. Früher dachte ich, sie wäre eine nette ältere Bekannte, ganz harmlos und unbedarft, fast schon eine Freundin. Aber jetzt? Sie hat mir so viel verschwiegen. Mir nur die Hälfte der Wahrheit erzählt, damals am Kirchplatz. Außerdem hat sie mich wirklich wütend und böse angeschaut, als ich ein mögliches Komplott von Hinterdobler erwähnt habe. Nein, ich weiß nicht.

Die andere Person, die Simon genannt hat, ist Max Huber. Den könnte ich mal aufsuchen. Vielleicht ist ihm inzwischen etwas eingefallen. Um meine Untätigkeit bezüglich Marianne vor mir zu vertuschen, stürze ich mich auf Max Huber. Ich packe meine Handtasche und fahre zu ihm.

Max wohnt in einer kleinen Wohnung in einem Mehrfamilienhaus in einer der weniger ansprechenden Straßen in unserem Städtchen. Irgendwo müssen auch die Menschen einen Unterschlupf finden, denen es nicht so rosig geht.

Ich drücke auf die Klingel, neben der »Huber, Bernreiter« steht. Das »Bernreiter« ist durchgestrichen. Genau, Max hatte mir erzählt, dass ihn seine Freundin verlassen hatte, nachdem er bei der HIDO, der Firma vom Hinterdoblersohn, »hinauskomplimentiert« wurde. Mit den schlechten Zukunftsprognosen könne man keine Familie gründen, hatte sie gemeint.

Max öffnet mir die Tür. Bittet mich, erfreut über den Besuch, in seine Wohnung. Obwohl er jetzt von Hartz IV lebt, ist er anständig gekleidet, und die Wohnung ist aufgeräumt. Da hätte seine Freundin aber wirklich noch Hoffnung haben dürfen. Der Max kommt schon wieder auf die Füße.

»Was verschafft mir die Ehre, Karin? Setz dich doch. Magst einen Kaffee oder einen Spezi? Was anderes hab ich leider nicht.«

Ich schau zu der dampfenden Kaffeemaschine. »Ein Kaffee wär schon recht, Max, danke.«

Verlegen rühre ich in meiner Tasse und versuche mich ein wenig in Small Talk. Wir besprechen die morgige Aktion. Aber wir sind beide nicht so recht bei der Sache.

Max legt die Hände zusammen. »Karin, ich muss dir noch was erzählen.«

»Ich dir auch, Max.«

»Willst du zuerst?«

»Nein, mach ruhig.« Meine Nachricht ist ja nicht so toll. Damit kann ich noch etwas warten.

»Also, ich war vor vier Tagen beim Michi. Wir waren erst ein Bier trinken, und dann haben wir beschlossen, wir fahren noch ins Vulcano.« Auf meinen nichtssagenden Gesichtsausdruck: »Eine Disco, in Aicha vorm Wald.«

»Okay.« Ich werde nie verstehen, wie man zig Kilometer nur für einen Discobesuch fahren mag. Aber auf dem Land ist das wohl so.

»Der Michi wohnt in derselben Straße wie der Hinterdobler. Schräg gegenüber. Also, wir fahren zum Michi, weil der noch was holen wollt. Ich park vor seinem Haus und warte. Da sehe ich, wie eine Frau auf das Grundstück vom Hinterdobler zurennt. Eilig hat sie's gehabt. Patschnass war die. Es hat ja geregnet. Die Haare hingen ihr ins Gesicht. Und als sie unter der Straßenlaterne durchgelaufen ist, hab ich gesehen, dass ihre ganze Wimperntusche und so in schwarzen Rinnsalen die Backen runtergeflossen ist. Sie sah aus wie eine Eule. Ich dachte noch, na, da wird sich der Hinterdobler aber nicht freuen. So wie die ausschaut.«

Max grinst mich schief an. »Sie hat dann geläutet. Ein paar Mal. Sie hat ganz aufgeregt ausgeschaut. Hat dann in die Sprechanlage was reingeschrien. Hab aber nicht verstanden, was. Saß ja im Auto, ein Stückerl weg. Kurz darauf macht der Hinterdobler die Tür auf. Gefreut hat der sich wirklich nicht. Das hab sogar ich erkennen können. Die zwei reden ein bisserl was, da macht der Hinterdobler seine Haustür zu, packt sie und zerrt sie zu den Aschentonnen. Da stehen sie dann unterm Carport. Viel hab ich nicht mehr gesehen. Mir kam's so vor, als ob sie was von ihm wollt und er sie weggestoßen hat. Er kam dann allein zurück und ist ohne was wieder in sein Haus. Sie ist vor die Aschentonnen gegangen und hat immer so zum Haus geschaut. Auf einmal ist sie erschrocken vom Zaun weggesprungen. Der Hinterdobler hat wahrscheinlich seinen Schäferhund in den Garten gelassen. Mit dem Mistviech ist nicht zu spaßen. Da ist sie weggegangen. Ich bin dann aus dem Auto raus und hab ihr hinterhergeschrien, ob sie Hilfe braucht. Aber sie hat nicht reagiert. Dann ist auch schon der Michi gekommen, und wir sind gefahren.«

Ich hab seinen Bericht mit angehaltenem Atem verfolgt. »Was hatte sie denn an?«

»Eine Lederjacke. Wahrscheinlich rot oder so. Weil ich mir noch gedacht hab, die kann sie wegschmeißen, so nass, wie die ist.«

»Verena.« Da bin ich mir ganz sicher.

»Meinst du? Ja, ich hab mir auch schon so was überlegt. Aber ich wollte es erst dir erzählen, bevor ich den Ben umsonst aufrege. War mir nicht sicher.«

»Ja, danke, dass du's mir gesagt hast. Schön langsam finden wir ein Puzzleteil nach dem anderen.«

»Aber was hast du auf dem Herzen? Du schaust nicht wirklich glücklich.«

»Nein, das kann man wirklich nicht sagen.« Ich seufze. »Der Brandl Simon ist tot.« Leises Anschleichen war noch nie meine Stärke.

»Was!«

»Ja. Sie haben ihn tot im Zug gefunden. Vorher ist er mit einer Überdosis Schlaftabletten umgebracht worden.«

Ich lasse diese Information ein bisschen sacken. Max starrt in seinen Kaffee.

Leise frage ich ihn: »Simon hat doch die letzten Tage mal mit dir geredet?«

Max schaut mich an. »Ja, das stimmt. Er wollte seine Unschuld beweisen, hat er mir gesagt. Weil er doch wegen dem Mord an dem Wallner Willi damals verurteilt worden ist. Ich war zu der Zeit ja noch ein Kind, aber ich kann mich duster erinnern. Wir haben immer in seiner Scheune Räuber und Gendarm gespielt. Er hat mich gefragt, ob ich nicht noch etwas weiß von damals, als der Wallner umgebracht worden ist. Aber mir fällt leider nichts ein. Ich war ja auch erst acht.«

»Ja, da kann man nichts machen.« Ich bin für Simon mit enttäuscht.

»Aber ich hab mir gedacht, ich könnte ja den Franz fragen. Der war damals unser Anführer, der war schon zwölf. Vielleicht erinnert sich ja der noch an was.«

»Oh, Max, das ist ja prima! Können wir gleich mal zum Franz gehen? Hast du Zeit?«

»Ich hab alle Zeit der Welt.«

So düsen wir kurze Zeit später zum schicken Bekleidungshaus vom Franz. Arbeitsam, wie er ist, treffen wir ihn dort auch an. Er bedient gerade eine Frau so um die fünfzig, mit cognacfarbener, toupierter Frisur, die sich für ein Ensemble in Schwarz-Weiß mit großen lila Blumen interessiert. Ich werde den Geschmack dieser Damen nie verstehen. Hoffe ich. Vage dämmert es mir, sie schon mal auf einer offiziellen Kliniksoiree getroffen zu haben. Ja, genau, die Frau des Chefarztes. Bingo.

Frech, gekleidet in Höflichkeit, unterbreche ich die beiden in ihrem Fachgespräch über die richtige Rocklänge.

»Entschuldigen Sie, Frau Chefarzt Zitselsberger, vielleicht erinnern Sie sich noch an mich? Karin Schneider, die Frau von Doktor Schneider, Oberarzt in der Ambulanz.« Da sie mich wohlwollend mustert und so etwas wie Erkennen in ihrem Blick auftaucht, spreche ich weiter.

»Dürfte ich Ihnen kurz Herrn Franz entführen? Ich müsste mit ihm nur schnell das Kleid für den nächsten Wohltätigkeitsball durchsprechen. Es dauert nicht lange.«

Huldvoll entlässt sie Franz, der geistesgegenwärtig eine Angestellte herbeiwinkt, die ihn bei Frau Chefarzt vertreten soll. Max schaut mich verwirrt von der Seite an. So schleimig kennt er mich nicht. Ich wische seine Verwirrung wie eine lästige Fliege beiseite.

Franz führt uns zu den weniger frequentierten Kleiderständern. »Hallo, Karin. Hallo, Max, was soll der Überfall? Mir ist neu, dass du zum Wohltätigkeitsball gehst, Karin. Was gibt's?«

Schnell erzähle ich ihm den Grund unseres Besuches. Schon nach den ersten Sätzen nimmt er mich am Arm und bedeutet uns, ihm in sein Büro zu folgen. Er schließt die Tür. In kurzen Worten erzähle ich ihm alles. Als ich geendet habe und Franz seine Überraschung und Bestürzung genügend zum Ausdruck gebracht hat, zieht er seine Stirn unter der blonden Föhnfrisur in nachdenkliche Falten.

»Du hast schon recht, Max. Wir haben früher immer beim Wallnerhof gespielt. Ich kann mich auch noch an die Gewitternacht erinnern, denn danach durften wir nie mehr dorthin. Das haben uns die Eltern verboten. Der Himmel zog schon um fünf Uhr nachmittags zu. Wir waren mitten unterm Reiba und Schandarm. Plötzlich wurde es stockdunkel, und es hat gedonnert. Dann fing der Regen an. Wir sind schnell auf unsere Radl gesprungen und heimgerast. Aber nass sind wir trotzdem geworden.«

Er fährt sich mit den Fingern durch die Haare. »Jetzt im Nachdenken fällt mir ein, dass das Auto vom Hinterdobler auch hinter der Scheune stand. Das fanden wir komisch, denn sonst parkte er immer vor dem Haus mit seinem protzigen Schlitten. Haben neugierig durch seine Scheiben auf das Armaturenbrett geschaut. Der Hansi hat sich dann auf den Kotflügel gestemmt und ist auf und ab geschaukelt. Das war ja so ein Amischlitten mit morz Stoßdämpfern. Da reißt der Hinterdobler das Fenster im ersten Stock auf und heißt uns »Hundskrüppi, elendigliche«, wir sollen schauen, dass wir weiterkommen. Wir sind ab, und kurz darauf hat das Wetter eh schon angefangen. Mehr weiß ich auch nicht.« Franz sieht uns bedauernd an.

»Danke, Franz. Das langt schon. Es wäre zwar schöner gewesen, wenn du den Hinterdobler mit dem Schraubenzieher in der Hand am Garagentor basteln gesehen hättest. Aber zumindest kannst du bezeugen, dass der Hinterdobler bei der Verena war und nicht, wie behauptet, gar nicht in der Nähe. Und dass er sein Auto versteckt hat, ist ja auch schon ein Indiz, dass nicht alles koscher ist. Wenn dir noch etwas einfällt, ruf mich doch bitte an. Servus, Franz.«

Draußen vor der Tür hole ich mein Handy aus der Tasche und rufe Ben an. Ich will ihn gleich informieren.

»Karin, danke, das kann ich gut für meine Argumentation bei der Staatsanwaltschaft brauchen. Aber lass es jetzt mal gut sein. Du hast genug getan. Mit dem Hinterdobler ist nicht zu spaßen. Ich möchte nicht, dass dir etwas passiert.«

»Du bist süß, Ben. Ich pass schon auf mich auf. Was machst du denn bei der Staatsanwaltschaft?«

»Ich werde erreichen, dass der tatsächliche Mörder von dem Wallner Willi eingesperrt wird. Der Brief und der Mord an Simon und deine Infos werden reichen. Ich kenn den diensthabenden Staatsanwalt. Mit dem hab ich studiert. Das klappt schon.«

»Und was passiert jetzt?«

»Die Polizei muss noch mal ermitteln, und vielleicht findet sie ja diesmal den richtigen Täter.«

»Das wäre ungewöhnlich, aber sehr gut. Halte mich auf dem Laufenden, ja?«

»Klar. Woher hast du nur deinen Sarkasmus? Pass auf dich auf!«

Mit Max beratschlage ich, was wir als Nächstes tun können. Uns fällt aber nicht wirklich etwas ein. Beziehungsweise ich weiß natürlich, dass ich endlich Marianne informieren müsste. Da ich zu feig bin, zu ihr zu gehen, nehme ich mir ein Herz und rufe sie wenigstens vom Handy aus an.

Ich habe Glück. Sie ist nicht zu Hause. Ihr Anrufbeantworter springt an. Ich hinterlasse ihr die Nachricht, dass wir bei der Polizei waren und diese wissen, wo Simon ist. Sie solle doch dort mal anrufen. Auch ich kann nur die halbe Wahrheit erzählen.

Dann lade ich Max zu mir zum Essen ein. Zwar müssen wir erst einkaufen, da ich praktisch nichts mehr im Haus habe, aber das macht ja zu zweit auch mehr Spaß. Wir entscheiden uns für kretische Linsensuppe, die schmeckt echt lecker und ist fast kein Aufwand. Ein perfektes Essen für mich unwillige Köchin.

Um achtzehn Uhr rufe ich bei Ben an. Möchte wissen, was er schon erreicht hat, und vielleicht will er uns ja bei der Linsensuppe Gesellschaft leisten. Er meint, er komme in zehn Minuten vorbei.

Ich öffne eine Flasche Rosé als Vorgeschmack auf den Sommer. Max trinkt lieber Bier. Als alles bereitsteht, erscheint auch Ben. Noch im Anzug. Frisch aus der Kanzlei.

Die Männer loben meine kretische Suppe, dann bestürmen wir Ben.

»Ermittelt denn jetzt die Polizei wieder?«

»Kurz gesagt: ja.« Wir klatschen begeistert in die Hände. »Und sogar in die richtige Richtung. Das muss absolut unter uns bleiben: Die Polizei wird morgen Hinterdobler verhaften.«

»Wow! Wie hast du denn das geschafft?« Vielleicht hätte ich doch lieber Jura studieren sollen, wenn man damit den Lauf der Welt ändern kann.

»Nun, ich hab Rolf angerufen, das ist der diensthabende Staatsanwalt, wie gesagt, ein alter Studienkollege von mir. Hab ihm die Fakten genannt, den Brief von Simon erst mal gefaxt. Rolf hat den Richter vom Golfplatz geholt und konnte ihn trotz Ostersamstag dazu bringen, einen richterlichen Beschluss dahingehend zu verfassen, dass der Notar vom Wallner uns die Urkunden von damals zeigt. Den Notar haben wir dann vom Angeln geholt. Der war auch nicht begeistert. Aber er hat uns gezeigt, was wir wollten.«

Er schaut uns eindringlich an. »Kurzum, der Wallner hatte den Hinterdobler im Testament mit einem Vermächtnis von hunderttausend Mark bedacht. Damals eine stolze Summe. Der Notar hatte aber vom Wallner schon den Auftrag bekommen, das Testament zu ändern. Der Entwurf liegt auch bei den Akten. Der Hinterdobler wäre leer ausgegangen. Auch das Erbe von Verena wäre beschnitten worden. Der Wallner war also ernsthaft böse mit den beiden. Und der Hinterdobler hatte ein nicht zu übersehendes Motiv, den Wallner vorher zu töten. Denn so bekam er die hunderttausend Mark und konnte seine Halle bauen. Andernfalls hätte er mit dem Ofenrohr ins Gebirge geschaut.«

Ben lehnt sich zurück. »Mit diesen Indizien kann die Polizei nicht anders, als den Hinterdobler zu verhaften. Aber sie wollen bis morgen nach dem Ostergottesdienst warten. Das wollen sie ihm nicht verderben. Er hat einige Freunde bei der Polizei. Ich hoffe, die halten auch dicht bis morgen. Sonst müssen sie nach einem flüchtigen Hinterdobler fahnden. Also auch ihr beiden: keinen Ton zu irgendjemandem. Verstanden?«

»Ich schwöre.« Das meine ich ernst und schaue Max auffordernd an.

»Kein Wort kommt über meine Lippen.« Dabei hebt er drei Finger gen Himmel.

Ich bin mächtig stolz auf uns, dass wir den Fall so prima gelöst haben. Nur dem Simon bringt das leider nicht sein Leben wieder zurück. Schon traurig.

»Hast du etwas von Verena gehört?« Diesen Teil des Rätsels haben wir nicht entziffert.

»Nein. Immer noch spurlos verschwunden. Ich kann mir nicht helfen, ich habe so das Gefühl, dass sie hier in der Nähe ist. Wir sollten alle auf der Hut sein.«

»Ben, das meinst du doch nicht ernst?« Entsetzt schaue ich ihn an.

»Doch. Ich befürchte, sie ist psychisch alles andere als stabil im Moment. Und wer weiß, was ihr da alles einfällt.«

»Es ist spät geworden, und ich gehe jetzt heim«, unterbricht Max unsere düsteren Gedanken. »Morgen müssen wir zwei früh aufstehen, nicht wahr, Karin? Wir sehen uns dann vor der Kirche. Danke für das leckere Abendessen. Servus, Ben.«

»Ich bring dich noch hinaus.«

Ben ist einstweilen aufgestanden, hat die Teller zusammengestellt und in die Küche getragen. Jetzt will er sie gerade in die Geschirrspülmaschine einordnen.

»Ben, lass! Danke dir, das ist lieb, aber ich mach das schon.« Diese Geste der Vertrautheit ist mir zu viel. »Möchtest du noch ein Glas Wein?«

»Wenn du eins mit mir trinkst?«

»Oh, lieber nicht. Ich habe genug für heute. Schließlich muss ich morgen ziemlich früh aufstehen.« Das war jetzt ein Wink mit dem Zaunpfahl. Wer hätte gedacht, dass ich meinen angebeteten Traummann mal aus der Küche hinauskomplimentiere?

»Dann möchtest du die letzte Nacht nicht wiederholen?« Er lässt seine unglaublich blauen Augen glitzern.

»Nein, keine Wiederholung. Tut mir leid. Es war mir ernst heute Morgen.«

»Kann ich dich denn überreden?« Er kommt zu mir, legt seine Hände auf meine Hüften und nähert sich gefährlich langsam meinem Mund. Die Versuchung ist groß. Schließlich geschieht es mir nicht alle Tage, dass ein so gut aussehender, jüngerer Mann ganz verrückt nach mir zu sein scheint. Und es muss ja keiner erfahren.

Aber ich weiß es. Und es hat keinen Zweck, noch einmal Ehebruch zu begehen, wenn ich es hinterher nur bereue. Schon jetzt ist es schlimm genug, Martin wieder unter die Augen zu treten.

Ich drücke meine Hände auf seinen Brustkorb und schiebe ihn ein wenig von mir weg. Es ist erstaunlich, dass auch intelligente Männer manchmal sehr schwer von Begriff sind.

»Ben, wirklich nicht. Du möchtest doch nicht den Tatbestand der sexuellen Belästigung erfüllen?«, frage ich ihn, halb scherzhaft.

Er schaut mich bestürzt an. »Oh, tut mir leid. So war es nicht gemeint.« Damit tritt er zwei Schritte zurück und hebt die Hände nach oben. »Aber ich muss gestehen, dass es mir nicht leichtfällt, dich nicht mehr zu küssen, nachdem ich gestern einmal damit angefangen hatte.« Mich streift sein treuherziger Blick.

Stillschweigend kommen wir überein, den Abend zu beenden. Ben nimmt sein Sakko und geht nach Hause. Ich schließe hinter ihm ab, stelle noch schnell selbst die Teller in die Spülmaschine und gehe dann ins Bett.

Morgen wird noch ein anstrengender Tag, denke ich kurz vor dem Einschlafen, aber dann ist es geschafft. Das Bürgerbegehren ist durch, meine Familie und Runa kommen wieder heim, und wir können da weitermachen, wo wir vor Wochen aufgehört haben.

Ben beugt sich über mich und will mich küssen. Ich überlege gerade, ob mir das recht ist oder nicht, da verwandelt sich Ben in Simon. Simon sieht mich ernst an und legt mir eine Hand auf meine Schulter. Mir dämmert langsam, Simon ist doch tot, wieso berührt er mich?

Ahhh! Ich setze mich angstvoll auf. Alle meine Muskeln sind verkrampft. Nur ein Traum, aber was für einer! Wie spät ist es? Erst halb eins. Ich geh mal aufs Klo, und dann schlafe ich weiter. Hoffentlich träume ich dann etwas Besseres.

Ich tappe neben meinem Bett nach meinen Hausschuhen. Da knackst es unten in der Küche. Ich horche auf. Eine Schublade wurde zugedrückt. Oh Gott, da unten ist jemand!

Jetzt höre ich leise Schritte. Sie schleichen die Treppe nach oben. Ich bin hier eingesperrt. Verloren. Oh, hätte ich doch Martin nicht betrogen! Lieber Gott, bitte! Hilf mir! Ich tu es auch nie wieder. Und ich werde ... Mir fällt nichts mehr ein. Ich bestehe nur noch aus Angst. Hier in dem Schlafzimmer ist aber auch rein gar nichts, mit dem man sich wehren könnte. Ich schaue mich fieberhaft um. Kein silberner Kerzenständer, kein Kreuz über der Tür, kein Baseballschläger dahinter. Mist, Mist, Mist. Ich höre nichts mehr. Anscheinend ist der da draußen auch stehen geblieben, um zu lauschen.

Zum Kämpfen finde ich hier nichts, also muss ich fliehen. Das durchdenke ich nicht logisch-rational, sondern mein Körper handelt. Das jahrmillionenalte Reaktionsmuster Kampf oder Flucht. Meine Hormone haben sich für Flucht entschieden. Ich stürme zum Fenster. Immer habe ich darauf bestanden, dass ich die Jalousie mannsbreit unten offen lasse. Wie viele Diskussionen hab ich mit Martin darüber ausgefochten. Jetzt kenne ich den Sinn für diese Macke. Ich reiße die Balkontür auf, bücke mich und schlüpfe untendurch. Stehe im Nachthemd in der kalten Frühjahrsnachtluft auf meinem Balkon. Mensch, ist es hier eisig! Was mache ich jetzt? Runterklettern? Das traue ich mich nicht. Da falle ich bloß hinunter, so sportlich bin ich nicht. Also schreien. Schreien und hoffen, dass mich Ben, der mir genau gegenüber auf der anderen Straßenseite hinter den zugezogenen Jalousien schlafen müsste, hört. Hat das überhaupt einen Sinn?

Ich höre, wie jemand die Schlafzimmertür öffnet. Kurze Stille. Dann gehen die Schritte hinter mir aufs Fenster zu. Das lässt alle Zweifel in Höchstgeschwindigkeit verschwinden. Ich schreie. Nicht »Hilfe«, auch nicht »Feuer«, wie einem immer in Selbsthilfekursen geraten wird. Sondern ich schreie aus Leibeskräften »Ben!« – »Ben! Ben! Ben!« Immer wieder seinen Namen. Weiß auch nicht, was er dann eigentlich machen soll, von da drüben, wenn der Einbrecher hier bei mir ist. Aber es fühlt sich richtig an. Also schreie ich: »Ben!« Hinter mir wird die Jalousie langsam nach oben gezogen. Er kommt! Er kommt!

Ich kreische gellend meine Panik über die Straße. Keine Worte mehr, nur Todesangst. Starre auf Bens Schlafzimmerfenster. Warte brennend darauf, dass sich dort endlich etwas bewegt. Hab viel zu große Angst, mich umzudrehen und zu vergewissern, wer da hinter der Balkontür steht. Die Jalousie ist fast ganz oben, ich halte mir die Hände über den Kopf und schreie und schreie.

Da sehe ich, wie Bens Jalousie mit einem Ruck nach oben gezogen, die Fenstertür aufgerissen wird und Ben herauseilt. Nach einer Schrecksekunde hebt er den Arm, zeigt mit dem Finger gebieterisch zu mir herüber und brüllt: »Verena!«

Verena? Ich wage es, mich halb umzudrehen und hinter mich zu blicken. Da steht tatsächlich Verena in der Tür. Sie schaut entsetzlich aus. Die sonst so gepflegten Haare hängen ihr ungewaschen in die Stirn. Ihre Klamotten verschmutzt. Das Gesicht grau, mit tiefen Falten. Die Augen unnatürlich weit aufgerissen. Der Mund ein schmaler Strich. Auf der Straße würde ich sie kaum wiedererkennen. Aber jetzt steht sie fast auf meinem Balkon. Eins meiner Küchenmesser blinkt unheilvoll in ihrer Hand, die leicht zu zittern begonnen hat.

»Lass das Messer fallen! Jetzt!« Wieder ein gebrüllter Befehl von Ben.

Ich trau mich nicht zu atmen, geschweige denn zu Verena zu schauen oder irgendeine Bewegung zu machen. Ich weiß, wenn ich jetzt ihre Aufmerksamkeit auf mich lenke, wird sie handeln. Und das wird nicht schön für mich. Also verharre ich in meiner gebückten Haltung, mit den Händen über dem Kopf.

Schiele zu Ben hinüber.

Er steht immer noch in absoluter Körperspannung drüben auf seinem Balkon, die Hand ausgestreckt. Ich bilde mir ein, seine blauen Augen sogar in der Dunkelheit über diese Distanz leuchten zu sehen. Blaue Scheinwerfer auf Verena gerichtet, die sie dazu zwingen sollen, aufzugeben. Sich seinem Willen zu unterwerfen.

Und dann geschieht das Unfassbare. Verenas zitternde Hand lässt das Messer zu Boden fallen. Es schlittert klirrend ein Stück über die Terrakottafliesen. In meine Richtung. Mit einer schnellen Bewegung ziehe ich es mit meinem Fuß noch mehr zu mir. Bedecke es mit meinem Schuh, bereit, mich sofort danach zu bücken, wenn es notwendig wäre.

Verena senkt ihren Blick auf ihre nun leere Hand. Kann es nicht wirklich fassen, dass dort kein Messer zu finden ist. Ihre Augen schweifen weiter, erblicken mich. Sie starrt mich an, ich rühre mich nicht von der Stelle. Gleichzeitig höre ich schwere Schritte auf der Straße zu meinem Haus hinlaufen.

Verena hat sie anscheinend ebenfalls registriert, denn sie schaut vom Balkon hinunter. Sieht Ben. Das bringt auch in sie Bewegung. »Du verfluchte Nutte!« Sie spuckt mich an, dreht sich um und läuft ins Schlafzimmer zurück.

Ich wage mich nicht von meinem Balkon weg. Unten hämmert Ben an meine Haustür. Ergebnislos. Dann wieder Stille. Ich traue mich hier nicht weg. Wer weiß, ob sich Verena nicht in meinem Haus versteckt, um mir aufzulauern. Der Balkon scheint mir jetzt der einzig sichere Ort zu sein.

Nach ein paar Minuten höre ich wieder Schritte auf der Treppe. Aber diesmal meine ich, die Schritte zu kennen. Im nächsten Augenblick eilt Ben auf meinen Balkon. Ich richte mich mühsam auf und werfe mich in seine Arme. Schluchzend und zitternd wie Espenlaub. Ich klammere mich an ihm fest und möchte am liebsten in ihn hineinkriechen.

SIEBZEHN

Die von Ben herbeizitierte Polizei hat die ganze Gegend abgesucht. Aber Verena ist verschwunden. Es war klar, dass sie nicht brav warten würde, um verhaftet zu werden. Immerhin haben die Polizisten ihren Unterschlupf der letzten Tage gefunden. Die Gartenhütte von Verena und Ben. Da muss sie wohl campiert haben, ohne sanitäre Anlagen oder etwas zu essen. Deshalb hat sie so heruntergekommen ausgesehen.

Die Polizisten befragen Ben und mich zu den Vorgängen der Nacht. Ich möchte einfach nur meine Ruhe, aber ich halte tapfer durch. Ich sehe ein, dass ich das machen muss, um ihnen die Chance zu geben, Verena zu finden und zu stoppen. Sie nehmen mein Küchenmesser mit, ich bekomme eine Quittung dafür. Ordnung muss sein. Sie tüten auch den Schraubenzieher ein, mit dem Verena die Hintertür aufgehebelt hat. Anscheinend hat sie ihr keine großen Schwierigkeiten bereitet.

Der Polizist erklärt mir, dass Hintertüren und Fenster oft Schwachpunkte in der Sicherheit eines Hauses darstellen. Sie sollten mindestens die Kriterien von WK zwo – auf meinen verständnislosen Blick: Widerstandsklasse zwei – erfüllen. Ich frage nicht nach. Hab im Moment wirklich nicht den Nerv dazu. Er meint noch, vieles könne man nachrüsten, und drückt mir eine Informationsbroschüre in die Hand.

Sie fragen uns, ob wir zur Gartenhütte mitkommen könnten. Vielleicht fällt uns etwas Ungewöhnliches ins Auge.

Das sollte wohl ein Witz sein. Denn das Gartenhaus sieht von vorn bis hinten nicht normal aus. Zwar war ich noch nie hier, aber ich kann mir nicht vorstellen, dass irgendwer üblicherweise so ein Chaos in einer Hütte hat.

Eine Strohmatte, wohl ursprünglich als Zaunmaterial gedacht, bedeckt jetzt einen Teil des nackten Erdbodens. Darauf hat Verena offensichtlich geschlafen. Die tönernen Blumentöpfe, die sicherlich in Reih und Glied auf den Regalen standen, bilden in den Ecken zerborstene Haufen, Anzeichen blinder Zerstörungswut. Ein Plastiksack mit Blumenerde lehnt zerdrückt und aufgeplatzt an der hölzernen Wand. Eine Sitzgelegenheit? Samentüten, aufgerissen, liegen, bedeckt mit ihren durchgekauten, ausgespuckten Kernen überall verstreut. Und das Grauenhafteste: mit einer Rosenschere wurde in die Wände geritzt. Wo immer man hinsieht, stehen Namen, teilweise mit Zeichen versehen. Hunderte von Alfons in Herzen. Bens durchgestrichen. Simons mit einem Kreuz. Ich deute mit dem Zeigefinger auf das Kreuz. Ben nickt. Er hat es auch bemerkt. Und – ich versuche, meine Augen wieder davon abzuwenden, aber es gelingt mir nicht – eingeritzte Karins, tausendfach durchgestrichen. In wilder Wut zerstört. Bei einem kam sie anscheinend mit der Schere in ein Astloch, das nun ausgerissen ist. Eine unblutige Wunde mitten in meinem Namen. Umrahmt von einer Flut von Schimpfwörtern der übelsten Sorte. Ich mag gar nicht mehr daran denken.

Wir sind beide geschockt. Ben legt einen Arm um mich.

»Ich glaube, wir haben genug gesehen.«

»Warte.« Ich bücke mich und ziehe unter einer Tonscherbe ein Blatt Papier hervor. Es ist ein Kassenzettel vom Gartencenter. In glücklicheren Zeiten waren eine Menge Dinge für den Garten eingekauft worden. Mit Bleistift, mit dem sonst die Namen der Pflanzen auf die Pflanzstäbchen geschrieben werden, wurde immer wieder derselbe Satz hingekrakelt: *Karin stirbt. Karin stirbt. Karin stirbt.*

Ich drücke den Zettel dem nächstbesten Polizisten in die Hand und flüchte. Das ist mehr, als ich vertragen kann.

Nach ein paar Metern holt mich Ben ein und nimmt mich in die Arme. Ich flüstere in seine Schulter: »Meinst du, sie hat uns gesehen? Mich, wie ich aus eurem Haus gekommen bin?« Ich beiße mir auf die Lippen.

»Kann sein«, ist die leise Antwort.

Endlich, endlich sind sie draußen. Das blaue Blinklicht scheint nicht mehr durch die Fenster. Es ist wieder Ruhe in unserer Straße eingekehrt. Darüber sind wahrscheinlich auch die Nachbarn froh. Immerhin ist es schon drei Uhr.

Die Polizisten haben netterweise die Hintertür provisorisch wieder verschlossen. Aber sicher fühle ich mich dadurch wirklich nicht. Nachdem ich für die Ordnungshüter nicht mehr sachlich und taff sein muss, breche ich kläglich zusammen. Ich bin klein und hüllenlos und beschmutzt, und meine sichere Welt ist total ins Trudeln geraten. Ich kauere mich auf meinem geliebten Sofa zusammen, drücke ein Kissen fest an meine Brust, wiege mich vor und zurück, wimmere leise. Ben sitzt ein bisschen hilflos neben mir Häufchen Elend und streichelt mir beruhigend über den Rücken.

»Karin, es tut mir so leid. Ich hätte vorhersehen sollen, dass Verena austickt. Ich bleibe heute Nacht bei dir und beschütze dich. Sie wird sich sicherlich nicht mehr hier blicken lassen. Du bist in Sicherheit. Es tut mir so leid. Kann ich irgendetwas für dich tun?«

»Nein. Bleib nur hier.« Ich weine ihm das Hemd nass.

So sitzen wir eine lange Weile.

»Soll ich Martin anrufen, damit er herkommt?«

»Nein, auf keinen Fall!« Diese Idee katapultiert mich mit Lichtgeschwindigkeit aus meinem Selbstmitleid. Meine Familie darf mich so nicht sehen. Sie dürfen nicht zurückkommen, solange noch Gefahr besteht, dass Verena oder Hinterdobler uns etwas antun können. Sie sollen ruhig noch bis zum Ende der Ferien im sicheren Sizilien bleiben. Sicheres Sizilien, ha! Auf jeden Fall hoffe ich, dass in ein paar Tagen der ganze Spuk vorbei ist, Hinterdobler verhaftet, Verena gefunden und ebenfalls verhaftet ist. Dann kann alles wieder normal werden. Dann verkraften sie auch den Einbruch besser. Das gibt noch Aufregung genug.

»Aber …«

»Nein, Ben. Keine Diskussion. Wir müssen nicht mehr darüber reden. Wenn du mir etwas Gutes tun willst, so hol mir doch bitte die Rescue-Tropfen aus dem Medizinschränkchen in der Speisekammer und ein Glas Wasser. Danke.«

»Du solltest jetzt versuchen, ein wenig zu schlafen. Ich passe auf. Morgen sieht alles gleich wieder anders aus.«

»Ja, morgen, nein, heute in zwei Stunden beginnt die Osternacht. Das heißt, ich muss spätestens in zweieinhalb Stunden auf dem Kirchplatz stehen.«

»Karin, das ist doch nicht dein Ernst?« Ben sieht mich absolut verständnislos an.

»Das ist sehr wohl mein Ernst. Du meinst doch nicht wirklich, dass ich mich jetzt schlafen legen und erst in zehn Stunden wieder aufwachen werde. Natürlich will ich sehen, wie Hinterdobler verhaftet wird. Und ich möchte mich davon überzeugen, dass wir tatsächlich tausend Unterschriften zusammenhaben. Ich gehe hin, keine Frage!«

Bei meinen Kindern hätte ich noch »Und damit basta!« hinzugefügt, aber ich konnte mich bei Ben gerade noch davon abhalten.

»Erzähl mir doch ein bisschen von dir«, fordere ich ihn stattdessen auf. »Das lenkt mich ab und verhindert, dass ich doch einschlafe. Hast du noch Geschwister?«

Also verbringen wir die nächsten zwei Stunden auf meinem Sofa, in die großen Kissen gekuschelt, ich nippe an meinem Rescue-Wasser, und Ben erzählt. Nachdem er die Verwunderung über meine Bitte überwunden hat, macht er sich ganz gut als Ablenkung. Er kramt Geschichten aus seiner Schulzeit hervor und bringt mich sogar zum Lachen. Interessanterweise war er damals ein schüchterner Junge mit Zahnspange und Brille, alles andere als ein Mädchenschwarm. Es ist amüsant, seine Bemühungen um den ersten Kuss mitzuverfolgen. Seine Angebetete hatte auch Brille und Zahnspange. Brillen stießen klackernd zusammen, Zahnspangen hätten sich beinahe verhakt. Es ist oft nicht leicht, erwachsen zu werden.

»Oh, kannst du die Story meinen pubertierenden Kindern erzählen? Da können sie etwas fürs Leben lernen«, meine ich.

»Wenn du willst. Vielleicht finde ich auch noch ein Foto von damals. Zur Untermalung des Ganzen.«

»Das wäre prima!«

Seine Erzählungen haben meine Nerven so weit wiederhergestellt, dass ich mich für die Osternacht und das, was dort noch geschehen soll, stark genug fühle. Ich rapple mich auf und stelle mich unter die Dusche. Nicht ohne vorher in den anderen Zimmern des ersten Stockwerks nachzusehen, ob auch wirklich niemand mehr hier ist.

Das heiße Wasser tut gut. Es wäscht ein wenig von dem imaginären Dreck ab, den Verenas Gewaltakt hinterlassen hatte. Danach schminke ich mich ein bisschen, denn ich schau wie Dünnbier mit Spucke aus. Ich ziehe mir zwei warme Pullis übereinander an, weil mir, so übernächtigt und mitgenommen, wie ich bin, kalt ist. Kälter, als es sowieso schon wäre.

Ben hat mir in der Zwischenzeit eine Kanne Tee gekocht und ein Butterbrot geschmiert. Hunger habe ich überhaupt keinen, aber es ist lieb gemeint.

»Ben, du bist ein echter Freund. Ich habe dir noch gar nicht für deine Hilfe gedankt. Ohne dich wäre ich vielleicht gar nicht mehr am Leben. Danke.« Ich umarme ihn und küsse ihn auf die Wange.

»Ist doch selbstverständlich«, wehrt er ab.

Dann brechen wir auf. Er lässt sich nicht davon abhalten, mich zu begleiten. Als mein Bodyguard, wie er sich ausdrückt. Mir ist es mehr als recht. Zwar glaube ich nicht, dass sich Verena auf dem Kirchplatz blicken lässt. Schließlich wird es von Polizisten wimmeln. Aber sicher ist sicher.

Es ist noch dunkel draußen. Wir müssen für einen Parkplatz ein paarmal um den Block fahren. Nicht nur die Ostermessebesucher haben ihre Autos um die Kirche herum abgestellt, sondern auch ziemlich viele Polizeiwagen blockieren die Straßen. Es wird also ernst.

Als wir zu Fuß zum Platz kommen, sehen wir schon meine Mitstreiter vor dem Kirchenportal. Sie haben einen Tapeziertisch aufgestellt, österlich dekoriert, und mittendrin stehen die dreiundvierzig Osterkirchen. Mit Puderzucker, in Zellophan gewickelt. Es sieht toll aus. Große Plakate rechts und links machen auf die Aktion aufmerksam. Max ist da und Frau Vordermaier, Herr Biedersteiner, Franz, Heike und so manche andere. Große Begrüßung.

Mir fällt auf, dass Marianne fehlt. Sie wird jetzt wohl vom Mord an Simon gehört haben und wahrscheinlich ziemlich erschüttert sein. Ich habe fast ein schlechtes Gewissen, dass ich es ihr nicht selbst gesagt und ihr in ihrem Kummer beigestanden habe. Trotz ihrer bösen Worte das letzte Mal. Aber in den vergangenen Stunden hatte ich wahrlich etwas anderes zu tun.

Unter den Umstehenden ist der Mord an Simon natürlich auch das große Thema. Es wird viel gerätselt und spekuliert, aber Max, Ben und ich halten uns aus den Debatten raus. Dann taucht tatsächlich doch Marianne auf. Ganz blass und eingefallen kommt sie unsicher näher.

»Marianne!« Ich laufe zu ihr hin. Ich verdränge einfach ihre letzte unfreundliche Reaktion und umarme sie. »Es tut mir so leid. Du hast ja Simon von uns allen am besten gekannt.« Und schön darüber geschwiegen, aber ich will jetzt nicht nachtragend sein.

Sie drückt ein Taschentuch an ihre Augen. Fast kann ich nicht verstehen, was sie flüstert. »Ich konnte nicht allein in meiner Wohnung bleiben.«

»Natürlich. Komm.« Ich lege einen Arm um ihre Schultern und geleite sie zu unserem Aktionstisch. »Schaut das nicht prächtig aus? Na, wenn das nicht den erwünschten Erfolg bringt, gell?«

»Ja, schön.« Sie tupft wieder an ihren Augen. »Aber warum sind hier so viele Polizisten? Wollen die unsere Aktion verbieten? Hätten wir sie anmelden müssen?« Sie schaut ängstlich umher.

»Wir haben sie angemeldet, sei unbesorgt.« Dann fingere ich an der perfekten Dekoration. Mehr will ich zu diesem Thema nicht sagen.

Die letzten Orgelklänge verklingen, das Kirchenportal öffnet sich, die Kirchgänger strömen nach draußen. Meine Mitstreiter treten in Aktion. Ich kann nichts tun, ich bin vollauf damit beschäftigt zu beobachten. Die Polizisten haben sich aus ihren Autos begeben und rund um den Kirchplatz postiert. Ein älterer grauhaariger Mann, wohl der Polizeihauptkommissar unserer Stadt, stellt sich mit zwei Kollegen in Positur. Sie halten genauso wie ich nach Hinterdobler Ausschau.

Endlich kommt auch er aus der Kirche. Seine unscheinbare Frau an seiner Seite. Grüßt jovial nach allen Seiten, schüttelt Hände, wünscht frohe Ostern. Da bemerkt er unseren Tisch. Schiebt Leute beiseite. Überblickt die Situation. Eine Ader auf seiner Stirn schwillt an, sein Gesicht wird wutrot, er entdeckt mich und fängt zu schreien an.

»Sind Sie von allen guten Geistern verlassen! Das ist Blasphemie! Wie können Sie es wagen, hier vor der Kirche zu stehen und am Ostersonntag die frommen Bürger mit ihren Mätzchen zu belästigen? Da muss ich mir ja vorkommen wie Jesus, als er die Händler aus dem Tempel gejagt hat. Packen Sie Ihren Schund zusammen und scheren Sie sich zum Teufel!«

Er nimmt eine Osterkirche in die Hand und will sie gerade voller Wut zu Boden werfen, da fällt ihm auf, dass sich keiner um ihn herum gerührt hat. Weder seine frommen Bürger noch wir Angegriffenen. Alle stehen wie zur Salzsäule erstarrt da. Einige schauen ihn an, aber die Mehrzahl starrt auf die drei Polizisten, die in absoluter Ernsthaftigkeit auf Hinterdobler zugehen und dicht vor ihm stehen bleiben. Ihre Kollegen haben den Kreis enger gezogen und sind im Hintergrund präsent.

»Servus, Sepp!«, wendet sich Hinterdobler an den Chef, immer noch wütend, aber sichtlich um Gesichtswahrung bemüht. »Gut, dass du kommst. Willst bestimmt den Platz räumen. Das ist die richtige Vorgehensweise gegen diese Banditen.«

Sepp, der Polizeihauptkommissar, schaut dem Hinterdobler fest in die Augen. »Alfons Hinterdobler, ich nehme dich wegen Verdachts auf Mord an Wilhelm Wallner fest. Du weißt, alles, was du sagst, kann gegen dich verwendet werden. Du hast ein Recht auf einen Anwalt …«

Hinterdobler pfeffert mit Wucht die Osterkirche, die er immer noch in der Hand hält, dem Hauptkommissar ins Gesicht, dreht sich um und will in die andere Richtung davonlaufen. Aber die umstehenden Polizisten packen ihn, nicht gerade sanft, und halten ihn fest.

Der Hauptkommissar beendet seine Rede, dann führen sie Hinterdobler ab. Ein Tumult entsteht. Seine Frau ist einer Ohnmacht nahe und wird von Bekannten gestützt. Alle reden laut durcheinander. Diejenigen, die zu weit weggestanden sind, um etwas zu sehen, die aber mitbekommen haben, dass etwas Interessantes passiert ist, drängen nach vorn und wollen Aufklärung.

Ich grinse Ben an, und wir umarmen uns voller Freude, dass die Gerechtigkeit in manchen Fällen also doch siegt. Keiner denkt mehr daran, auf unserer Liste zu unterschreiben. Flugblätter flattern zu Boden und werden zertreten. Marianne aber stöhnt klagend auf und läuft jammernd dem verhafteten Hinterdobler hinterher. Da ich gerade auch Max begeistert umarme und wir *give me five* abklatschen, bekomme ich dies erst mit, als Marianne sich weinend von hinten an den Jackenzipfel vom Hinterdobler klammert und auf die Polizisten einredet. Da sind sie schon fast am Polizeiwagen.

Einer von den eskortierenden Männern löst Marianne vom Hinterdobler, der andere drückt dessen Kopf nach unten, und sie schieben ihn in das Auto. Hinterdobler schaut zuerst Marianne an, dann starrt er feindlich in meine Richtung. Unsere Blicke treffen sich. Mir läuft es eiskalt über den Rücken. Bin ich froh, dass dieser Mensch weggesperrt wird, hoffentlich für ganz lange.

Marianne wird mit einer Handbewegung davongescheucht. Die Türen werden zugeschlagen. Der Wagen schert aus der Parklücke aus und fährt davon. Marianne brüllt: »Alfons!«, so laut, dass es alle auf dem Kirchplatz hören, schwingt sich auf ihr Fahrrad und radelt hinterher.

Ich will ihr nachlaufen, aber Ben hält mich fest. »Das hat keinen Sinn, Karin. Du bist zu Fuß, sie hat ein Rad. Außerdem ist das ihr Kummer, nicht deiner.«

»Aber warum ist die Verhaftung vom Hinterdobler so ein Drama für sie?«

»Das wissen Sie nicht?« Herr Biedersteiner ist neben mich getreten. »Marianne war früher seine Geliebte.«

»Ja, ja. Das hat auch Simon in seinem Brief geschrieben. Aber das ist doch schon Jahrzehnte her!« Ich kann es nicht glauben.

»Nun, hier trifft wohl das Sprichwort ›Alte Liebe rostet nicht‹ zu. So wie es ausschaut, empfindet zumindest Marianne immer noch sehr viel für Hinterdobler.«

»Ja, aber warum hat sie dann überhaupt bei unserem Bürgerbegehren mitgemacht?«

»Vielleicht wollte sie sich bei ihm wieder in Erinnerung rufen.

Der Wunsch, Aufmerksamkeit zu erregen. Ich weiß es nicht. Ich spekuliere nur.« Herr Biedersteiner zuckt die Schultern.

»Nun, kommen Sie, liebe Frau Schneider, gehen wir in das Café dort drüben und stoßen wir auf die Verhaftung vom Hinterdobler an. Möge er recht lange verwahrt werden.«

Der Aktionstisch ist inzwischen von fleißigen Helfern aufgeräumt worden. Es bleibt nichts mehr zu tun. Auch Ben, Max und die anderen drängen mich, mitzukommen. Also gebe ich nach.

Im Café nippe ich nur an meinem Prosecco. Zu viel Alkohol würde mich jetzt glatt umhauen. Die anderen sind fröhlich und ausgelassen. Ich versuche, nicht an Marianne zu denken. Oder an Verena.

Gerade als ich mich doch langsam etwas entspanne, stürzt Heike herein und eilt zu unserem Tisch. »Mensch, Leute, ich hab eben Verena gesehen!«

Ben springt auf. Die Prosecco-Gläser klirren. »Wo?«

»Draußen auf dem Kirchplatz.« Heike ist ein wenig außer Atem.

Aufgeregt will Ben sich umdrehen und hinauslaufen, aber Heike hält ihn am Ärmel fest. »Bleib hier. Sie ist schon wieder weg.« Als er sich trotzdem losreißen möchte, schiebt sie hinterher: »Mit dem Auto.«

»Mit dem Auto?« Er lässt sich hart auf seinen Platz zurückfallen. »Wieso? Ich verstehe gar nichts mehr.«

Wir anderen rücken für Heike einen Stuhl zurecht. »Erzähl!«

Sie setzt sich, beugt sich erregt nach vorn und sieht uns mit weit aufgerissenen Augen an. »Also. Ich hab gerade die letzte Kiste mit den übrigen Osterkirchen zu meinem Auto getragen. Da treffe ich eine Mutter aus dem Kindergarten. Sie hat die Verhaftung vom Hinterdobler auch mitgekriegt, und wir reden darüber. Ganz klar. Da sehe ich aus den Augenwinkeln eine Frau so seltsam an einer Kastanie lehnen. Ich rede und schau dabei immer wieder zu der Frau hinüber. Irgendwie kommt sie mir bekannt vor, aber sie sieht so abgerissen aus. Ganz schmutzig, die Haare hängen ihr in fettigen Strähnen ins Gesicht, die Klamotten völlig verdreckt. Und dünn ist sie. Richtig abgemagert. Überhaupt schaut sie krank aus, wie sie so vornübergebeugt nahe am Baum steht. Leicht vor- und zurückschwankt. Die Bekannte legt mir weiter ihre Ansichten dar, und ich denk mir noch, wie beunruhigend, dass es jetzt in Kirchmünster auch schon Junkies gibt. Kenne ich nur vom Ostbahnhof in München. Da spricht jemand die Frau an, und ich meine zu hören, dass der Mann ›Bist du das, Verena?‹ gesagt hat. Mich reißt es gleich. Ich schau genauer hin. Und das kann echt sein! Die Frau macht eine abwehrende Handbewegung und setzt sich in Bewegung. Fast torkelnd. Der Mann schüttelt seinen Kopf und geht weiter.« Heike schaut in die Runde.

Wir hören ihr alle mit angehaltenem Atem zu. »Und dann?«

Jetzt kratzt sich Heike verlegen am Kopf und blickt von schräg unten zu Ben hoch. »Ich bin irgendwie vor Überraschung ganz erstarrt. Beobachte, wie die Frau, also Verena mein ich, dann über die Straße geht und in der Seitengasse verschwindet. Kurz darauf höre ich, dass ein Auto angelassen wird und wieder abstirbt. Das ist der Sportflitzer von der Verena, denk ich noch und renn los. Aber ich komme zu spät. Als ich um die Ecke biege, stottert sie gerade aus der Parklücke, fährt fast dem vorderen Wagen die Stoßstange ab, gibt dann richtig Gas und düst davon. Zwei Zettel fliegen durch die Luft. Die hab ich aufgehoben. Dann bin ich gleich zu euch.« Heike legt zwei Strafzettel für Falschparken auf den Tisch.

Ben starrt ein paar Sekunden lang regungslos darauf, dann sucht er hektisch sein Handy. Tippt, hält es sich ans Ohr. Die Aufregung lässt ihn nicht stillsitzen. Er stößt mit Schwung seinen Stuhl nach hinten, die Holzbeine kratzen über den Boden, wir anderen machen ihm Platz. In den Lärm hinein schreit er ins Telefon.

»Hier ist Ben Berger.« Er hebt Ruhe gebietend die Hand. Lauter: »Ben Berger. – Ja. – Hören Sie, meine Frau wurde gerade am Kirchplatz gesehen. – Ja. – Sie ist mit ihrem Wagen weggefahren. – Ja. – Das rote Sportcoupé. Kennzeichen: PA–VB … Genau. – Sie leiten eine Fahndung ein? Gut. – Ja. – Wiederhören.«

Er steckt sein Handy in die Tasche und blickt mich an. »Ich muss sie suchen.«

»Ich komme mit!« Rasch stehe ich auf. Wir nicken den anderen zu und sind schon zur Tür hinaus.

Im Auto ist Ben angespannt und schweigsam. Er fährt ziemlich schnell, nimmt manchem die Vorfahrt und scheint in seiner eigenen Welt, weit weg von hier. Mir ist das nicht geheuer, und ich versuche, wieder eine Verbindung zu ihm zu bekommen. »Wo wollen wir denn zuerst suchen?«

Schweigen. Dann, als ich schon den Mund öffne, um meine Frage zu wiederholen, antwortet er doch. »Ich weiß es nicht. Kann im Moment nicht klar denken. Fahre einfach mal die Straßen ab.«

»Meinst du nicht, wir sollten kurz halten und überlegen, was wir machen? Sonst vergeuden wir vielleicht wertvolle Zeit.«

Ben sieht mich lange an. Gefährlich lange für einen Mann, der hinter dem Steuer eines fahrenden Autos sitzt. »Ja, du hast wahrscheinlich recht.«

Gottlob. Er fährt in eine Parkbucht und macht den Motor aus. Stille. Die Hände am Lenkrad, spricht er in Richtung Windschutzscheibe.

»Karin, ich möchte sie eigentlich gar nicht finden.«

Er wendet sich mir zu, und seine blauen Augen sind fast grau vor Kummer. »Ich bin mürbe. Und todmüde. Dieser Terror geht schon zu lang. Es ist der blanke Horror, mit einer psychisch kranken Frau zusammenzuleben. Ich will das nicht mehr.«

»War sie denn früher auch schon so?« Ich kann mir das gar nicht vorstellen. Schließlich hab ich sie als durchorganisierte, moderne Frau kennengelernt.

»Ha!« Er schlägt auf das Lenkrad. Dann beugt er sich zu mir herüber, bis er meinem Gesicht ganz nahe ist. »Früher dachte ich, ich heirate eine lebenslustige, fröhliche Frau und kriege einen Stall voll Kinder mit ihr. Aber – ich – lag – falsch.« Er wirft sich hinter in die Lehne seines Autositzes und rauft sich mit beiden Händen die Haare. Dann sackt er wieder in sich zusammen.

»Schon ein Jahr nach der Hochzeit musste ich feststellen, dass ich mich unglaublich geirrt hatte. Ein Wunder, dass sie ihre Komödie überhaupt so lange durchgehalten hat.«

»Was war denn?«

»Ach, sie hatte Stress in der Arbeit. Steigerte sich da rein. Wurde depressiv. Ging nicht mehr zur Arbeit, ging überhaupt nirgendwo mehr hin. Saß den ganzen Tag nur in der Küche und konnte sich nicht entscheiden, ob sie die Tasse Kaffee nun trinken soll oder nicht. Es war lächerlich.« Er schnaubt verächtlich.

»Anfangs hab ich noch mitgelitten, mir Sorgen gemacht. Wie viele Nächte hab ich mir mit sinnlosen Gesprächen um die Ohren gehauen? Ich weiß es nicht. Zu viele. Dann hab ich sie gepackt und in die psychosomatische Klinik bei uns gebracht. In der Nähe von Oberstaufen. Das war das einzig Richtige. Ihr Arzt, Doktor Frank, hat ihr wirklich sehr geholfen. Gesprächstherapie, Antidepressiva, manchmal Beruhigungs- und Schlafmittel. Hat sie immer wieder in die Höhe gebracht. Auch die anderen Male.

»Hatte sie das denn öfter?«

»Ja, immer wieder. Es musste nur irgendetwas schiefgehen, dann wurden ihre Anfälle ausgelöst. Zu manchen Zeiten hat sie richtiggehend darauf gewartet. Sie trug immer ihre Tabletten in der Handtasche mit sich rum. Doktor Frank diagnostizierte eine bipolare Persönlichkeitsstörung mit Wahnvorstellungen bei ihr. Einfach ausgedrückt, himmelhoch jauchzend, zu Tode betrübt.«

Ich nicke. »Ich weiß, was das ist.«

Ben stutzt. »Ach ja, du bist ja psychologische Beraterin. Na, dann muss ich dir nichts erklären.«

»Hat dieser Doktor Frank auch festgestellt, was die Ursache für diese Störung war?«

»Erst tappte er im Dunkeln. Aber – na ja – ich hab mal ihre Tagebücher gefunden. Auch von früher. Und ich hab sie gelesen.« Trotzig: »Ja, warum nicht! Wir mussten doch den Grund erfahren. Und ich fand den Grund. Die Worte sind mir bis heute in mein Gedächtnis eingebrannt.«

Er umfasst das Lenkrad so fest, dass seine Knöchel weiß hervortreten. Zitiert mit schleppender Stimme: »*Ich hasse ihn so! Ich hasse ihn! Diesen Scheißkerl. Gestern Nacht ist er wieder betrunken vom Wasner Wirt gekommen. Hab seine schweren Schritte schon auf der Treppe gehört. Hab so getan, als ob ich schlafe. Aber es hat nichts genutzt. Er hat sich einfach auf mich draufgelegt. Mich mit seinen groben Wurstfingern angegrapscht. Mir seinen Alkoholgestank ins Gesicht gestöhnt. Hab versucht, an was anderes zu denken. Raus aus meinem Körper. Weit weg. Hab mich auf dem Bett liegen sehen. Er auf mir drauf. Aber das war gar nicht ich. Ich war oben im Himmel. Bei Mama. Mir konnte nichts passieren.«*

»Oh Gott.«

Ben läuft eine Träne über das Gesicht. Er scheint es nicht zu bemerken. »Das machte es nicht besser, dass ich wusste, woher ihre Krankheit kam. Manchmal hab ich es verdrängt. Wenn es gerade mal eine ruhige Zeit war, sie regelmäßig ihre kleinen rosa Pillen nahm. Dann war monatelang Ruhe, und wir taten so, als ob alles in Ordnung wäre. Ich versuchte, ihr jeden Wunsch zu erfüllen. Wie auch den, wieder nach Niederbayern zu ziehen, ins Rottal. Kirchmünster. Zurück nach Hause. Wir haben das in der Therapie lange mit Doktor Frank besprochen. Er meinte, es wäre riskant. Aber sie wollte es so sehr. Und wir hatten gerade wieder eine gute Phase. Also haben wir's gemacht.«

Er hebt die Schultern und lässt sie langsam wieder sinken. »Es war ein Fehler. Das weiß ich inzwischen auch.« Ben wischt sich mit den Händen über das Gesicht.

»Als sie jetzt verschwunden ist, hab ich ihre Sachen durchsucht und dabei einen Ordner gefunden. Darin waren alle Zeitungsberichte, in denen der Hinterdobler drin vorkam, schön säuberlich ausgeschnitten und aufgeklebt. Wie eine verliebte Siebtklässlerin hat sie Herzerl danebengemalt und ›Meine große Liebe‹ dazugeschrieben. So ähnlich wie in der Hütte. Aber ich fand die Ausschnitte schon erschütternd. Ganz offensichtlich sind ihre alten Gefühle für ihn wieder aufgeflammt.« Verächtlich: »Der tolle Alfons! – Es würde mich auch gar nicht wundern, wenn sie gemeinsame Sache gegen dich gemacht haben.«

»Wie meinst du das?« Ich bin verwirrt.

»In dem Ordner waren auch alle Zeitungsausschnitte von dir drin.«

»Von mir?«

»Ja. Der Beginn der Bürgerinitiative. Das kollektive Schrubben der Hauswand vom Hinterdobler. Die Baumpatenaktion. Und dein Gesicht war immer mit Kugelschreiber vollgeschmiert. Manchmal bis zur Unkenntlichkeit. Und es standen auch nicht so nette Sachen daneben.«

»Was denn für Sachen?« Nicht schon wieder. Die Hütte hat mich schon genug schockiert.

»Nun, Schimpfwörter. Ich möchte das nicht wiederholen. Auf jeden Fall war mir klar, dass sie nicht mehr normal war, in letzter Zeit.« Er nimmt meine Hand. »Deshalb tut es mir auch furchtbar leid, dass ich nicht besser auf dich aufgepasst hab. Ich hätte vorhersehen müssen, dass du in Gefahr bist. So wie gestern Nacht. Tut mir leid.«

»Es ist ja nichts passiert.« Aber eigentlich meine ich das nicht so. Es ist sehr wohl etwas passiert, und mich schüttelt es jetzt noch, wenn ich daran denke.

Wir halten uns bei den Händen, jeder mit seinen eigenen Gedanken beschäftigt, und schweigen. Eine lange Zeit.

»Ich bin doch der Meinung, dass wir versuchen sollten, Verena zu finden. Sie braucht eindeutig Hilfe. Egal, was sie getan hat. Und so wie sie im Moment beieinander ist, scheint sie schwere Tage hinter sich zu haben. Vielleicht ist sie ernsthaft krank.«

Ben erwacht aus seinen Überlegungen. »Sie hatte früher immer wieder Migräneanfälle. Es kann schon sein, dass es sie jetzt auch erwischt hat.«

»Wo sollen wir also suchen?«

Ben seufzt. »Na gut. Auf ein Neues. Dann lass uns mal zum Hinterdobler fahren.«

»Aber der ist doch im Gefängnis.«

»Na, zu seinem Haus. Vielleicht ist sie ja da.«

»Okay, probieren wir es.«

Also machen wir uns auf den Weg. Diesmal sehr viel umsichtiger als vorher, zu meiner Beruhigung. Als wir in die kleine alte Straße einbiegen, in der das Haus vom Hinterdobler steht, bremsen wir jäh.

Vor dem Grundstück parken mehrere Autos, die eindeutig Presseleuten gehören. Sogar der Übertragungswagen vom TRP 1, dem lokalen Fernsehsender, hat sich neben der Einfahrt postiert. Frau Hinterdobler wird offensichtlich belagert. Paparazzi in Kirchmünster. Wir schauen, dass wir wegkommen. Hier hält sich Verena bestimmt nicht versteckt.

Dann versuchen wir es noch bei den einen oder anderen Freunden von ihr. Aber Fehlanzeige. Inzwischen halten wir uns nur noch mit Mühe auf den Beinen. Die letzten Tage waren extrem anstrengend, und der mangelnde Schlaf macht sich bemerkbar. Doch Ben hat noch eine Idee.

»Wir müssen zu Marianne. Mensch, warum bin ich nicht gleich darauf gekommen! Los!«

Also fahren wir zu Mariannes Haus. Es ist erst ein paar Stunden her, dass Marianne verzweifelt dem verhafteten Hinterdobler hinterhergeschrien hat. Ich fühle mich mehr als unwohl, jetzt zu ihr zu fahren. Aber es muss sein.

Mein Gott! Ob Sie's glauben oder nicht: Vor dem Haus steht halb in der Einfahrt, halb auf dem Gehsteig der rote Sportwagen von Verena.

Ben hält mit knirschenden Reifen davor und springt aus dem Auto. Ich folge ihm zögernd. Er ist schon den Gartenweg zur Haustür gelaufen und läutet Sturm. Als sich nicht sofort etwas rührt, schlägt er mit seiner Faust kräftig gegen die grüne Holztür.

»Marianne, mach auf! Wir wissen, dass Verena bei dir ist!« Aufgebracht und wütend hört er sich an. Man könnte direkt Angst vor ihm bekommen. Der massive Schlafentzug hat unser aller Nerven stark geschädigt.

Aber sein Pochen und Klingeln bleibt ohne Erfolg. Nichts rührt sich. Ben schickt sich gerade an, um das Haus zu laufen, eine Terrassentür oder einen Hintereingang zu finden.

Ich versuche, ihn aufzuhalten. »Ben, das ist Hausfriedensbruch.« Da öffnet sich im ersten Stock über uns ein Fenster. Wir treten ein paar Schritte zurück, um besser sehen zu können.

Marianne steht oben, hält sich am Fenstergriff fest. Sie schaut entsetzlich aus. Ihre sonst so sorgfältig frisierten Haare stehen ihr nach allen Seiten ab. Die Kleidung ist verknittert. In ihrem kalkweißen Gesicht erscheinen ihre Falten tief eingeschnitten. Die rot geweinten Augen fallen so besonders deutlich auf. Ihre andere Hand, die sie auf das Fensterbrett stützt, hält ein zerknülltes Taschentuch.

»Was wollt ihr? Haut ab! Ich will niemanden sehen!«

»Marianne, lass uns rein. Wir müssen mit Verena reden.«

»Verena ist nicht da.«

Ben deutet auf den Sportwagen. »Aber da steht doch ihr Auto.«

Keine Antwort.

Jetzt versuche ich es: »Marianne, Verena braucht Hilfe. Lass uns ins Haus. Bitte!«

»Dass sie Hilfe braucht, weiß ich selbst. Schließlich ist sie zu mir gekommen. Völlig krank mit ihrer Migräne. Ich hab ihr Tabletten gegeben, sie hat etwas geschlafen, aber jetzt ist sie wieder fort.«

In plötzlich aufbrausender Wut lehnt sie sich weit aus dem Fenster. »Außerdem will sie dich bestimmt nicht sehen!« Ihre Augen funkeln mich erzürnt an. »Schließlich bist du ja daran schuld, dass sie den Alfons verhaftet haben. Du hast dich ja unbedingt in alles einmischen müssen. Und du hast dich an ihren Mann rangemacht. Meinst du, das weiß sie nicht? Und wegen dir musste der Simon … Meine arme Kleine!« In lautes Schluchzen ausbrechend, schlägt sie das Fenster so heftig zu, dass die alten Holzrahmen erzittern.

Am Boden zerstört und am Ende meiner Kräfte wanke ich zu Bens Auto zurück und lasse mich auf den Sitz fallen. Ich registriere nur am Rande, dass Ben mit der Polizei telefoniert, ihnen den Fundort des Sportwagens und in knappen Worten das eben Geschehene berichtet. Dann steigt auch er ein.

»Du bist an gar nichts schuld, Karin. Ganz bestimmt nicht.«

Ich sehe ihn nur an. Zu erschüttert, um zu reden. Er startet den Motor und fährt uns zu mir nach Hause.

Ich bin todmüde. Möchte nur noch ins Bett.

»Ben, ich gehe schlafen. Du musst nicht Wache schieben. Geh nach Hause. Ich komme hier zurecht.«

»Auf keinen Fall lasse ich dich allein! Verena läuft immer noch frei herum. Ich werde es mir auf deinem Sofa gemütlich machen, wenn ich darf, und auch ein wenig schlafen. Drüben würde ich mir nur um dich Sorgen machen. Okay?«

»Okay. Also, bis später.« Ich küsse ihn auf die Wange und gehe nach oben. Ich falle sofort in einen tiefen Schlaf.

Mein Handy vibriert. Ich brauche einige Zeit, um zu checken, dass dieses Geräusch nicht von dem Vogel verursacht wird, der in meinem Traum auf einem Ast saß und sang. Handy. Unwillig befreie ich mich aus den sanften Fängen des Traumes und krabble mühsam an die Oberfläche meines Bewusstseins.

»Hallo?« Ich unterdrücke ein Gähnen.

»Hallo, Karin. Ich bin's.« Stille. Ich sage nichts. Was soll ich auch sagen? Dann redet sie weiter: »Ich möchte mich bei dir entschuldigen. Mir ging es nicht gut.«

»Aha.«

»Ich muss dich sprechen. Hast du Zeit?«

»Ja. Schon.«

»Gut. Treffen wir uns bei der Scheune vom Wallner Willi. Weißt du, wo das ist?«

»Hm. Ja. An der Straße nach Uttlau, oder? Aber warum denn?«

»Du willst doch wissen, wie der Willi umgekommen ist. Ich kann dir dort was zeigen.«

»Also gut, in zwanzig Minuten. Wieso …?« Aber die Verbindung wurde schon unterbrochen.

Ich kämpfe mich aus meinen Decken, mache mich fertig und tapere die Treppe nach unten. Ich sehe, dass Ben tatsächlich im Wohnzimmer auf dem Sofa liegt und schläft. Anscheinend auch sehr fest, denn er wacht von meinen Geräuschen nicht auf. Ich nehme mir einen Apfel aus dem Obstkorb, schreibe ihm kurz eine Nachricht und gehe.

Es ist schönstes Ostersonntagnachmittagsspazierfahrwetter. Obwohl ich eigentlich noch gern viele Stunden geschlafen hätte, bin ich fast zufrieden, bei heiterem Sonnenschein durch die Gegend zu gondeln.

Der Bauernhof vom Wallner liegt etwas außerhalb und direkt an der Landstraße. Früher war es sicherlich nur ein kleines Sträßchen, das hier vorbeiführte. Heute brausen einige Ausflügler auf dem Weg zum Golfplatz hier vorüber.

Während der Fahrt grüble ich darüber nach, was Marianne mir denn plötzlich zeigen möchte. Ihre Stimmungsschwankungen finde ich beunruhigend. Erst beschimpft sie mich aufs Schrecklichste, und jetzt will sie mir helfen. Seltsam. Aber interessant. Vielleicht ist sie wieder normal geworden. Und ich bekomme einen weiteren Baustein für eine hieb- und stichfeste Anklage gegen Hinterdobler. Warten wir's ab.

Schon bin ich beim Bauernhof angekommen. Keiner hier. Ich lenke mein Auto etwas an die Seite und öffne meine Tür.

Der silbergraue Mercedes 190 D hat es ein bisschen zu eilig und erwischt mich von hinten, als ich gerade aus meinem Auto steige. Ich hätte doch nicht so nah an der Landstraße parken sollen. Oder mich wenigstens umsehen, bevor ich die Autotür öffnete. Nun, zu spät. Ich fliege durch die Luft wie ein Dummy bei einem Aufpralltest und krache mit voller Wucht auf den Asphalt.

In der Zeitung steht später, ich wäre sofort tot gewesen. Das wird auch der Polizist sagen, als er die traurige Nachricht meinem Mann und meinen vier wunderbaren Kindern überbringt und sie ihn mit großen schreckgeweiteten Augen stumm anstarren.

Aber was wissen die Lebenden schon. Von »sofort« kann keine Rede sein. So ein Flug durch die Luft kann verdammt lang dauern, wenn man weiß, man hat keine Chance mehr. Und man es nicht fassen kann, dass man so blöd gewesen ist.

Für die Außenstehenden scheint es nur eine Sekunde zu dauern, bis ich zehn Meter von der Unfallstelle blutend auf der Straße liege. Aber für mich verstreicht die Zeit viel langsamer. Zeit ist relativ, da hatte der alte Einstein tatsächlich recht. Ich fliege für meine Empfindung in Zeitlupe durch die Luft. Strecke meine Arme aus, im vergeblichen Versuch, den Sturz abzufangen. Drehe mich in der Luft um die eigene Achse. Der Aufprall des harten Metalls hat mir einen Drall versetzt wie der Queue bei der schwarzen Acht.

Ich beschreibe also meinen Looping in drei Metern Höhe und schaue so von oben auf diesen Mercedes. Die Frau hinter dem Steuer hat wohl auf die Bremse gedrückt, denn der Wagen schlingert etwas auf der Straße, und die Reifen quietschen. Die Frau hinter dem Steuer hat große braune Augen und braun-graue Haare. Die Frau hinter dem Steuer kenne ich.

Erstaunt stelle ich da oben in der Luft fest, dass es Marianne ist.

Warum schaut sie so verbissen? Warum hat sie mich denn angefahren? War es ein Unfall? Nein. Sie fuhr mit unverminderter Geschwindigkeit einfach auf mich drauf. Warum? Wollte sie den Hinterdobler rächen, weil er heute verhaftet wurde? Wahrscheinl…

Meine Flugbahn ist zu Ende. Ich denke nichts mehr. *Zero*. Aus. Stille.

Lassen wir eine Gedenkminute verstreichen. Atmen Sie tief durch. Hat Sie das Ende aufgewühlt?

Manche werden sich vielleicht fragen: Die Karin stirbt doch da jetzt nicht echt, oder?

Darauf kann ich nur antworten: In der Tat. Sie liegt zerquetscht wie eine Mücke auf der Fahrbahn, und das war es. Es muss ja nicht immer ein Happy End geben.

Wenn Sie jetzt, wie so viele andere auch, zahlreiche Holly- und Bollywoodstreifen konsumiert haben, werden Sie mir wahrscheinlich widersprechen. Geschichten müssen gut ausgehen.

Wie ist es mit Ihnen? Finden Sie es schade, dass es so mit ihr zu Ende gehen musste? Ist sie Ihnen vielleicht im Laufe der Geschichte ein wenig ans Herz gewachsen? Das wäre schön.

Aber es gibt auch die andere Seite. Diejenigen, die gern auf ein Happy End verzichten, eines dramatischen Schlussakkords wegen.

Nun gut. Alle Hardcoreler können hier zu lesen aufhören. Karin ist erledigt. Marianne hat sich gerächt. Wegen Alfons, wegen Verena und auch ein wenig wegen Simon. Sie hat für ihre Version der Gerechtigkeit gesorgt. *Fini*.

Aber für all diejenigen, die noch an das Gute im Menschen und in einer Geschichte glauben, geht es hier weiter. Höre ich Applaus?

Spulen wir also die letzten Minuten zurück:

Schon bin ich beim Bauernhof angekommen. Keiner hier. Ich lenke mein Auto etwas an die Seite, stelle den Motor ab und will meine Tür öffnen. Als ich schon mit einem Bein draußen bin und mich gerade aus dem Autositz schwingen will, klingelt mein Handy. Wer ruft mich denn jetzt an?

Ich sinke wieder auf meinen Sitz zurück, nehme das Gespräch an und bin gerade im Begriff, mein Bein wieder in den Fußraum zu stellen, da spüre ich einen immensen Luftzug. Im selben Augenblick scheuert Metall auf Metall, meine Autotür wird aus ihren Angeln gerissen und schlägt unter ungeheurem Getöse halb an den Kotflügel, halb auf die Straße. Meine gepeinigten Ohren und malträtierten Nerven schreien auf. Ich schreie mit ihnen.

Der silbergraue Mercedes 190 D kommt nach dem Aufprall ein wenig ins Schlingern. Ich sehe, wie die Frau, die ihn steuert, sich umdreht. Marianne? Marianne! Marianne blickt wütend hinter sich. Sie sieht mich verstört, aber lebendig in meinem Auto sitzen. Sie hatte es wohl anders geplant.

Man sollte sich allerdings bei hundertzwanzig Kilometern pro Stunde auf die Straße konzentrieren. Vor allem wenn das Fahrzeug, das man lenkt, schon aus der Spur gerät. Da wäre volle Konzentration vonnöten. Marianne schaut aber ein wenig zu lange nach ihrer verpassten Chance.

Der Mercedes, endlich ohne Aufsicht, nutzt diese Gelegenheit, fährt, ohne zu zögern, über die Gegenfahrbahn und stürzt sich auf das dahinterliegende Feld. Holterdiepolter bockspringt er über die gepflügte Stoppelwiese, bekommt Schlagseite, gibt ihr nach und unternimmt ein paar Seitwärtsrollen. Nach diesem Zirkusstück bleibt er erschöpft auf dem Dach liegen.

Ich halte mir immer noch das Handy ans Ohr, atemlos und ungläubig dieses Drama verfolgend, unfähig, mich zu bewegen. Der Mercedes liegt endlich still. Gibt ein seltsames Bild ab. Da dringt auch die Stimme in mein Bewusstsein, die wohl schon die ganze Zeit über meinen Namen gerufen hat. Mit steigernder Dringlichkeit.

»Karin! Sag doch endlich etwas. Karin!«

»Marianne ist gerade ins Feld gefahren.«

»Marianne? Wo bist du?«

»Der Mercedes liegt auf dem Dach.«
»Karin, wo bist du?«
»Sie hat meine Tür abgefahren.«
»Karin! ... Was siehst du?«
»Feld ... Mercedes ... Scheune ... da kommt ein Auto und hält ... ein Mann steigt aus und läuft zum Mercedes ... bückt sich und schaut zum Fenster hinein ... nimmt sein Handy und spricht ...«
»Karin, was siehst du noch, eine Scheune und ...?«
»Ein Bauernhaus, aber es steht leer.«
»Bist du beim Haus vom Willi Wallner?«
»Ja.«
»Bleib da, ich komme sofort.«
»Ja.«
Ich kann sowieso nichts anderes machen, außer hier zu sitzen, das Handy eingeschaltet in der Hand, und zu schauen.

Der Mann steckt sein Handy wieder ein. Beugt sich erneut hinunter, um in den Mercedes zu sehen. Versucht, die Autotür zu öffnen. Auf der Fahrerseite ist dies unmöglich, dazu ist sie zu verbeult. Also läuft er um den Wagen herum und probiert es an der Beifahrertür. Diese lässt sich öffnen. Er kriecht in den Wagen hinein. Ich kann nicht sehen, was er da drin macht. Dafür höre ich jetzt das Tatütata der Feuerwehr. Es kommt Hilfe.

Aber ich spüre, sie kommt zu spät. Kann mich immer noch nicht rühren. Ein rotes Feuerwehrauto wischt an mir vorbei und bleibt mit quietschenden Reifen stehen. Gerade dort, wo der Mercedes in das Feld abgetaucht ist. Der nächste rote Wagen, kleiner, der Notarzt. Und noch ein großer. Kann mich unbestimmt erinnern, mal gehört zu haben, dass immer mindestens drei Fahrzeuge ausrücken, auch wenn nur eine Katze aus dem Baum geholt werden muss. Aber hier ist es nicht nur eine Katze.

Die Männer springen aus ihren Fahrzeugen. Einige haben Werkzeuge in der Hand, der Notarzt trägt seine schwarze Tasche. Alle rennen zum Mercedes. Der Mann läuft ihnen ein paar Schritte entgegen, schreit ihnen etwas zu. Ich kann es nicht verstehen.

Die Männer beachten ihn nicht weiter. Stürmen zum Mercedes,

bücken sich ebenfalls, um, wie vorhin der Mann, durch das Fenster zu Marianne zu blicken. Der Notarzt schiebt sich vor. Springt dann auf, läuft zur anderen Seite und kriecht ebenfalls ins Wageninnere. Die Feuerwehrmänner beginnen einstweilen, auf der Fahrerseite mit Werkzeugen zu hantieren.

Wieder fährt ein Auto knapp an mir vorbei und hält direkt vor meinem Kangoo. Ein Mann springt aus dem Wagen, kaum dass der Motor abgestellt wurde. Er läuft auf mich zu.

»Karin!«

Ich hebe langsam meinen Blick von den Feuerwehrmännern zu dem Mann, der mir jetzt beinahe die Sicht nimmt. Meine Augen akkommodieren von Fernsicht auf Nähe. Versuchen, ihn zu erkennen.

»Ben.«

»Karin.« Erleichterung in der Stimme. »Kannst du aufstehen?«

»Ich weiß nicht.«

»Probier's doch mal. Komm, ich helfe dir.«

Ich stelle langsam meinen Fuß wieder auf die Straße, auf dieselbe Stelle wie vorhin. Erhebe mich, der zweite Fuß folgt, drehe mich zu Ben um und falle ich Ohnmacht.

Meine Erinnerung setzt an der Stelle wieder ein, als der Notarzt mir eine Spritze durch meine Jeans in den Oberschenkel setzt und die Nadel gerade wieder herauszieht. Diese Vorstellung könnte mir gleich noch einmal eine Ohnmacht verschaffen. Ich hasse Spritzen. Aber das Adrenalin wirkt schon zuverlässig. Sie drehen mich zum Auto und legen meine Beine auf den Sitz. Schocklage. Der Notarzt stellt Ben als meinen Aufpasser ab und geht zu seinem Wagen.

Ich lege mir den Handrücken auf die Stirn. Mir ist immer noch nicht wirklich gut. »Was ist jetzt mit Marianne?«

»Marianne? Ist das etwa Marianne in dem Mercedes?«

Eine Andeutung von Nicken, das ich schnell wieder abbreche. Ben hat mich trotzdem verstanden.

»Die Frau im Wagen, Marianne, ist tot.«

»Oh nein.« Mein Unterarm rutscht über meine Augen. Das ist zu schrecklich.

Wieder fahren Autos vorbei.

»Wer kommt noch?«

»Das sind die Polizei und der Lei... Sie holen Marianne ab.«

Ich kann nichts sehen. Ich will nichts sehen. Höre nur die Stimmen von vielen Männern, die anscheinend alle wissen, was sie tun müssen. Autotüren schlagen. Metallische Geräusche. Gerufene Anweisungen. Mir ist schlecht.

»Du hast nicht zufällig meine Rescue-Tropfen mitgebracht?«, flüstere ich.

»Nein, tut mir leid.«

»Hm.«

Der Notarzt schaut wieder nach mir. »Hier, trinken Sie das.« Er hält mir einen seltsamen Becher mit Saugvorrichtung an die Lippen. Es schmeckt grauslich, aber es hilft. Mir ist nicht mehr so übel. »Bleiben Sie noch ein bisschen hier liegen. Ich komme gleich wieder.«

Nach zehn Minuten stehe ich mit Hilfe vom Notarzt und Ben auf. Versuche ein paar Schritte. Atme tief durch. Die Feuerwehrmänner packen zusammen und klettern in ihre Autos. Der Transporter für Marianne ist gottlob schon weg. Nur die Polizisten stecken Metallschildchen mit Nummern in den Boden, fotografieren noch fleißig die Unfallstelle und messen Bremsspuren ab.

Der Notarzt möchte mich zur Absicherung ins Krankenhaus schicken, aber ich weigere mich. »Es geht schon wieder.« Zur Illustration gehe ich einige Male um mein Auto herum. Er lässt mich etwas unterschreiben und steigt dann auch in seinen Wagen.

Einer der Polizisten kommt zu uns herüber. Schaut sich meine lädierte Wagenseite mit der herausgerissenen Tür an. Macht ein paar Fotos.

»Wie waren Sie an dem Unfall beteiligt?«, will er wissen.

»Nun ... Ich stand hier.« Ich sehe ihn ratlos an.

Ohne von seinem Notizblock aufzublicken, stellt er mir die nächste Frage. »Warum haben Sie hier außerhalb der Ortschaft geparkt?«

»Ich ... Ich war mit Marianne verabredet.«

»Mit der Fahrerin des Unfallwagens?«

»Ja, genau.«

»Warum hatten Sie sich verabredet?«

»Herr ... Dorfner«, Ben liest vom Namensschild ab. »Frau Schneider steht noch unter Schock. Ich werde sie jetzt nach Hause bringen. Sie braucht erst mal Ruhe. Die Fahrerin ist tot, Frau Schneider trifft kein Verschulden. Sie wird gerne zu einem späteren Zeitpunkt Ihre Fragen beantworten. Aber vorerst genügen ihre Personalien, damit wir gehen können.«

»Und wer sind Sie, wenn ich fragen darf?« Herr Dorfner ist etwas ungehalten darüber, so ausgebremst zu werden.

»Mein Name ist Berger, Ben Berger. Ich bin der Anwalt von Frau Schneider. Hier ist meine Karte.«

»Wieso sind Sie als Anwalt gleich zur Stelle? Das ist doch ungewöhnlich«, hält Herr Dorfner misstrauisch fest.

»Sie meinen, verdächtig? Nein, es war Zufall. Ich hatte Frau Schneider gerade auf ihrem Handy angerufen, als sich der Unfall ereignete, und bin sofort gekommen. Sie sehen also, es besteht kein Grund, Frau Schneider hier weiter festzuhalten. Wenn Sie jetzt so gut wären und ihre Personalien aufnähmen, damit ich Frau Schneider nach Hause bringen kann.«

Nachdem der Gesetzeshüter dieser Bitte wohl oder übel nachgekommen ist, führt mich Ben zu seinem Auto, hilft mir beim Einsteigen und fährt mich heim.

Endlich wieder zu Hause. Die letzten Tage waren unglaublich anstrengend.

»Wieso hast du mich eigentlich angerufen?«

»Ich bin aufgewacht und habe etwas zum Trinken gesucht. Dabei habe ich deinen Zettel gefunden und mich geärgert. Du solltest doch im Bett bleiben und vor allem nicht allein in der Weltgeschichte rumgondeln. Du bist gerade eben noch einmal mit dem Leben davongekommen, schon setzt du es wieder aufs Spiel! Was hast du dir dabei eigentlich gedacht?«

»Nichts«, kommt es ziemlich kleinlaut. »Es war doch Marianne. Ich hab ihr vertraut. Das war ein großer Fehler, aber das weiß ich auch erst jetzt.«

»Könntest du mir versprechen, gleich ins Bett zu gehen und keine Alleingänge mehr zu veranstalten? Weitere Mordanschläge halten nämlich meine Nerven nicht mehr aus. Sonst muss ich Martin herbeordern.« Eine Drohung, die Wirkung zeigt.

Ich gehe ohne Widerrede sofort ins Bett.

ACHTZEHN

Ich habe wirklich sehr lange geschlafen, denn jetzt dringt Tageslicht durch die Jalousien, und ich fühle mich auch verhältnismäßig frisch. Dann raus aus dem Bett.

Nach einer ausgiebigen Dusche steige ich in meinen kuscheligen Lieblingsklamotten die Treppe hinunter. Ben hat augenscheinlich wieder auf meinem Sofa geschlafen. Die Decke liegt noch verknuddelt obenauf, und er steht unrasiert und verwuschelt in der Küche. Mit dem Kaffeefilter in der Hand, wohl auf der Suche nach Kaffeepulver.

»Im Tiefkühlfach.«

»Oh, hallo, guten Morgen. Wie geht's?«

»Ja, ganz gut. Und du hast mich wieder bewacht?«

»Sicher.«

»Das ist lieb von dir. Aber ich wünschte, es wäre nicht mehr nötig.«

»Wohl wahr. Ich hätte auch nichts gegen ein bisschen langweiligen Alltag einzuwenden. Ich werde gleich nachher bei der Polizei anrufen, ob sie eine Spur von Verena verfolgen.«

Wir improvisieren ein Frühstück, und ich muss gestehen, ich esse mit gesegnetem Appetit. Bis Ben nach den belanglosen Themen, wie dem schönen Wetter, dem Zwitschern der Vögel und den ersten Tulpen, zum Ernst der Lage übergeht.

»Hast du eine Ahnung, warum dich Marianne umbringen wollte?«

»Vielleicht war es ja ein Unfall?« Der Gedanke, dass Marianne mich so gehasst haben könnte, dass sie mich umbringen wollte, gefällt mir gar nicht.

»Da kann ich dich leider nicht beruhigen. So wie deine Autotür ausgesehen hat. Außerdem gab es nicht die kleinsten Bremsspuren vor deinem Wagen. Erst danach. Sie fuhr also mit voller Absicht in ziemlichem Tempo an dir vorbei.«

»Ich wollte gerade aussteigen. Aber dann hast du mich angerufen. So hab ich mich in dem Moment wieder hingesetzt, als sie mich erwischt hätte. Das heißt, du hast mir schon wieder das Leben gerettet. Danke.«

»Das wird schon langsam zur Gewohnheit. Wenn es noch einmal passiert, gehört dein Leben mir. Alter indianischer Brauch.« Ben blitzt mich mit seinen blauen Augen an.

Noch vor Kurzem wäre mir bei diesem Blick ganz heiß geworden. Aber inzwischen hat sich meine Schwärmerei abgekühlt. Halten Sie mich nicht für undankbar! Da rettet der tolle Kerl ihr Leben, eins nach dem anderen, und sie kriegt nicht mal mehr weiche Knie bei einem tiefen Augenkontakt. Sorry, aber es ist so. Und eigentlich ist es ja auch gut. Ich hatte mein kleines amouröses Abenteuer, aber jetzt langt's auch wieder damit.

Allerdings hilft es meinem angeschlagenen Nervenkostüm, dass wir über das gestrige Geschehen Witze machen können. Mitfühlende Worte mit seelenvollem Blick könnte ich jetzt nicht vertragen.

»Wie gut, dass wir keine Indianer sind. Aber Spaß beiseite, ich stehe wirklich tief in deiner Schuld. Ich kann das nie mehr wiedergutmachen, was du für mich getan hast.«

»Deine Freundschaft genügt. Das ist mir reichlich Lohn.« Ben drückt mich sanft am Arm.

Ich werde verlegen. Damit Ben das nicht sieht, stehe ich auf. Ich möchte die Teekanne vom Herd holen, auf dem ich sie warm gestellt habe. Da werfe ich aus alter Gewohnheit einen Blick aus dem Küchenfenster.

»Ben, da steht ein Polizeiauto vor deinem Haus, und zwei Polizisten klingeln gerade an deiner Haustür. Vielleicht wissen sie etwas von Verena!« Ich drehe mich zu ihm um.

Ben fährt sich schnell mit beiden Händen durch die Haare. Das hat aber nicht den gewünschten Erfolg. Sie sind immer noch zerzaust. Vielleicht sogar mehr als vorher. Trotzdem zieht er sein Jackett an, öffnet die Haustür und geht zu den Polizisten hinüber. Sie sprechen miteinander. Ben zeigt auf mein Haus, ich verstecke mich schnell hinter meinem Küchenvorhang. Ein kindischer Reflex, der niemanden täuschen kann, ich gebe es zu. Nach einem knappen Wortwechsel kommen alle auf mein Haus zu.

Die Polizisten schauen noch etwas konsterniert, weil Ben aus meiner Tür gekommen ist und nicht bei sich daheim war. Wir erklären nichts. Ben stellt uns vor. Einer von beiden ist mein Freund, Polizeiobermeister Grieshuber. Ein kurzes Zunicken auf beiden Seiten.

»Herr Berger, wie wir Ihnen schon erklärt haben, müssten wir Sie in einer sehr privaten Angelegenheit sprechen. Ich frage Sie nochmals, ob Sie uns nicht lieber in Ihr Haus folgen wollen?« POM Grieshuber zieht bedeutungsvoll seine bemerkenswerten Augenbrauen in die Höhe.

»Und ich habe Ihnen schon versichert, dass Sie ruhig vor Frau Schneider sprechen können. Wir haben keine Geheimnisse voreinander.«

Große Töne. Die Polizisten schauen sich kurz an. Ich versuche vergebens, nicht rot zu werden.

»Also gut. Setzen Sie sich doch bitte. Alle beide.« POM Grieshuber wartet, bis wir ihm wenigstens dahingehend Folge geleistet haben. »Herr Berger, wir haben heute Morgen Ihre Frau gefunden.«

»Das ist gut! Wo ist sie?«

»Es tut mir sehr leid, aber ich muss Ihnen mitteilen, dass Ihre Frau tot ist.« Die Polizisten schauen bei dieser Nachricht mitnichten höflich zu Boden, sondern beobachten im Gegenteil genau unsere Reaktionen. Meine ist unübersehbar. Ich wechsle meine Gesichtsfarbe von Rot zu Weiß. Mir ist wieder schlecht.

»Was ist passiert?« Ben versucht sachlich zu bleiben.

»Darf ich zuerst einmal fragen, was Sie beide gestern Abend zwischen zwanzig und vierundzwanzig Uhr gemacht haben?«

»Wieso denn das?«, empört sich Ben. Ich lege ihm schnell eine Hand begütigend auf seinen Arm und gebe Auskunft. »Wir waren beide hier und haben geschlafen. Wenn Sie es genau wissen wollen …«

»Frau Schneider ist gestern nur knapp einem Mordversuch entgangen«, unterbricht mich Ben. »Das müssten Sie eigentlich wissen. Schließlich hat einer Ihrer Kollegen die Personalien aufgenommen. So viele Mordversuche werden hier in der Stadt ja auch nicht vorkommen!« Ben ist aufgesprungen und geht aufgebracht auf und ab.

»Ja, Frau Schneider, zu Ihnen wollten wir auch. Wir müssen den Tathergang noch aufnehmen.«

»Na, dann müssen Sie uns ja nicht großartig nach unseren Alibis fragen.« Ben verdreht hinter dem Rücken der Polizisten die Augen. »Darf ich jetzt endlich erfahren, was mit meiner Frau passiert ist?« Er baut sich vor Grieshuber auf.

»Wir haben Ihre Frau am Wehr gefunden. Sie wollte wohl an der kleinen Brücke über den Fluss. Da muss sie nach unseren bisherigen Erkenntnissen ausgerutscht sein. Sie ist in Richtung der Turbinen ins Wehr gefallen, aber ihr Schal hatte sich an einem Pfeiler verhakt. Dies hat ihren Sturz aufgehalten. So kamen nur ihre Beine in die Turbinen.«

Grieshuber macht eine Pause, um uns die Möglichkeit zu geben, das Gehörte in Bilder umzusetzen. Als ich damit fertig bin, schlage ich mir eine Hand vor den Mund und stürze ins Gäste-WC. Mein mit Genuss verspeistes Frühstück geht *down the drain*. Nachdem das geschafft ist und ich mir das Gesicht wasche, höre ich Ben mit erhobener Stimme reden.

»Wie können Sie sagen, meine Frau war sicherlich gleich tot und musste nicht mehr lange leiden! Waren Sie dabei?«

»Herr Berger, beruhigen Sie sich. Sonst müssen wir Ihnen einen Arzt rufen.«

»Ja, schon gut!« Ben reißt die Terrassentür auf, und ein Schwall äußerst frischer Morgenluft strömt herein. Anscheinend braucht er dringend Sauerstoff. Sein Gesicht sieht grau aus.

Ich eile in meine Speisekammer und hole die Rescue-Tropfen. Nachdem ich mir ohne weitere Umstände ein paar in den Mund geschüttet habe, zähle ich für Ben zehn Tropfen in ein kleines Wasserglas ab.

Rasch gehe ich zu ihm und bedeute ihm zu trinken. Er kippt sich die Medizin wie Whisky hinunter. Ich will ihm gerade sagen, dass er sie eine Weile im Mund lassen soll, damit die Schleimhäute die Wirkstoffe aufnehmen können. Zu spät. Ich klappe meinen Mund wieder zu. Na, wird auch so wirken.

»Ben, das tut mir so leid. Es ist grauenhaft.« Zu den Polizisten gewandt: »Sind Sie fertig? Können Sie uns jetzt allein lassen?«

»Nicht ganz. Wie ich schon sagte, ich muss noch den Hergang des gestrigen Unfalls aufnehmen.« Pflichtbewusst bis über die Hutschnur.

Ben will aufbrausen, aber ich nehme ihn in den Arm und führe ihn ins Wohnzimmer zu unserem Sofa. Dort lässt er sich kraftlos in die Kissen sinken. »Ich mach das schon, Ben. Bleib du einstweilen hier. Ich komme gleich wieder.«

Dann kehre ich zu den Gesetzeshütern zurück und beantworte, so schnell es geht, ihre Fragen. Als schließlich alles aufgezeichnet und besprochen ist, gehen sie. Nicht ohne mich für den nächsten Tag auf die Polizeiinspektion zu zitieren, um das Protokoll auch zu unterschreiben.

Endlich kann ich die Tür hinter ihnen schließen. Ich mache schnell einen heißen Tee mit viel Zucker und etwas Rum. Männer reagieren auf diese alten Hausmittel meistens besser als auf Globuli. Meine Erfahrung. Ben nimmt die Tasse auch widerstandslos entgegen. Nach ein paar Schlucken hat er wieder eine gesündere Gesichtsfarbe.

»Ich hätte sie weiter suchen müssen, Karin.« Seine blauen Augen strahlen nicht mehr, sondern schauen mich verzweifelt an. »Ich hätte sie früher schon in die Klinik bringen sollen. Auch gegen ihren Willen.« Er stützt seinen Kopf in seine Hände und reibt sich die Stirn.

»Ich hätte …«

Diese Selbstzerfleischung kann ich nicht zulassen. »Ben! Hör auf damit. Du hättest gar nichts anders machen können. Dich trifft keine Schuld! Es war ein Unfall. Furchtbar, grauenhaft, aber ein Unfall. Niemand hat Schuld.« Ich hab mich ganz nah zu ihm gesetzt und meinen Arm um seine Schultern gelegt. »Verena war ein ganz unglücklicher Mensch. Niemand hätte ihr helfen können.«

»Doch. Doktor Frank. Ich hätte sie zu ihm bringen müssen. Karin, verstehst du nicht? Ich habe die ganzen letzten Wochen gesehen, dass sie immer seltsamer geworden ist. Dass sie wieder einem ihrer Schübe entgegensteuert. Ich hatte auch mit Doktor Frank schon vereinbart, dass sie kommen soll. Aber ich hab's nicht gemacht! Ich hab's nicht gemacht.« Er fängt zu weinen an.

Ich streiche ihm über den Rücken. »Es war ihre eigene Entscheidung, nicht in die Klinik zu gehen. Du hast es versucht. Du hast das Deinige getan.«

»Aber was, wenn sie gar nicht mehr in der Lage war, selbst zu entscheiden? Wenn sie die Grenze schon überschritten hatte?« Die Tränen in seinen Augen machen mich auch sehr traurig.

»Für Spekulationen ist es jetzt zu spät«, antworte ich so sanft wie möglich. »Es ist vorbei, Ben, und vielleicht ist es das Beste so.«

Da bricht er mir unter meinen Händen zusammen und fängt haltlos zu weinen an. Weinende Männer finde ich noch beängstigender als weinende Frauen. Da hab ich das Gefühl, dass die Welt ins Schwanken gerät, weil Atlas sie nicht mehr auf seinen Schultern gestützt trägt. Ich versuche, Ben in den Arm zu nehmen, und irgendwann lässt er es auch zu. So sitzen wir lange. Ben untröstlich traurig und ich in dem Bemühen, ihn trotzdem zu trösten.

NEUNZEHN

Die nächsten Tage waren traurig und anstrengend und frustrierend und erkenntnisreich.

Wir erledigten die Formalitäten, wobei ich Ben davon so viel abnahm, wie möglich war. Simon wurde ganz still beerdigt. Wir nahmen an Mariannes Begräbnis teil. Wir trugen Verena zu Grabe. Oder das, was von ihr übrig war.

Bens Schwester kam zu der Beerdigung und überredete ihren Bruder, für eine Weile zu ihr und ihrer Familie zu ziehen. Ich hielt das für eine sehr gute Idee und sprach ihm gut zu. Endlich war er einverstanden. Organisierte seine Kanzlei, packte seinen Koffer und verabschiedete sich von mir.

»Es ist ja nicht für immer, Ben. Du kommst wieder, und das Leben wird weitergehen.«

»Hoffen wir, dass du recht hast.«

»Na klar!« Ich drückte ihn ganz fest zum Abschied.

»Hier, das hat mir die Polizei wieder zurückgegeben. Ich will es nicht. Wenn du magst, kannst du es lesen.« Damit drückt er mir ein schwarzes Buch mit roten Ecken in die Hand. Ich weiß sofort, dass es Verenas Tagebuch ist.

Nach dem letzten Begräbnis kommt Heike zu mir. Sie war in letzter Zeit wirklich fürsorglich. Sie hat mir und Ben Essen vorbeigebracht, den Briefkasten geleert, den Plastikmüll zum Recyclinghof gefahren und uns vor der Presse abgeschirmt. So konnten wir uns auf das Wesentliche konzentrieren und auch ein wenig zur Ruhe kommen.

Jetzt sitzen wir in meinem Wohnzimmer auf dem Sofa, das in den letzten Wochen so viel erlebt hat, und trinken Tee. Ihre Kinder hat sie bei Freunden gelassen, sodass wir uns ungestört unterhalten können. Ich erzähle ihr gerade, dass Ben mir Verenas letztes Tagebuch gegeben hat.

»Hast du es gelesen?«

»Erst hatte ich Angst davor. Bin immer darum herumgeschlichen. Aber gestern hab ich mich gezwungen, es endlich anzugehen. Sonst schleppe ich die Angst immer weiter mit mir herum.«

»Und, was steht drin?« Heike ist natürlich neugierig.

»Zeitlich beginnt es erst mit ihrem Umzug hierher. Anfangs standen ja noch ganz nette Dinge über mich drin. Aber im Laufe der Zeit wurde sie immer wütender und eifersüchtiger auf mich. Wenn ich wieder einmal über den Hinterdobler geschimpft hatte, füllen ihre Hasstiraden Seiten. Sie steigerte sich auch immer tiefer in ihre Eifersucht bezüglich Ben. Auf der einen Seite schien sie ihn fast zu verabscheuen, aber andererseits beobachtete sie jedes Wort, jede Geste zwischen uns mit Argusaugen. Und Schimpfwörter über Schimpfwörter. Das wäre eine wahre Fundgrube für Linus«, versuche ich meine Angegriffenheit mit einem Scherz zu übertünchen. Es lacht keine von uns darüber.

»Über den Hinterdobler steht natürlich auch eine Menge drin. Massenhaft Liebesschwüre. Anscheinend hat sie ihn ein paar Mal angerufen. Das erste Mal, um ihm zu sagen, dass sie Simon getroffen hat. Dann, dass sie Simon mit mir gesehen hat. Sie und Hinterdobler dachten wohl beide, dass wir eine Gefahr für sie darstellen. Gemeinsame Sache machen. Nun, haben wir im Endeffekt ja auch. Aber wir haben dafür bezahlt.« Ich nehme einen Schluck Tee und fahre fort:

»Wirklich traurig war ich, als ich gelesen hab, dass sie tatsächlich Runa vergiften wollte. Sie hat sich darüber geärgert, dass Simon und ich es so schnell entdeckt haben und Runa deswegen gerettet wurde. Ich nahm eigentlich immer an, dass sie Runa mochte. Na ja, den Hinterdobler mochte sie sicherlich mehr und den wollte sie ja schützen.« Ein Blick auf Heike zeigt mir, dass sie mir interessiert zuhört.

»Sie erging sich auch in seitenlangen Ausführungen, wie ihr zukünftiges Leben an der Seite vom Hinterdobler aussehen wird. Dass er eigentlich verheiratet war, hat sie nicht im Mindesten gestört.« Ich rutsche auf dem Sofa weiter nach hinten und umarme ein Kissen.

»Wenn es nicht mich persönlich betreffen würde und ich jetzt nicht wegen ihr in den letzten Tagen den absoluten Horror erlebt hätte, könnte ich es als psychologisches Lehrstück für bipolare Persönlichkeitsstörungen mit paranoiden Zügen verwenden. Ihr Verhalten war wirklich typisch. Die götzenartige Verehrung vom Hinterdobler ohne jeden Wirklichkeitssinn, verbunden mit gefühlsmäßigen Höhenflügen, gesteigerter Aktivität. Dazwischen hatte sie Phasen, in denen sie keinen Antrieb mehr hatte, nur im Bett lag. Alles war ihr zu viel. Dann andererseits die Ausbildung des Wahns. Verfolgung. Verschwörung. Eifersucht. Das klassische Muster einer manisch-depressiven Person mit Wahnvorstellungen. Vielleicht sollte ich ein Fachbuch darüber schreiben.« Als Heike mich mit großen Augen anblickt, rudere ich zurück. »Na ja, ist nur so eine Idee.«

»Hat die Polizei jetzt eigentlich festgestellt, wer Simon umgebracht hat?«

»Ja. Die Polizei geht nach ihren Ermittlungen davon aus, dass Verena Simon mit einer Überdosis ihrer eigenen Schlaftabletten umgebracht hat. Sie haben die Bardame befragt, und diese hat ausgesagt, dass Simon Gang- und Sprachschwierigkeiten gehabt hat, obwohl er nur ein Bier in ihrer Lokalität getrunken hatte. Das hatten wir ja auch schon herausgefunden. Allerdings haben wir lieber nicht weiter darüber nachgedacht oder gesprochen. Im Grunde war es uns aber klar.« Ich mache eine kurze Pause und denke an Ben.

»Dann haben sie in einer Kommode in Verenas Bügelzimmer eine Unmenge von gehorteten Schlaftabletten gefunden. Teilweise schon über zehn Jahre alt. Damals war die Zusammensetzung ein wenig anders, sie wirkten noch stärker. Aber es war eindeutig dasselbe Mittel, das auch zum Tod vom Simon geführt hat.

Zusammen mit dem Tagebuch, in dem einiges über ihren Beweggrund, Simon umzubringen, drinsteht, ist das Motiv klar. Sie hatte die Befürchtung, dass Simon – gemeinsam mit mir – die Schuld an dem Mord damals beim Hinterdobler nachweisen wollte und vielleicht auch konnte. Sie wollte Hinterdobler schützen, indem sie Simon ausschaltete.« Ich setze mich bequemer zurecht und fahre fort.

»Außerdem hat sich auf eine Anzeige der Polizei tatsächlich eine ältere Dame gemeldet, die etwas beobachtet hatte. Herr Brunner von der Polizei ließ mich netterweise den Bericht lesen. – Aber sag's niemandem weiter! – Die Frau saß in dem ansonsten ziemlich leeren Zug und sah aus dem Fenster, als Verena den torkelnden Simon mühsam in den Wagon bugsierte. Sie meinte, sie sei froh gewesen, dass er nicht in ihren Waggon eingestiegen sei. Schließlich war sie allein und er ›a b'soffnes Mannsbuid‹. Deshalb hat sie sich auch nicht weiter um ihn gekümmert.«

»Hätte ich wahrscheinlich auch nicht an ihrer Stelle.« Ich nicke Heike zustimmend zu. »Und nach dem Mord ist Verena zum Hinterdobler, oder?«

»Ja, genau. Das muss das gewesen sein, was der Max beobachtet hat, als er auf den Michi wartete.«

»Und dann hat sie in der Gartenhütte gehaust?«

»Gehaust ist der richtige Ausdruck.«

»Aber warum ist sie denn nicht nach Hause?« Heike kann manchmal Fragen stellen, meine Herrn!

»Na, wärst du einfach zu deinem Ehemann nach Hause gegangen, nachdem du gerade für deine große Liebe einen Mann umgebracht hast und dich dein Schatz, anstatt dich wie erwartet in die Arme zu schließen, weggejagt hat? Also, ich nicht.«

»Ja, da hast du auch wieder recht.«

»Verena war außerdem psychisch schon ziemlich am Ende. Sie hätte sich bei Ben nicht verstellen können. Ben hätte sie bestimmt zumindest in die Klinik einweisen lassen. Und das wollte sie auf keinen Fall. Also versteckte sie sich in der Hütte.«

»Und da wurde ihr Zustand immer schlimmer.«

»Genau. Erinnere mich bloß nicht daran.«

»Ziemlich hammermäßig, dass sie dich in deinem eigenen Schlafzimmer umbringen wollte.«

»Hm. Gott sei Dank hat Ben mich gerettet. Können wir von etwas anderem reden?« Ich werde wohl eine Kollegin konsultieren müssen, um dieses Trauma abzuarbeiten. Und einige andere auch.

»Was ich nicht verstehe, ist, warum Verena auf dem Kirchplatz war.«

»Nun, Verena konnte nach dem Mordversuch an …« Ich zeige auf mich und räuspere mich kurz. Es auszusprechen fällt mir zu schwer. »Also, danach konnte sie ja nicht mehr in die Hütte, weil die Polizei sie entdeckt hatte. Da wird sie wahrscheinlich erst einmal planlos durch die Gegend gelaufen sein. Keine Ahnung, ob und wo sie geschlafen hat. Aber am nächsten Morgen war ja Ostersonntag. Ich stell mir das so vor: Sie hat gesehen, wie aus den Häusern überall Eltern kommen, die die Osternester für ihre Kinder verstecken wollen. Da wird ihr eingefallen sein, dass der Hinterdobler in der Ostermesse ist. Sie hoffte halt immer noch, dass er ihr helfen würde. Wahrscheinlich hat zu der Zeit ihr Migräneanfall schon begonnen. Klar denken konnte sie bestimmt nicht mehr. Handelte mehr instinktiv.«

»Wahrscheinlich hast du recht. Ich werde nie vergessen, wie ich sie da an der Kastanie lehnen sah. Völlig fertig. Ich hab sie ja erst gar nicht erkannt!« Heike reißt ihre braunen Augen auf.

»Kein Wunder.«

»Da hatte sie ziemliches Glück, dass sie in dem Zustand überhaupt noch fahren konnte und keinen Unfall gebaut hat!«

»Mhm. Aber Autofahren ist solch ein Automatismus, das geht mit jahrelanger Übung fast von allein. Verena war dann bei Marianne, und die gab ihr Tabletten gegen die Migräne.«

»Aber ihr habt sie um Haaresbreite verpasst!«

»Vielleicht war sie ja auch noch da. Wer weiß? Aber wir konnten ja schlecht bei Marianne die Tür einschlagen. Allerdings wird sie spätestens, als die Polizei vor dem Haus stand, wieder geflohen sein.«

»Und auf der Flucht ist sie umgekommen. Schlimm für Ben.«

»Bestimmt. Es war für uns beide keine leichte Zeit. Aber lass uns jetzt aufhören, davon zu reden. Mir geht's nicht gut.«

Das Durchkauen der letzten Tage mit all ihren Schrecken hat mich ziemlich mitgenommen. Ich brauche eine Pause. Abstand.

Am nächsten Morgen, Freitag, wandere ich durch mein leeres Haus. Leer auch mein Kopf. In drei Tagen kommen meine Kinder und mein Mann wieder. Was mache ich bis dahin? Ich könnte putzen. Nein, nicht ernsthaft. Ich könnte ihnen entgegenfahren. Ja, warum nicht.

Ein Flug ist schnell gefunden. Jetzt am Ende der Ferien will fast keiner mehr in den Süden. Ich packe ein paar Sachen in eine Tasche, sperre mein Haus gut ab und eile zum Flughafen. Das ist die richtige Entscheidung! Raus aus dieser niederdrückenden Stimmung. Weg von den Toten, hin zu den Lebenden.

Es klappt alles wunderbar. Kein Streik, keine Verspätung. Ich lande pünktlich am Flughafen, bekomme ohne Probleme ein Leihauto, finde ohne Umwege zu Carla. Es ist Freitagabend.

Heiß ist es in Sizilien. Wunderbar heiß im Gegensatz zu dem noch kühlen Deutschland. Die Obstbäume blühen in verschwenderischer Pracht. Auch viele Blumen haben schon den Weg zur Sonne gefunden. Es duftet nach tausend Blüten.

Vor allem jetzt am Abend. Die Grillen zirpen. Die Abendluft ist weich wie Samt. Oh, ich liebe Sizilien im Frühling.

Ich stelle mein knatterndes Gefährt neben dem Haus von Carla ab. Steige aus, dehne mich. Höre aufgeregte Stimmen über mir. Auf der Dachterrasse. »Mama!« Lilli beugt sich über das Geländer und hat mich als Erste entdeckt. Dann sehen mich auch die anderen. »Mama, Mama, Mama!«

»Ja, Karin, was machst du denn hier?« Martin ist erstaunt, aber ich glaube, auch erfreut. Ich winke nach oben. Carla ist inzwischen schon nach unten gestürzt und reißt nun schwungvoll die Haustür auf.

»*Cara mia!* Wase für eine Uberraschung!« Von ihrer Umarmung bekomme ich beinahe keine Luft mehr. Aber es kommt noch doller. Jetzt haben nämlich auch meine Kinder die Haustür erreicht und drängen sich alle um mich. Sie drücken und küssen mich, fragen alle durcheinander, Vicky fängt schon an, mir irgendeine Geschichte von einem Seeigel zu erzählen, Martin findet auch eine Gelegenheit, mich zu küssen.

»Schön, dass du da bist«, begrüßt er mich. Ich schaue ihn liebevoll an. Er sieht ausgeruht und braun gebrannt aus. Auf dem Weg hierher bin ich zu dem Entschluss gekommen, ihm nichts von Ben und mir zu erzählen. Damit muss ich allein klarkommen. Mit den Erinnerungen und mit den Schuldgefühlen. Ihn werde ich nicht damit belasten.

Aber jetzt freue ich mich, wieder im Kreis meiner Lieben zu

sein. Und der Kreis ist im Moment sehr eng. Meine Monster wettstreiten um jeden Arm, jedes Bein von der Mama.

»Jetzt lasst die Mama doch erst einmal hereinkommen! Sie wird uns schon noch erzählen, warum sie hier ist.« Martin versucht, wenigstens einen Anflug von Ordnung in unseren Familienhaufen zu bringen. So darf ich eintreten.

Oben bekomme ich den Ehrenplatz am Tisch. Ich habe Glück, sie haben erst angefangen zu essen, so kann ich meinen Hunger stillen. Es schmeckt wie immer bei Carla köstlichst! Der Himmel auf Erden. Auf ihre Fragen antworte ich vorerst ausweichend, dass ich einfach Sehnsucht nach ihnen bekommen habe. Und das ist noch nicht einmal gelogen. All das andere zu berichten, dafür ist morgen noch genug Zeit.

»Mama, ich hab meine Geschichte fertig!« Vicky hüpft aufgeregt auf und ab. »Soll ich sie dir vorlesen? Bitte!«

»Ja, das möchte ich gerne. Wir kuscheln uns alle zusammen auf die Hollywoodschaukel, schauen in den Sternenhimmel, und du liest uns deine Geschichte vor.«

»Aber es ist eine Winterfeengeschichte. Ich hab sie ja in den Weihnachtsferien schon angefangen.«

»Das macht nichts. Hier ist es warm genug dafür.«

Und so machen wir es. Ich sitze wie eine Glucke inmitten meiner Kinderschar, spüre ihre weichen Kinderkörper, atme ihren Duft, bin so dankbar für alles, was ich habe. Martin sitzt uns gegenüber, ein Glas Rosé in der Hand, und betrachtet uns zufrieden lächelnd. Carla sitzt daneben. Sie hat die Füße untergeschlagen und den Kopf in die Hand gestützt. So lauschen wir der Geschichte von Vicky. Kommen Sie! Setzen Sie sich doch zu uns.

Das Abenteuer der Schneefee
von
Vicky Schneider

Es war einmal eine kleine Fee namens Klee. Sie wollte unbedingt aufs Menschenland. Aber um dorthin zu kommen, musste sie eine Schneeflocke werden. Denn sie war eine Schneefee.

Es ist gefährlich für Schneefeen auf dem Menschenland. Denn sie bleiben daran kleben, wenn sie nicht gut aufpassen. Davor warnten die älteren Feen immer wieder. Aber Klee wollte so gerne einmal schauen, wie es auf dem Menschenland ist. Ihre Mutter hatte schon oft davon erzählt. Klee hatte es noch nie gesehen und stellte es sich ganz witzig vor: Die Fenster vor den Balkonen sind schief. Die Dächer zeigen nach unten. Sie konnte es ja nicht besser wissen, weil sie eine Schneefee war und in einer Wolke wohnte.

Eines Tages im Herbst war ihr sehr langweilig. Alle Spiele hatte sie schon gespielt. Keiner hatte Zeit für sie. Etwas musste passieren! Aber Klee traute sich nicht mal einen Zentimeter aus dem Haus. Sie könnte ja eine Schneeflocke werden, und davor hatte sie ein bisschen Angst. Trotzdem überlegte sie sich, wie es sein würde, eine Schneeflocke zu sein. »Ich mag ja gerne von der Treppe hinunterkullern oder einen Salto schlagen, und ich liebe es sogar, mit dem starken Föhn angepustet zu werden, sodass ich hinterfliege.« Das alles machte ihr Spaß. Und somit beschloss Klee doch, all ihren Mut zusammenzunehmen und eine Schneeflocke zu werden.

Klee trat aus dem Haus. Sie war sehr aufgeregt. Aber trotzdem traute sie es sich jetzt. Da geschah es auch schon. Sie fühlte sich ein wenig schwindlig und sah glitzernde Sternchen vor ihren Augen tanzen. Plötzlich war sie eine Schneeflocke mit Flügeln. Doch dann verschwanden auch die Flügel wieder.

Sie war eine echte Schneeflocke geworden. Inmitten von Tausenden und Abertausenden anderer Schneeflocken in einer großen grauen Wolke. Sie standen alle dicht gedrängt nebeneinander. Ui, die ganzen Schneeflocken tobten herum und waren begeistert, dass das Abenteuer bald losging. Sie hüpften und stießen sich gegenseitig an. Jetzt schneite es. Eine nach der anderen nahm Anlauf und hopste von der Wolke. Sie schrien und plauderten, quietschten und lachten. Klee ließ sich von dem Übermut der anderen anstecken und sprang hinterher. Die Schneeflocken plapperten munter weiter, bis sie endlich unten auf dem Menschenland angekommen waren.

Als Erstes sah Klee eine gelbe Blume, die noch sehr warm war. Sie kullerte hin, sie wollte nämlich nicht zwischen den Schneeflocken und den anderen Dingen kleben bleiben. So also kletterte sie auf die Blu-

me und kuschelte sich unter ihre gelben Blütenblätter. Da wurde sie – schwups – wieder eine Fee. Die anderen Schneeflocken erstarrten. So kalt war es. Aber Klee war glücklich, dass sie die einzige Fee war, die es geschafft hatte, sogar auf dem Menschenland eine Fee zu bleiben.

Sie freute sich sehr, aber sie wagte es nicht, laut »Juhu« zu schreien. Stattdessen flatterte sie in die Luft und wollte sich die Gegend ansehen. Doch plötzlich wurde ihr kalt. Sie sah sich um und suchte etwas, womit sie sich wärmen konnte. »Ach, hätte ich nur meinen molligen Mantel dabei«, sagte sie sich zitternd. Sie entdeckte eine trockene Blume unter einem kahlen Baum. Vorsichtig landete sie auf der Blume und riss sich mühsam ein paar Blütenblätter davon ab. Dann holte sie aus ihrem Kleid eine Schere heraus. Wie gut, dass sie wenigstens Nähzeug mitgenommen hatte. Sie schnippelte so lange daran herum, bis die Blüten die Form von einer dicken Winterjacke hatten. Danach holte sie einen Faden heraus und nähte sie zusammen. Jetzt zog sie gespannt die Jacke an. Sie war schön kuschelig warm. Klee war sehr zufrieden mit ihrem Werk und flog neugierig weiter.

Nun sah sie einen Strauch. Er war riesig. Die Fee überlegte, was das für ein Strauch sein könnte. Doch es war ihr schnuppe. Sie flog einfach rein. Da sah sie sieben kleine Käfer. Sie schliefen alle. Also ließ die Fee die Käfer schlafen und schlich an ihnen vorbei.

Klee zog weiter. Sie flog auf einen großen Baum. Dort sah sie einen Spatzen. Auf dem Spatzen landete Klee, und der Spatz trug sie in sein Nest. Dort passte Klee auf seine Jungen und die Eier auf. Zur Belohnung kriegte sie Würmer und Federn, doch die Würmer schenkte sie den kleinen Vogelkindern. Aber die Federn behielt sie. Da es schon spät geworden war, wollte sie hier übernachten. Es war auch sehr kuschelig in dem Nest und deswegen schlief sie schnell ein.

Am nächsten Morgen war es noch kühl, aber die Sonne schien. Klee hatte noch nie die Sonne gesehen. Aber sie fand sie interessant. Gott sei Dank war sie keine Schneeflocke mehr, sonst wäre sie längst geschmolzen. Klee zog ihre Jacke aus und band sie um den Bauch. So flog sie weiter.

Die Wiesen waren nun wieder schön grün. Sie legte sich auf ein Gänseblümchen und betrachtete die Sonne. Dann flatterte sie weiter. Klee dachte noch nicht daran, nach Hause zu fliegen.

Sie landete auf einem Feld. Dort sah sie ein paar Marienkäfer. Klee spielte mit ihnen Ball. Es schwebte ein violetter Schmetterling vorbei. Sie spielten, sangen und flatterten gemeinsam im lauen Wind. Als sie Hunger bekamen, aßen sie. Die Käfer luden sie zu Blumenkeksen ein. Dann legten sie sich ins Moos und schauten den Himmel an. Kleine weiße Wolken trieben vorbei. Da spielten sie Formenraten mit den Wolken.

Als Klee sich genug ausgeruht hatte, kam sie als Nächstes zu einem Teich. Sie nähte sich einen Bikini und schwamm im Teich herum. Das Wasser war noch angenehm warm. Sie blubberte mit den bunten kleinen Fischen und schwamm mit ihnen um die Wette.

Aber sie wollte noch so viel sehen. So reiste sie weiter, bis sie zu einer Stadt kam. Jetzt sah Klee, wie die Häuser in echt ausschauten. Ganz anders als in ihrer Vorstellung, doch trotzdem gefielen sie ihr besser. Sie erkundete die ganze Stadt, bis sie auf den Marktplatz kam. Sie flocht sich einen Koffer und steckte mühsam ihre Sachen hinein. Es waren schon so viele geworden. Sie versteckte den Koffer unter einem losen Stein neben dem Stadtbrunnen. So musste sie nichts mehr tragen und konnte sich in Ruhe umschauen.

Sie staunte über die hohen bunten Häuser, die rund um den Marktplatz standen. Viele Menschen gingen in die Geschäfte, die alle Dinge verkauften, die man sich denken konnte. Klee kam aus dem Staunen nicht mehr heraus. Doch dann erschrak sie, als ein Kind auf einem Fahrrad ganz nah an ihr vorübersauste. Vor Schreck flog Klee in die Höhe und landete auf einem Fensterbrett. Als sie sich beruhigt hatte, schaute sie neugierig durch das Fenster hinein.

Da sah sie eine Mutter, die mit ihren drei kleinen Kindern spielte. Sofort fiel Klee ihre eigene Mutter ein, und sie kriegte plötzlich schreckliches Heimweh. Deshalb schaute sie bei ihren ganzen Freunden noch einmal vorbei, um Tschüs zu sagen. Dann flog sie heim. Sie flog durch kleine Wölkchen, bis sie endlich angekommen war. Ihre Mutter und ihre Geschwister freuten sich, dass Klee wieder bei ihnen war und ihr nichts passiert war. Klee erzählte von ihren vielen Abenteuern.

Und im Frühling flog sie mit ihren Freunden und ihren Geschwistern wieder nach unten. Aber das ist eine andere Geschichte.

EPILOG

Als alle Kinder endlich im Bett sind und schlafen, sitzen wir Erwachsenen immer noch auf der Dachterrasse. Carla hat Decken geholt, in die wir uns eingekuschelt haben. Ich berichte beiden die Ereignisse der letzten zwei Wochen. Anfänglich unterbrechen sie mich noch mit Fragen und Ausrufen, aber je länger ich erzähle, desto stiller werden sie. Als ich geendet habe, sagt keiner ein Wort.

Carla murmelt »*O Dio mio*!« vor sich hin und bekreuzigt sich.

Martin steht auf, kommt zu mir herüber, zieht mich aus dem Stuhl und drückt mich ganz fest. Darauf habe ich schon so lange gewartet.

»Bin ich froh, dass du noch lebst! Warum hast du mich denn nicht angerufen? Ich wäre sofort gekommen!«

»Nun ja. Du hast oft genug gesagt, dass ich mir alles nur einbilde. Ich dachte, ich müsste es allein durchstehen. Wir haben uns ja nicht wirklich verstanden in letzter Zeit.« Schüchtern senke ich meine Augen.

Er umarmt mich nochmals fester. »Karin, es tut mir leid. Ich hätte dir glauben sollen. Wird nicht wieder vorkommen.« Dann beugt er sich zu mir hinunter und küsst mich sanft auf meinen Mund. Ich atme seinen vertrauten, mir so angenehmen Duft ein und fühle, dass ich wieder zu Hause angekommen bin.

Carla hat uns taktvoll allein gelassen. Wir setzen uns zu zweit in die Hollywoodschaukel und reden. Über vieles. Aber nicht über alles. Es wird sich viel ändern in nächster Zeit. Gott sei Dank.

Wieder daheim in Deutschland reparieren wir die Hintertür und bestellen einen Sicherheitsexperten, der unser Haus nach WK zwo aufrüsten soll.

Paul hat natürlich Runa vorbeigebracht, die uns stürmisch begrüßt. Sie ist wieder ganz die Alte und saust mit den Kindern stürmisch durch den Garten. Endlich kann sie wie früher in der Sonne auf unserer Terrasse liegen und ihre Arbeit als unser Wachhund aufnehmen.

Mit dem Bürgerbegehren hat es nicht geklappt. Wegen der Verhaftung des Landrats und all der anderen Todesfälle, über die in der Stadt lebhaft geredet wurde, war das Unterschreiben auf der Liste in Vergessenheit geraten. Wir hätten noch neununddreißig Unterschriften gebraucht. Nun ja. Aber ich kann mich ja nicht um alles kümmern.

Allerdings fiel der größte Befürworter des Umbauprojekts wegen Gefängnisaufenthalts aus. Deshalb hat der Gemeinderat es von sich aus gekippt. Sie waren der Ansicht, dass auch neunhunderteinundsechzig Bürger und Bürgerinnen ein schlagendes Argument sind. So haben wir doch erreicht, was wir wollten.

Was wurde aus Hinterdobler? Eigentlich tragisch, wenn er denn unser Mitgefühl verdient hätte. Die Aufregungen waren zu viel für ihn: seine spektakuläre Verhaftung und das Aufwühlen der schmutzigen Vergangenheit; daraufhin beantragte seine Frau die Scheidung, sie glaubte wohl nicht an seine Unschuld. Die Firma seines Sohnes meldete Konkurs an, da ihnen der lukrative, so notwendig gebrauchte, heiß umkämpfte Auftrag »Kirchplatzsanierung« entging.

Dies alles und die im Laufe der Jahre genossene, deftige niederbayerische Kost spielten zusammen, verklumpten sein Blut, formten einen Thrombus, dieser wanderte ins Gehirn und legte die Versorgung wichtiger Areale lahm. Hinterdobler hatte im Untersuchungsgefängnis einen Schlaganfall, von dem er sich nie mehr wirklich erholte. Er war auf einer Seite gelähmt, konnte nicht mehr richtig sprechen und sabberte aus dem Mund. Seine Frau weigerte sich, ihn zu Hause zu pflegen, und so kam er ins örtliche Alten- und Pflegeheim Alpenblick.

Manchmal sehe ich ihn, wenn sein Sohn ihn im Rollstuhl über den Kirchplatz schiebt (und dabei wahrscheinlich froh ist, dass es keine schiefe Ebene wurde, sonst müsste er sich noch mehr plagen als jetzt schon). Ich weiß nicht, ob Hinterdobler mich erkennt. Seine Augen mit dem einseitig herunterhängenden Augenlid starren mich feindselig an. Aber ich nehme es nicht persönlich. Denke eher, seine Wut über sein Schicksal ist in diesem Körper eingesperrt und kann nur noch über den Blick nach außen. Armer Kerl.

Tragisch ist es umso mehr, weil Hinterdobler gar nicht ins Gefängnis gekommen wäre. Unsere mit Mühe zusammengetragenen Indizien hätten für eine Verurteilung nicht ausgereicht. Und ein Geständnis hätte er auf keinen Fall abgelegt. Er war ja nicht dumm.

Nun griff aber das Schicksal oder eine höhere Macht oder wie immer Sie es nennen möchten, ein. Die Leute an den Stammtischen sprechen von »ausgleichender göttlicher Gerechtigkeit«. Keine Ahnung, wie unser Pfarrer Lex darüber denkt. Auf jeden Fall ist dieses Kapitel abgeschlossen.

Ben kam vom Besuch seiner Schwester zurück. Er sah immer noch bleich und mitgenommen aus. Aber er hatte einen Entschluss gefasst. Er wollte hier alles hinter sich lassen und in Hamburg ganz neu anfangen. Er hatte dort ebenfalls einen Studienkollegen, der noch einen Rechtsanwalt in seiner Kanzlei brauchen konnte. Nächste Woche fängt er schon an. Den Umzug übernimmt eine Umzugsfirma. Vielleicht ist es das Beste so. Für ihn und für mich.

Martin und ich haben beschlossen, so schnell es geht, ein paar Tage allein wegzufahren. Paul hat uns schon zugesagt, auf Kinder und Hund aufzupassen. Aber auch ohne diesen Trip habe ich das Gefühl, dass wir es packen werden. Wir arbeiten daran.

Die Kinder waren glücklich, wieder zu Hause zu sein, Runa und ihre eigenen Zimmer zu haben. Aber sie haben gestöhnt, dass sie wieder in die Schule müssen. »Och, schon wieder Schule. Hier ist es so langweilig! Hier passiert ja niiiie was!«

ENDE

ANHANG

Für alle meine Leserinnen und Leser, die wie Karin Schneider kochen müssen, aber nicht unbedingt wollen, füge ich »Schnell und einfach«-Rezepte ein. Vielleicht können Sie dadurch Zeit sparen und dem Motto »Lesen statt kochen« zur Verwirklichung verhelfen.

Bio-Dinkelbrot

Eine feine Sache, wenn man schnell ein schmackhaftes, gesundes Brot auf den Tisch bringen will.

Zutaten:
500 g Bio-Dinkelvollkornmehl (natürlich können Sie auch jedes andere Mehl Ihrer Wahl verwenden)
1 1/2 TL Salz
2 EL Apfelessig
500 g lauwarmes Wasser
1/2 Hefewürfel
ca. 2 Tassen Samen, z.B. Sonnenblumenkerne, Kürbiskerne, Sesam, Leinsamen, gold oder braun, Pinienkerne

Alle Zutaten kurz, aber gründlich verkneten. Nicht gehen lassen (auch wenn Hefe drin ist)! Teig in eine gefettete Kastenform füllen und in den kalten Backofen schieben.
Bei Ober-/Unterhitze mit 200 °C oder bei Umluft mit 180 °C ca. 30–45 Minuten backen. Garprobe mit dem Holzstäbchen machen.

Lasagne

Wahrscheinlich muss ich Ihnen nicht wirklich ein Rezept für eine Lasagne aufschreiben. Wenn man die Nudelplatten nicht gerade selbst macht (und Gott bewahre, das passiert bei mir nur an hohen Feiertagen), dann ist es keine große Kunst.

Fleischsoße aus guten, möglichst biologisch fabrizierten Zutaten herstellen. In ein Reindl im Wechsel Lasagnenudeln, Fleischsoße, geriebenen Emmentaler und Béchamelsoße (wenn's schnell gehen muss, nehme ich einfach Milch. Ja, tatsächlich) schichten. Zum Abschluss noch Käse und Béchamelsoße und dann ab in den Ofen. Circa 40 Minuten bei 180 °C.
Das kann jede/-r.

Aber eines möchte ich Ihnen dazu doch noch erzählen. Vor Jahren, na ja, eher Jahrzehnten machte ich mal in Süditalien Urlaub und dort einen Kochkurs bei einer echten italienischen Mamma. Sie hatte sechs Kinder und konnte *un poco* Deutsch. Ihr wichtigster Satz bei der Lasagneherstellung (selbstverständlich mit selbst gemachten Nudelplatten!) war: »In die Ecken!«
Bei der Fleischsoße: »In die Ecken!«
Beim Käse: »In die Ecken!«
Zweite Lage Fleischsoße: »Und in die Ecken!«
Zweite Lage Käse … Sie wissen schon.

Bei sechs Kindern musste sie peinlich genau darauf achten, denn sonst wolle keiner die Randstücke, und es war nicht genug für alle da.
In diesem Kurs hab ich fürs Leben gelernt.

Rottaler Erdäpfelkas

Eine traditionelle, sehr deftige Spezialität, die im Rottal gern zur Brotzeit gegessen wird. Am Namen lässt sich die Nähe zu Österreich ablesen. »Erdäpfel« sind Kartoffeln. »Kas« ist auch nicht wörtlich zu nehmen. Es bedeutet so viel wie »Aufstrich«.

Die Rezepte variieren je nach Ortschaft, Hausfrau und Geschmack. Wobei der Begriff »Rezept« nach Aussage der befragten Rottalerin zu hoch gegriffen ist. »Ich misch einfach alles zusammen, Rezept hab ich keins.«

Hier der Versuch einer Anleitung:
Kartoffeln kochen (egal ob mehlig oder festkochend), abkühlen lassen, schälen und durch eine grobe Reibe raspeln. Nach Geschmack Zwiebeln klein schneiden, unterrühren. Süße Sahne (viel) und Sauerrahm (wenig) zugeben, bis es ein dicker »Baatz« (Brei) ist. Mit Salz und Pfeffer abschmecken.

Schokoladen-Sauerkirsch-Kuchen

Hassen Sie es auch, alle Zutaten eines Kuchens immer abwiegen zu müssen? Für diesen brauchen Sie nur einen Ikea-Plastikbecher. Dieses Rezept verdanke ich meiner Freundin Sandra, die mir damit sehr viel Zeit erspart und viel Lob der Esser eingebracht hat.

Zutaten:
3 Eier
1 T lauwarme Milch
1 T Öl
1 T Zucker
1/2 T Kakao
2 T Mehl
2 EL Mondamin
1 Päckchen Backpulver
1 Glas Sauerkirschen

(*1 T* = Ikea-Becher, ca. 0,2 l)
Alle Zutaten bis auf die Kirschen kurz, aber gründlich verrühren. In eine bemehlte Form füllen. Zum Schluss die abgetropften Kirschen gleichmäßig darauf verteilen. Im nicht vorgeheizten Ofen bei 175 °C ca. 60 Minuten backen. Nachdem der Kuchen abgekühlt ist, mit Puderzucker bestäuben. Voilà, fertig!

Käsefondue mit Prosecco und Birnen

Käsefondue kennt eigentlich jeder. Aber diese Variation hat ein Freund von mir aus der Schweiz mitgebracht.

Zutaten:
400 g Greyerzer Käse
300 g Schweizer Emmentaler oder Ähnliches
1 Knoblauchzehe
250–350 ml Prosecco
ein bisschen Zitronensaft
2 TL Speisestärke
1 Schnapsglas Birnenbrand
weißer Pfeffer, Muskatnuss
dazu: Baguette oder Weißbrot in Würfeln
frische Birnen, in Stücke geschnitten (ganz wichtig!)
roh geräucherten Schinken, in Stücke geschnitten

Keramik-Fonduetopf mit der auseinandergeschnittenen Knoblauchzehe gut einreiben. Käse grob reiben. Zitronensaft und Prosecco zum Kochen bringen. Hitze reduzieren und portionsweise den Käse unterrühren, bis er geschmolzen ist. Speisestärke mit Birnenbrand verrühren und unter die Käsemasse geben. Einmal aufkochen lassen. Dann kann der Topf auf den Rechaud.
Mit langen Fonduegabeln das Brot, die Birnen, den Schinken eintauchen und genießen. Dazu ein Glas Prosecco, hinterher ein Stamperl Birnenschnaps.
Sie kennen natürlich die Sitte bei Asterix und Obelix, wenn ein Brotstück im Käse verloren geht, oder?

Kretische Linsensuppe

Linsensuppe hat so einen hausbackenen Ruf. Ich habe allerdings in Lentas auf Kreta eine wunderbare kretische Version davon kennengelernt. Zacharias und seinen Brüdern vom El Greco sei Dank! So ähnlich nachzulesen auch im Buch von Maria und Nikos Psilakis, »Die kretische Kochkunst«, Karmanor Verlag.

Zutaten:
500 g Berglinsen
1/2 Tasse Olivenöl
500 g pürierte oder in kleine Stücke geschnittene Tomaten
1 klein geschnittene Zwiebel
3 Knoblauchzehen
2 Lorbeerblätter
evtl. 3 EL Essig
Salz und Pfeffer

Die Linsen mit reichlich Wasser zehn Minuten kochen. Die Linsen abseihen. Die Zwiebel in Öl anbraten, die Linsen, Knoblauch, Tomaten, Lorbeerblätter, Salz und Pfeffer zugeben. Wasser nach Bedarf auffüllen und kochen lassen, bis die Linsen weich sind. Den Essig entweder kurz vor dem Servieren in den Topf geben, oder jeder nimmt sich selbst, wenn er will. Wenn man allerdings ein basisches Gericht genießen will, muss man den Essig weglassen.

καλη ορεξη
Ka'li 'o:reksi!

Bürgerbegehren und Bürgerbescheid

Rechtliche Grundlage dafür ist Art. 18a der
Gemeindeordnung für den Freistaat Bayern
(Gemeindeordnung – GO)
in der Fassung der Bekanntmachung vom 22. August 1998.

Soweit in diesem Buch von den Formalien nach Art. 18a BayGO abgewichen wurde, hat das seinen Grund in der dichterischen Freiheit.

Sollten Sie sich also mit dem Gedanken tragen, selbst ein Bürgerbegehren zu initiieren, informieren Sie sich bitte bei den zuständigen Stellen.

Viel Glück!

Danksagung

Zuallererst möchte ich mich ganz herzlich beim Emons Verlag, dem Verleger Herrn Emons und allen seinen Mitarbeiterinnen und Mitarbeitern bedanken, die mein Projekt in Windeseile mit großem Elan und Sachverstand verwirklicht haben.

Nicht minder dankbar möchte ich an dieser Stelle meine drei reizenden Assistentinnen nennen: Antonia fürs kritische Korrekturlesen, Felicitas für die Versorgung mit Schokoladenkeksen samt Seelenheil-Tee und Xenia für die entspannenden Schultermassagen. Ihr seid toll! Außerdem gebührt meinem Mann meine dankbare Anerkennung für seine mentale Unterstützung und die Übernahme mancher Essenszubereitung. Es hat wie immer sehr lecker geschmeckt! Meine liebe Freundin Angelika und Miguel lieferten kreative Ideen zur Umgestaltung, vielen Dank dafür!

Und *last, but not least*: Tom – mein erster Fan! Dank deiner Begeisterung bekam ich den Mut, weiter einen Verlag zu suchen. Und siehe, es hat geklappt!